Être un homme

Du même auteur

L'Histoire de l'amour
Gallimard, 2006
Folio n° 4699

La Grande Maison
Éditions de l'Olivier, 2011
Points, n° 2845

Forêt obscure
Éditions de l'Olivier, 2018
Points, n° P5039

NICOLE KRAUSS

Être un homme

Traduit de l'anglais (États-Unis)
par Paule Guivarch

ÉDITIONS DE L'OLIVIER

Ceci est une œuvre de fiction. Les personnages, lieux et situations décrits dans ce livre sont imaginaires ou utilisés de manière fictive : toute ressemblance avec des personnages ou des événements existants ou ayant existé ne serait que pure coïncidence.

L'édition originale de cet ouvrage
a paru chez HarperCollins USA en 2020,
sous le titre : *To Be a Man.*

ISBN 978.2.8236.0919.6

Pour Sasha et Cy

En Suisse

Cela fait trente ans que je n'ai pas vu Soraya. Pendant tout ce temps, je n'ai essayé qu'une fois de la retrouver. Je crois que j'avais peur de la revoir, peur de chercher à la comprendre maintenant que j'avais vieilli et le pouvais peut-être, ce qui, je suppose, revient à dire que j'avais peur de moi-même, de ce que je risquais de découvrir sous ce que j'avais compris. Au fil du temps, je me suis mise à penser de moins en moins à elle. J'ai suivi des études universitaires jusqu'au troisième cycle, je me suis mariée plus tôt que je ne l'avais imaginé et j'ai eu deux filles à un an d'intervalle. S'il arrivait que l'image de Soraya me traversât l'esprit au milieu d'une foule d'associations éphémères, elle disparaissait aussi vite.

J'ai rencontré Soraya quand j'avais treize ans, l'année où ma famille a séjourné en Suisse. « Attends-toi au pire » aurait pu être la devise de ma famille, si mon père ne nous avait pas enseigné de façon très explicite qu'elle était, en fait, « Ne fais confiance à personne, soupçonne tout le monde ». Nous habitions une maison imposante bien qu'au sommet d'une falaise. Nous étions des Juifs européens, même en Amérique, c'est-à-dire que des catastrophes s'étaient produites, qui pouvaient se produire de nouveau. Nos parents se disputaient violemment et leur mariage était sans arrêt au bord du naufrage. La ruine financière menaçait, elle aussi, et nous savions qu'il nous faudrait bientôt vendre la maison. L'argent ne rentrait plus depuis que mon père avait quitté l'entreprise familiale au terme de plusieurs années de disputes homériques avec notre grand-père. Quand notre père reprit ses études, j'avais deux ans, mon frère quatre et ma sœur n'était pas encore née. À Columbia, le cursus préparatoire était suivi de cours à l'école de médecine puis d'un internat en chirurgie orthopédique à l'HSS, l'hôpital de chirurgie spéciale – spéciale en quoi, nous n'en savions rien. Durant ses onze années de formation, mon père fit un nombre incalculable de nuits de garde aux urgences, accueillant un effroyable défilé de victimes : accidents de voiture, accidents de moto, et, une fois, le crash d'un avion de la compagnie Avianca à destination de Bogotá qui s'était écrasé sur une colline à Cove Neck. Au fond, peut-être s'accrochait-il à la croyance superstitieuse selon laquelle ces confrontations nocturnes avec l'horreur suffiraient à en protéger sa famille. Mais par un après-midi orageux de septembre, pendant la dernière année d'internat de mon père, ma grand-mère fut renversée par une camionnette en excès de vitesse, à l'intersection de la Première Avenue et de la 50e Rue, provoquant une hémorragie cérébrale. Lorsque mon père arriva à l'hôpital Bellevue, sa mère était étendue sur un brancard dans la salle des urgences. Elle lui pressa la main, puis tomba dans le coma. Elle mourut six semaines plus tard. Moins d'un an après sa mort, mon père termina son internat et emmena notre famille en Suisse où il avait obtenu une bourse pour une formation en traumatologie.

Que la Suisse – neutre, alpestre et ordonnée – possédât le meilleur institut du monde en traumatologie semble paradoxal. À cette époque-là, le pays tout entier dégageait une atmosphère de sanatorium ou de clinique psychiatrique. Au lieu de murs capitonnés, il y avait la neige qui recouvrait et atténuait tout, si bien qu'après tant de siècles, les Suisses s'emmitouflaient instinctivement de la tête aux pieds. C'était peut-être là tout l'intérêt de la chose : un pays particulièrement obsédé par la retenue et le conformisme, la fabrication de montres et la ponctualité des trains ne pouvait être mieux préparé à accueillir un corps en morceaux. Le fait que la Suisse comptait aussi de nombreuses langues nous permit, à mon frère et à moi, d'échapper inopinément à la morosité familiale. L'institut était situé à Bâle, où l'on parle le *Schweizerdeutsch*, mais ma mère estimait que nous ferions mieux de poursuivre l'étude du français. Le *Schweizerdeutsch* était pratiquement du Deutsch, or il nous était interdit d'approcher quoi que ce fût ayant le moindre lien avec le Deutsch, la langue de notre grand-mère maternelle dont toute la famille avait été assassinée par les nazis. Nous fûmes par conséquent inscrits à l'École internationale de Genève. Mon frère logeait à l'internat du campus, mais comme je venais juste d'avoir treize ans, je n'avais pas l'âge requis. Afin de m'éviter les traumatismes associés au Deutsch, on trouva pour moi une solution dans la banlieue ouest de Genève et, en septembre 1987, je devins pensionnaire chez une enseignante anglaise suppléante du nom de Mme Elderfield. Elle avait des cheveux décolorés couleur paille et les joues roses d'une personne élevée dans un climat humide, mais elle avait tout de même l'air âgée.

La fenêtre de ma petite chambre s'ouvrait sur un pommier. Le jour de mon arrivée, des pommes rouges, tombées tout autour, pourrissaient au soleil d'automne. La pièce contenait un petit pupitre, un fauteuil de lecture et un lit au pied duquel était pliée une couverture de l'armée en laine grise assez vieille pour avoir été utilisée pendant une guerre mondiale. Au niveau de la porte, la moquette marron était usée jusqu'à la corde.

Deux autres pensionnaires, âgées l'une et l'autre de dix-huit ans, partageaient la chambre du fond, au bout du couloir. Nos lits étroits avaient tous les trois appartenu aux fils de Mme Elderfield, mais ceux-ci avaient grandi et quitté la maison bien longtemps avant notre arrivée. Il n'y avait pas de photos des garçons, si bien que nous ne sûmes jamais à quoi ils ressemblaient, mais nous oubliions rarement qu'ils avaient autrefois dormi dans nos lits. Entre les fils absents de Mme Elderfield et nous, il y avait un lien charnel. Rien non plus concernant son mari, s'il avait jamais existé. Elle n'était pas du genre à encourager les questions personnelles. Lorsqu'il était l'heure de dormir, elle éteignait nos lumières sans un mot.

Je passai le soir de mon arrivée assise par terre dans la chambre des autres filles, parmi leurs tas de vêtements. Dans mon pays, les filles s'aspergeaient d'une eau de Cologne bon marché pour hommes du nom de Drakkar, mais le parfum capiteux qui imprégnait les habits de mes copensionnaires m'était inconnu. Mélangé à leur chaleur corporelle et à la chimie de leur peau, il s'atténuait, mais parfois il s'accumulait de telle façon dans leurs draps, leurs chemisiers éparpillés çà et là que Mme Elderfield ouvrait les fenêtres d'autorité et que, de nouveau, l'air froid réduisait tout à sa plus simple expression.

J'écoutais ces filles plus âgées parler de leur vie dans un langage codé que je ne comprenais pas. Elles riaient de ma naïveté mais se montrèrent toujours parfaitement gentilles envers moi. Marie était arrivée de Bangkok via Boston, et Soraya du 16e arrondissement de Paris via Téhéran où son père avait été ingénieur attitré du shah avant que la révolution envoyât la famille en exil, trop tard pour pouvoir emballer les jouets de Soraya mais à temps pour transférer la plupart de leurs liquidités. L'extravagance de leur conduite – sexe, psychostimulants, refus d'obéir – les avait fait atterrir toutes les deux en Suisse pour une année scolaire supplémentaire, une treizième, dont aucune n'avait jamais entendu parler.

Nous partions généralement pour l'école dans l'obscurité. Pour parvenir à l'arrêt de bus il nous fallait traverser un champ qui, dès le mois de novembre, était couvert de neige que transperçaient les tiges brunes des plantes dénudées. Nous étions toujours en retard et j'étais toujours la seule à avoir pris mon petit déjeuner. Il y avait toujours parmi nous des cheveux encore humides, aux pointes gelées. Nous nous blottissions au pied de l'abribus, inhalant la fumée de la cigarette de Soraya. Le bus nous emmenait, par-delà l'église arménienne, jusqu'au tramway orange. Il y avait ensuite le long trajet jusqu'à l'école située à l'autre bout de la ville. Nos emplois du temps étant différents, nous revenions chacune de notre côté. Le premier jour seulement, sur les pressantes recommandations de Mme Elderfield, Marie et moi voyageâmes ensemble, mais nous prîmes le tram dans la mauvaise direction et nous retrouvâmes en France. Après cela, j'appris l'itinéraire et m'arrêtais généralement au bureau de tabac situé à côté de l'arrêt de tram où, en attendant le bus, je m'achetais des bonbons présentés dans des bocaux ouverts qui, selon ma mère, grouillaient de microbes étrangers.

Je n'avais jamais été aussi heureuse ni aussi libre. Ce n'était pas seulement à l'atmosphère pesante et angoissante de ma famille que j'échappais mais également à mon horrible école, avec ses petites pestes d'élèves travaillées par les hormones, véritables championnes de cruauté. Trop jeune pour passer mon permis de conduire, je n'avais aucun moyen de m'évader, sauf dans les livres ou en me promenant dans les bois derrière la maison. À présent, je passais mon temps, après l'école, à vagabonder dans Genève. Je n'avais jamais de destination précise mais me retrouvais souvent sur les berges du lac où je regardais les croisières de touristes aller et venir, m'inventant des histoires sur les gens que je voyais, surtout sur ceux qui fricotaient sur les bancs. J'essayais parfois des vêtements chez H&M ou bien je flânais dans la vieille ville où mes pas me ramenaient vers l'imposant Monument international de la Réformation, vers les visages impénétrables d'éminents protestants de pierre dont j'ai oublié le nom, sauf celui de Jean Calvin. Je n'avais pas encore entendu parler de Borges et pourtant, à aucun moment de ma vie je ne fus plus proche de l'écrivain argentin mort à Genève l'année précédente et qui, dans une lettre exprimant son souhait d'être enterré dans sa ville d'adoption, écrivait qu'il s'y était toujours senti « mystérieusement heureux ». Des années plus tard, un ami m'offrit *Atlas* de Borges, où je découvris avec surprise une immense photo de ces sombres géants auxquels je rendais régulièrement visite, tous antisémites, tous croyant en la prédestination et en l'absolue souveraineté de Dieu. Sur cette photo, Jean Calvin se penche légèrement en avant pour contempler Borges, aveugle, assis sur le rebord de pierre, canne à la main et menton levé. Entre Jean Calvin et Borges, semblait dire la photo, régnait une grande harmonie. Entre Jean Calvin et moi, il n'y en avait aucune, même si moi aussi je m'étais assise sur ce même rebord, les yeux levés vers lui.

Parfois, au cours de mes balades, un homme me dévisageait avec insistance ou bien m'abordait en français. Ces brèves rencontres me gênaient et me laissaient un sentiment de honte. C'étaient souvent des Africains au sourire éclatant, mais un jour où j'étais arrêtée devant la vitrine d'un chocolatier, un Européen vêtu d'un superbe costume s'approcha de moi par-derrière. Il se pencha en avant, son visage effleurant mes cheveux, et murmura dans un anglais teinté d'un accent étranger : « Je pourrais te briser en deux d'une seule main. » Puis il poursuivit son chemin le plus calmement du monde, tel un bateau naviguant sur des eaux immobiles. Je gagnai l'arrêt du tram au pas de course et attendis celui-ci en essayant de reprendre haleine, jusqu'au moment où, à mon grand soulagement, il s'arrêta dans un crissement de freins.

Nous étions censées nous présenter à la table du dîner à dix-huit heures trente précises. Sur le mur derrière la chaise de Mme Elderfield étaient accrochées de petites peintures à l'huile représentant des scènes alpestres, et encore maintenant l'image d'un chalet, de vaches avec des clochettes ou de quelque Heidi en tablier à carreaux cueillant des baies me rappelle l'odeur du poisson et des pommes de terre bouillies. On parlait très peu pendant ces repas. Ou peut-être était-ce l'impression que j'en avais en comparaison de tout ce qui se disait dans la chambre du fond.

Le père de Marie avait rencontré sa mère à Bangkok lorsqu'il était GI et l'avait ramenée en Amérique où il l'avait dotée d'une Cadillac Seville et installée dans un ranch à Silver Spring, dans le Maryland. Lorsqu'ils divorcèrent, sa mère rentra en Thaïlande, son père déménagea à Boston, et pendant les quinze années qui suivirent Marie fut ballottée entre les deux. Ces dernières années, elle avait vécu exclusivement avec sa mère à Bangkok où elle avait un petit ami dont elle était follement, jalousement éprise et avec lequel elle passait des nuits entières à danser dans des boîtes, ivre ou shootée. Lorsque la mère de Marie, occupée par son propre petit ami et ne sachant plus à quel saint se vouer, informa son ex-mari de la situation, celui-ci extirpa prestement sa fille de

Thaïlande et la transféra en Suisse, renommée pour ses « institutions pour jeunes filles » qui parachevaient leur éducation et les débarrassaient de leur côté indompté et ténébreux pour en faire des femmes aux bonnes manières. Ecolint n'était pas ce genre d'établissement, mais Marie s'avéra trop âgée pour fréquenter l'une de ces institutions. Elle était, selon celles-ci, déjà achevée. Et pas dans le bon sens du terme. Aussi fut-elle envoyée à Ecolint pour effectuer une dernière année de lycée. En plus des règles de la maison Elderfield, il y avait les instructions rigoureuses édictées par le père de Marie concernant l'heure du couvre-feu et, après la razzia de Marie sur le vin de cuisine de Mme Elderfield, ces règles draconiennes furent encore renforcées. Du coup, les week-ends où je ne prenais pas le train pour aller voir mes parents à Bâle, Marie et moi nous retrouvions souvent toutes les deux à la maison pendant que Soraya était sortie.

Contrairement à Marie, Soraya n'avait pas l'air d'une fille à problèmes. Du moins aucun lié à l'irresponsabilité, au désir de franchir certaines frontières ou limites imposées par d'autres, sans se soucier des conséquences. C'était plutôt un sentiment d'autorité qui émanait d'elle, d'autant plus séduisant qu'il provenait d'une source intérieure. Elle paraissait soignée et calme. Elle était petite, à peu près de ma taille, avec des cheveux bruns et raides coupés au carré, un carré Chanel, disait-elle, et des yeux soulignés d'un trait d'eye-liner aile de papillon. Elle avait un duvet de moustache qu'elle ne cherchait pas à dissimuler, sachant sans doute que celui-ci ajoutait encore à son charme. Mais elle parlait toujours à voix basse, comme si elle faisait commerce de secrets, habitude qu'elle avait peut-être prise pendant son enfance dans l'Iran révolutionnaire, ou à l'adolescence, lorsque son goût des garçons, puis des hommes, dépassa rapidement ce que sa famille considérait comme acceptable. Le dimanche, quand aucune de nous n'avait grand-chose à faire, nous passions toutes les trois la journée cloîtrées dans la chambre du fond, à écouter des cassettes ainsi que, de cette voix basse rendue encore plus profonde par la cigarette, la description des hommes que Soraya avait fréquentés et des choses qu'elle avait faites avec eux. Si ces récits ne me choquaient jamais, c'est en partie parce que ma connaissance du sexe, sans parler de l'érotisme, n'était pas encore assez solide pour savoir vraiment quoi en attendre. Mais c'était aussi à cause du flegme avec lequel Soraya racontait ses histoires. Il y avait en elle une espèce d'invulnérabilité. En même temps, je suppose qu'elle ressentait le besoin de tester ce qu'il y avait au fond d'elle-même, qui lui était venu sans effort tel un talent inné, et ce qu'il pourrait lui arriver si cela lui faisait défaut. Les relations sexuelles qu'elle nous décrivait semblaient avoir peu de rapport avec le plaisir. Elle donnait au contraire l'impression de se soumettre à une épreuve. C'est seulement quand, au hasard de ses histoires décousues, Téhéran apparaissait et qu'elle racontait ses souvenirs de cette ville, que l'on sentait chez elle un véritable plaisir.

Novembre, après l'arrivée de la neige. On devait déjà être en novembre quand l'homme d'affaires apparut dans nos conversations. Hollandais, au moins deux fois plus âgé que

Soraya, il habitait une maison sans rideaux sur un canal d'Amsterdam mais venait à peu près toutes les deux semaines à Genève pour son travail. Il était banquier, si je me rappelle bien. L'absence de rideaux m'est restée en mémoire parce qu'il avait dit à Soraya qu'il ne baisait sa femme que toutes lumières allumées, lorsqu'il était certain que les gens, sur l'autre rive du Herengracht, pouvaient la voir. Il descendait à l'Hôtel Royale et c'est dans le restaurant de cet hôtel, où son oncle l'avait invitée à prendre le thé, que Soraya le rencontra pour la première fois. Il occupait une table voisine et tandis que son oncle revenait inlassablement, en farsi, sur tout l'argent dépensé par ses enfants, Soraya regardait le banquier décortiquer délicatement son poisson. Maniant ses couverts avec précision, l'air parfaitement calme, il retira l'arête centrale entière. Pas une seule fois, en avalant son poisson, il ne s'interrompit pour enlever une petite arête de sa bouche, comme nous le faisons tous. Il exécuta l'opération de façon exemplaire, sans aucun signe de faim. Il mangea ensuite sans s'étrangler, sans même esquisser la petite grimace de désagrément qui accompagne la sensation provoquée par une minuscule arête vagabonde se plantant dans votre gorge. Seul un certain type d'homme est capable de transformer un acte fondamentalement violent en un geste élégant. Pendant que l'oncle de Soraya était aux toilettes, l'homme demanda l'addition, paya en espèces et se leva en boutonnant son veston sport. Mais au lieu de franchir directement les portes qui menaient dans le hall, il obliqua vers la table de Soraya et y laissa tomber un billet de cinq cents francs. Son numéro de chambre était inscrit à l'encre bleue à côté du visage d'Albrecht von Haller, comme si c'était Albrecht von Haller qui lui offrait ce précieux renseignement. Plus tard, agenouillée sur le lit de l'hôtel et mourant de froid dans la bise glacée qui entrait en rafales par les portes ouvertes de la terrasse, elle avait entendu le banquier lui dire qu'il prenait toujours une chambre donnant sur le lac parce que le jet puissant de la fontaine qui s'élevait à des dizaines de mètres dans les airs l'excitait. En nous répétant cela, allongée sur le sol, les jambes posées sur le lit ayant appartenu au fils de Mme Elderfield, elle riait sans pouvoir s'arrêter. Mais elle avait beau rire, il n'empêche qu'ils avaient conclu un accord. Désormais, si le banquier souhaitait prévenir Soraya de son arrivée imminente, il appelait le numéro de Mme Elderfield en se faisant passer pour son oncle. Quant au billet de cinq cents francs, Soraya le rangea dans le tiroir de sa table de nuit.

À cette époque, Soraya fréquentait d'autres hommes. Il y avait un garçon de son âge, fils de diplomate, qui venait la chercher dans la voiture de sport de son père, dont il démolit la boîte de vitesses pendant une balade à Montreux. Il y avait aussi un Algérien d'un peu plus de vingt ans qui travaillait comme serveur dans un restaurant proche de l'école. Elle couchait avec le fils du diplomate, tandis que l'Algérien, qui était vraiment amoureux d'elle, n'avait le droit que de l'embrasser. Parce qu'il avait grandi dans la pauvreté comme Camus, elle avait projeté sur lui un fantasme. Mais lorsqu'il s'avéra qu'il n'avait rien à dire sur le soleil qui l'avait vu naître, elle commença à se détacher de lui. Cela paraît cruel, mais je l'ai moi-même éprouvé plus tard, ce rejet soudain engendré par la frayeur que l'on éprouve en se rendant compte combien on a été intime avec quelqu'un qui n'était pas du tout comme on l'imaginait, mais quelque chose d'autre, de totalement inconnu. Aussi, lorsque le banquier intima l'ordre à Soraya de laisser tomber le fils du diplomate et l'Algérien, celle-ci n'eut aucune peine à obéir. Cela l'exempta de toute responsabilité envers l'Algérien et sa souffrance.

Un matin, au moment où nous nous apprêtions à partir pour l'école, le téléphone sonna. Lorsqu'elle couperait les ponts avec chacun de ces amants, lui enjoignit le banquier, elle devrait porter une jupe sans rien dessous. Elle nous dit cela tandis que nous traversions le champ gelé sur le chemin de l'arrêt de bus et nous éclatâmes de rire. Mais Soraya s'arrêta et protégea son briquet du vent à l'aide de ses deux mains. Alors, dans l'éclat lumineux de la flamme, je surpris ses yeux et pour la première fois j'eus peur pour elle. Ou peur d'elle, peut-être. Peur de ce qui lui manquait, ou de ce qu'il y avait en elle qui la poussait au-delà des limites que les autres s'imposaient.

Soraya devait appeler le banquier à partir du téléphone de l'école, à certains moments de la journée, même si elle devait pour cela demander la permission de sortir en plein cours. Lorsqu'elle arrivait à l'Hôtel Royale pour un de leurs rendez-vous, une enveloppe l'attendait à la réception, contenant des consignes précises sur ce qu'elle était censée faire en entrant dans la chambre. J'ignore ce qu'il se passait si elle n'exécutait pas les ordres du banquier ou ne respectait pas ses critères exigeants. Il ne me vint jamais à l'idée qu'elle pût se soumettre de son plein gré à un quelconque châtiment. À peine sortie de l'enfance, je crois que ce que je comprenais alors, fût-ce de façon simpliste, c'est qu'elle s'adonnait à un jeu. Un jeu qu'à n'importe quel moment elle était libre de refuser de poursuivre. Qu'elle, mieux que quiconque, savait combien il était facile d'enfreindre les règles mais qu'elle avait choisi, dans ce cas particulier, de les appliquer. Que pouvais-je alors comprendre à ces choses ? Je n'en sais rien. Tout comme trente ans plus tard, je ne sais toujours pas si ce que je vis ce jour-là dans ses yeux, lorsque la flamme du briquet les illumina, était de la perversité, de l'irresponsabilité, de la peur ou son contraire – une volonté inflexible.

Aux vacances de Noël, Marie s'envola pour Boston, je partis dans ma famille à Bâle et Soraya rentra chez elle, à Paris. À notre retour, deux semaines plus tard, quelque chose avait changé en elle. Elle paraissait lointaine, enfermée en elle-même, et passait son temps au lit à écouter son Walkman, à lire des livres en français ou à fumer à la fenêtre. À chaque sonnerie du téléphone, elle se levait d'un bond pour répondre et lorsque l'appel était pour elle, elle fermait la porte et parfois ne réapparaissait pas avant des heures. Marie venait de plus en plus souvent dans ma chambre parce que, disait-elle, la présence de Soraya lui donnait la chair de poule. Allongées toutes les deux dans mon lit étroit, elle me racontait des histoires sur Bangkok et, aussi tragiques fussent-elles, Marie parvenait à se moquer d'elle-même et à me faire rire. En y repensant, je crois qu'elle m'a appris une chose qui, tour à tour oubliée et revenue en mémoire, ne m'a jamais réellement quittée, une chose concernant l'absurdité, mais aussi la vérité des drames dont nous avons besoin pour nous sentir véritablement vivants.

De janvier, donc, jusqu'à avril, ce que je me rappelle surtout, ce sont les choses qui m'arrivèrent. Kate, la jeune Américaine dont je devins très proche, l'aînée de quatre sœurs, qui habitait une grande maison dans le quartier de Champel et me montra la collection de *Playboy* de son père. La fillette de la voisine de Mme Elderfield que je gardais quelquefois et qui, un soir, se redressa dans son lit en hurlant à la vue d'une mante religieuse sur le mur, illuminée par les phares d'une voiture. Mes longues promenades après les cours. Les week-ends à Bâle pendant lesquels, dans la cuisine, j'amusais ma petite sœur avec des jeux afin de la distraire des disputes de mes parents. Et Shareef, un garçon toujours souriant de ma classe avec lequel, un après-midi, je me rendis au lac et fricotai sur un banc. C'était la première fois que j'embrassais un garçon et quand il enfonça sa langue dans ma bouche, j'éprouvai une sensation à la fois tendre et violente. Je lui plantai mes ongles dans le dos et il m'embrassa encore plus fort. Nous nous contorsionnâmes comme les couples que j'avais parfois observés de loin. Dans le tram du retour, sentant son odeur sur ma peau, un sentiment d'horreur me saisit à l'idée d'être obligée de le voir le lendemain à l'école. Le moment venu, je fis comme s'il n'existait pas mais, le regard fixé sur un vague objectif, je réussis à capter du coin de l'œil l'image floue de son affliction.

De cette époque, je me rappelle également le jour où, revenant de l'école, je trouvai Soraya dans la salle de bains, en train de se maquiller devant le miroir. Ses yeux brillaient et elle avait l'air de nouveau heureuse et détendue, comme elle ne l'était plus depuis des semaines. Elle me cria d'entrer et insista pour brosser et natter mes cheveux. Son lecteur de cassettes était posé en équilibre sur le rebord de la baignoire et, tout en manipulant mes cheveux, elle chantait en chœur avec lui. Puis, tout à coup, quand elle se tourna pour prendre une épingle à cheveux derrière elle, je vis l'ecchymose violette sur son cou.

Et pourtant je ne doutai jamais de sa force. Je ne doutai jamais qu'elle fût maîtresse de la situation, ne faisant que ce qu'elle voulait. Qu'elle jouât selon des règles consenties voire inventées par elle. Ce n'est qu'en y repensant que je me rends compte combien j'avais envie de la voir sous ce jour : volontaire et libre, invulnérable et n'obéissant qu'à elle-même. Mes promenades solitaires dans Genève m'avaient déjà permis de comprendre que le pouvoir d'attirer les hommes, lorsqu'il se présente, s'accompagne d'une terrifiante vulnérabilité. Mais je voulais croire que l'équilibre des forces pouvait basculer en notre faveur grâce à la détermination, à l'intrépidité ou à quelque chose d'impossible à définir. Peu après le début de sa relation avec le banquier, Soraya nous avait raconté qu'un jour la femme de celui-ci l'avait appelé sur le téléphone de l'hôtel et qu'il avait ordonné à Soraya d'aller dans la salle de bains, mais elle avait refusé et, allongée sur le lit, avait écouté. Le banquier, nu, lui avait tourné le dos mais n'avait eu d'autre choix que de continuer à parler à sa femme dont l'appel l'avait surpris. Il s'exprima en flamand, nous dit Soraya, mais du ton qu'employaient les hommes de sa famille à elle en s'adressant à leur mère, c'est-à-dire avec gravité, comme légèrement apeurés. Et en écoutant, elle comprit que quelque chose venait d'être dévoilé qu'il n'avait aucune envie de dévoiler et qui modifiait l'équilibre existant entre eux. J'eus davantage de plaisir à écouter cette histoire, si tant est que j'en eusse à en écouter aucune, qu'à essayer d'expliquer l'ecchymose sur le cou de Soraya.

Ce fut pendant la première semaine de mai qu'elle ne rentra pas à la maison. Mme Elderfield nous réveilla à l'aube en nous ordonnant de lui dire si nous savions où était Soraya. Marie haussa les épaules tout en regardant son vernis à ongles écaillé et je tentai de l'imiter, jusqu'au moment où Mme Elderfield déclara qu'elle allait appeler les parents de Soraya et la police, et que s'il lui était arrivé quelque chose, si elle était en danger et que nous taisions une quelconque information, on ne nous le pardonnerait pas et nous ne pourrions nous-mêmes nous le pardonner. Marie eut l'air effrayé et, voyant son visage, je me mis à pleurer. Quelques heures plus tard, la police était là. Seule avec le détective et son coéquipier dans la cuisine, je leur dis tout ce que je savais, ce qui, j'en pris conscience en parlant – perdant le fil et m'embrouillant –, se résumait à assez peu de choses.

Lorsqu'ils eurent fini d'interroger Marie, ils se rendirent dans la chambre du fond et fouillèrent dans les affaires de Soraya. Après leur passage, on eût dit que la chambre avait été vandalisée : tout, jusqu'à ses sous-vêtements, était éparpillé sur le sol et le lit, donnant à la pièce un air de profanation.

Cette nuit-là, la seconde depuis la disparition de Soraya, un violent orage éclata. Marie et moi, allongées dans mon lit et incapables de dormir, ne parlâmes ni l'une ni l'autre de ce que nous redoutions. Le lendemain matin, un crissement de pneus sur le gravier nous réveilla et nous sautâmes hors du lit pour regarder par la fenêtre. Mais quand s'ouvrit la porte du taxi, ce fut un homme qui émergea, les lèvres serrées sous une épaisse moustache noire. Les traits bien reconnaissables de son père donnaient une certaine idée des origines de Soraya, dénonçant par là même l'illusion de son indépendance.

Mme Elderfield nous fit répéter devant M. Sassani ce que nous avions déjà dit à la police. L'homme, grand et intimidant, avait le visage noué par la colère, et je crois qu'elle n'osait pas le faire elle-même. Au bout du compte, Marie, enhardie par sa nouvelle autorité et la nature sensationnelle des révélations qu'elle s'apprêtait à faire, alimenta presque à elle seule la conversation. M. Sassani écoutait en silence et l'on ne savait pas si ce qu'il ressentait était de la peur ou de la fureur. Les deux, sans doute. Il se dirigea vers la porte. Il voulait se rendre immédiatement à l'Hôtel Royale, mais Mme Elderfield tenta de le calmer, répétant ce que l'on savait déjà : le banquier avait réglé sa note deux jours auparavant, on avait fouillé sa chambre, sans résultat. La police faisait le maximum. Le banquier avait loué une voiture que l'on essayait de localiser. Le mieux était de rester ici et d'attendre les nouvelles.

Pendant les heures qui suivirent, M. Sassani fit les cent pas d'un air sombre devant les fenêtres de la salle de séjour. En tant qu'ingénieur du shah, il était sûrement assuré contre tous les effondrements possibles. Mais le shah lui-même était tombé, et la vaste et complexe structure de la vie de M. Sassani s'était écroulée, bafouant sa science de la sûreté. Il avait envoyé sa fille aînée en Suisse, pays réputé capable de rétablir l'ordre et la sécurité, mais même la Suisse avait échoué à protéger Soraya, et cette trahison lui était, semblait-il, insupportable. À tout instant on l'aurait cru sur le point de crier ou de gémir.

Finalement, Soraya rentra d'elle-même. Comme elle s'était d'elle-même – de sa propre initiative – embarquée dans cette histoire. Ce soir-là elle traversa le champ reverdi depuis peu et arriva à la porte, débraillée mais saine et sauve. Ses yeux étaient injectés de sang et leur maquillage avait bavé, mais elle était calme. Elle ne parut même pas surprise à la vue de son père et tressaillit seulement lorsqu'il cria son nom dont la dernière syllabe s'étouffa dans un halètement ou un sanglot. Il se précipita vers elle et on eût cru, l'espace d'un instant, qu'il allait hurler ou lever la main sur elle, mais elle ne broncha pas. Au lieu de cela il l'attira à lui et l'étreignit, les yeux pleins de larmes. Il se mit à lui parler en farsi d'une manière passionnée et furieuse, mais c'est à peine si elle répondait. Elle était fatiguée, dit-elle en anglais, elle avait besoin de dormir. D'une voix anormalement aiguë, Mme Elderfield lui demanda si elle voulait manger quelque chose. Soraya fit non de la tête, comme si rien de ce que nous avions à lui offrir ne pouvait plus la satisfaire, et se tourna vers le long couloir qui menait à la chambre du fond. En passant devant moi, elle s'arrêta, tendit la main et me toucha les cheveux. Puis, très lentement, elle poursuivit son chemin.

Le lendemain, son père la remmena à Paris. Je ne me rappelle pas si nous nous fîmes nos adieux. Je crois que Marie et moi étions persuadées qu'elle reviendrait terminer l'année scolaire et tout nous raconter. Mais elle ne réapparut jamais. Elle nous laissa le soin d'imaginer ce qui lui était arrivé. Je la revoyais me touchant les cheveux avec un sourire triste et me persuadai que ce que j'avais saisi était une espèce de grâce, celle d'avoir osé s'approcher du précipice, d'avoir fait face à des ténèbres ou à une terreur et d'avoir triomphé. À la fin juin, mon père termina son année de formation et, devenu spécialiste en traumatologie, nous ramena à New York. Les petites pestes s'intéressèrent à moi quand je repris l'école en septembre et tentèrent de devenir mes amies. À une soirée, l'une d'elles se mit à tourner autour de moi, qui restai imperturbable et immobile. Elle s'émerveilla des changements qu'elle voyait en moi et de mes vêtements achetés à l'étranger. J'étais partie dans le vaste monde et en étais revenue, et même si je n'ouvrais pas la bouche, elles sentaient que je savais des choses. Pendant quelque temps, Marie m'envoya des cassettes sur lesquelles elle me racontait tous les événements de sa vie. Mais elles cessèrent un jour d'arriver et nous perdîmes le contact. Ce fut pour moi la fin de la Suisse.

Dans ma tête, ce fut aussi la fin de Soraya. Comme je l'ai dit, je ne la revis jamais et tentai une seule fois de la retrouver, l'été de mes dix-neuf ans, alors que je vivais à Paris. Même là, j'agis sans conviction – me contentant d'appeler deux familles Sassani dont le nom figurait dans l'annuaire – avant d'abandonner. Et pourtant, sans elle, je ne crois pas que je serais montée sur la moto du garçon qui faisait la plonge dans le restaurant en face de chez moi, rue de Chevreuse, puis que je l'aurais suivi dans son logement de banlieue, pas plus que je ne serais allée dans un bar avec l'homme plus âgé qui habitait en dessous de chez moi, parlait sans cesse du travail que, je le savais, il ne me donnerait jamais dans la boîte de nuit qu'il dirigeait, et qui, à notre retour dans l'immeuble, m'assaillit sur son palier et me serra sauvagement contre lui. Après avoir regardé un film sur le canapé du plongeur, celui-ci me dit qu'il était dangereux d'entrer chez des hommes que je ne connaissais pas et me reconduisit à mon appartement sans dire un mot. Je ne sais comment, je parvins à me dégager du directeur de boîte de nuit et montai en courant me réfugier dans mon propre appartement, un étage plus haut, mais le reste de l'été, terrifiée à l'idée de le croiser dans l'escalier, j'écoutais ses allées et venues avant de trouver le courage d'ouvrir ma porte et de me précipiter au rez-de-chaussée. Je me disais que si je faisais tout cela, c'était parce que j'étais à Paris pour pratiquer mon français et que j'avais décidé de parler à quiconque me parlerait. Mais au cours de cet été, j'eus le sentiment que Soraya était peut-être là, tout près, quelque part dans la ville, que j'étais proche d'elle et proche de quelque chose en moi qui m'attirait tout en m'effrayant un peu, comme elle autrefois. Elle s'était engagée plus loin que n'importe laquelle de mes connaissances dans un jeu qui n'était jamais seulement un jeu, mais était lié au pouvoir et à la peur, au refus de se soumettre aux vulnérabilités qui sont les nôtres dès la naissance.

Moi, cependant, je n'étais pas capable d'aller très loin dans cette direction. Je crois que je manquais de courage et, passé cet été-là, je ne me suis plus jamais montrée aussi intrépide ni imprudente. J'ai eu plusieurs petits amis successifs, tous très doux, tous légèrement intimidés. Puis je me suis mariée et j'ai eu deux filles. L'aînée a les cheveux blond vénitien de mon mari ; si elle marchait dans un champ à l'automne, on pourrait facilement la perdre. Mais la cadette, elle, se remarque partout où elle se trouve. Elle grandit et se développe par contraste avec tout ce qui l'entoure. Il est faux, dangereux même, de croire que l'on choisit son apparence. Et pourtant je jurerais que ma fille est pour quelque chose dans les cheveux noirs et les yeux verts qui attirent toujours l'attention, même au milieu d'autres enfants. À douze ans, elle est encore petite, mais les hommes la regardent déjà quand elle marche dans la rue ou voyage dans le métro. Et elle n'arrondit pas le dos, ne met pas sa capuche ni ne se cache derrière ses écouteurs comme le font ses amies. Elle se tient droite et immobile, telle une reine, ce qui la rend plus fascinante à leurs yeux. Elle a en elle une arrogance qui refuse de décroître, mais s'il n'y avait que cela, je ne me serais peut-être pas mise à avoir peur pour elle. C'est la curiosité qu'elle manifeste à l'égard de son propre pouvoir, de sa portée et ses limites, qui m'épouvante. Pourtant, en vérité, c'est peut-être que lorsque je ne crains pas pour elle, je l'envie. J'ai vu cela, un jour, j'ai vu la façon dont elle fixait l'homme en complet veston qui se tenait en face d'elle dans le métro et la transperçait du regard. Son regard à elle était un défi. Si elle avait eu une amie avec elle, elle aurait peut-être tourné lentement le visage vers elle sans quitter l'homme des yeux et dit quelque chose suscitant le rire. C'est à ce moment-là que Soraya m'est revenue à l'esprit et, depuis, je suis ce que je ne peux appeler autrement que hantée par elle. Par elle et par le fait que quelqu'un puisse arriver dans votre vie et que, quelques décennies plus tard, cet événement mûrisse, éclate et vienne au monde. Soraya, avec son duvet de moustache, son eye-liner aile de papillon et son rire, ce rire profond qui montait de son ventre quand elle nous parlait des pulsions sexuelles du banquier hollandais. Il aurait pu la briser d'une seule main, mais soit elle était déjà brisée, soit elle ne se briserait jamais.

Zoucha sur le toit

Les talons enfoncés dans le papier goudronné, vingt-trois étages au-dessus de la 110e Rue, berçant son petit-fils nouveau-né dans ses bras – comment avait-il atterri là ? Cela n'avait rien de simple, comme aurait dit son père. La simplicité ne faisait pas partie de son patrimoine.

Pour commencer de façon précise : Brodman était mort depuis deux semaines quand, ô tristesse, il était revenu en ce monde et y avait passé cinquante ans à essayer d'écrire des livres inutiles. Des complications étaient apparues après l'ablation d'une tumeur à l'intestin. Relié à un respirateur, avec des poches pour chaque liquide entrant ou sortant, son corps était resté quinze jours étendu sur un lit à roulettes, menant une guerre médiévale contre une double pneumonie. Pendant deux semaines, Brodman était resté en suspens, à la fois mort et pas mort. Comme la maison dans le Lévitique, il avait été infecté par la peste. On le nettoya, on le démonta, pierre par pierre. Ça marcherait ou pas. Soit la peste disparaîtrait, soit elle l'avait déjà envahi.

En attendant le verdict, il fit des rêves extravagants.

Quelles hallucinations ! Drogué aux médicaments, avec une fièvre de cheval, il se vit en anti-Herzl, discourant d'un littoral à l'autre devant des foules si énormes qu'elles regardaient des simulcasts de simulcasts. Un rabbin de Cisjordanie émit une fatwa contre lui, avec une récompense de dix millions de dollars financée par un roi de casinos juif. Poursuivi pour trahison, Brodman fut caché en lieu sûr quelque part au cœur de l'Allemagne. Par la fenêtre il voyait les collines arrondies de... Bavière ? du Weserbergland ? On lui épargna les détails pour son bien, au cas où, n'y tenant plus, il téléphonerait à sa femme, Mira, ou à son avocat, ou encore au rabbin Chanan Ben-Zvi, du Gush Etzion. Et s'il appelait le rabbin, que lui dirait-il ? *Je me rends, venez me chercher, troisième chemin de terre sur la gauche, après la laiterie où Brunhilde chante « Edelweiss » au pis des vaches, et n'oubliez surtout pas votre fusil d'assaut* ? Ou peut-être le rabbin avait-il l'intention de lui trancher la gorge à l'aide d'un couteau à découper.

De son lieu sûr en Allemagne, il tint conseil avec Buber, avec le rabbin Akiva et avec Gershom Scholem, allongé paresseusement sur une peau d'ours dont il grattait l'arrière des oreilles. Il monta avec Maïmonide à l'arrière d'une voiture blindée, pour une conversation sans fin. Il vit Moïse ibn Ezra et entendit Salo Baron qu'il appela en agitant les bras pour dissiper la fumée. Il ne le distinguait pas mais savait, à sa respiration bruyante, qu'il se trouvait dans cette nébuleuse tourbillonnante – Salo Wittmayer Baron, qui connaissait vingt langues et avait témoigné au procès d'Eichmann, le premier homme à obtenir une chaire d'histoire juive dans une université occidentale. *Salo, quel malheur as-tu attiré sur nos têtes ?*

Pendant ces semaines de fièvre, des choses prodigieuses lui arrivèrent, d'indescriptibles révélations. Détaché du temps, éphémère et transcendantal, Brodman voyait la véritable forme de sa vie, la façon dont celle-ci avait toujours dévié en direction du devoir. Pas seulement sa vie mais aussi celle de son peuple – les trois mille ans de souvenirs traîtres, de souffrances hautement respectées et d'attente.

Le quinzième jour, la fièvre tomba et il se réveilla guéri. Son corps était redevenu habitable, il vivrait encore un peu. Tout ce qui restait, selon le passage du Lévitique, c'était l'acte rituel d'expiation nécessitant deux oiseaux, l'un destiné au sacrifice, l'autre autorisé à vivre. L'un tué, l'autre trempé dans le sang de son congénère et agité sept fois autour de la maison avant d'être libéré. Quel sursis ! Il ne lisait jamais ce passage sans se mettre à pleurer. *Mais il lâchera l'oiseau vivant hors de la ville, dans les champs. C'est ainsi qu'il fera pour la maison l'expiation, et elle sera pure.*

Pendant ses hallucinations, son unique petit-fils vint au monde. Dans son état d'extrême faiblesse, Brodman n'était pas loin de croire que c'était son énergie mentale qui avait accompli le travail de l'accouchement. Sa fille cadette, Ruthie, n'aimait pas les hommes. Lorsqu'elle lui avait annoncé qu'elle était enceinte, à quarante et un ans, Brodman avait accueilli la nouvelle comme un miracle d'immaculée conception. Mais sa joie avait été de courte durée. Quelques mois plus tard, il s'était fait faire une analyse sanguine de routine, qui conduisit à une coloscopie, qui conduisit, un mois et demi avant la naissance prévue du bébé, à la découverte de sa propre gestation. S'il avait cru à tout cela, il aurait pu y voir quelque chose de mystique. Suant et gémissant, souffrant abominablement du ventre, il avait poussé l'idée du bébé à travers l'étroit canal de l'incrédulité et l'avait mis au monde. Ce qui avait failli le tuer. Non, ce qui l'avait bel et bien tué. Il était mort pour l'enfant. Puis une espèce de miracle l'avait ramené à la vie. Dans quel but ?

Un matin, très tôt, on lui enleva le respirateur. Le jeune médecin penché au-dessus de lui avait les yeux humides du prodige qu'il avait accompli. Brodman inhala sa première bouffée d'air frais depuis deux semaines et elle lui monta à la tête. Dans un vertige, il attira le médecin à lui, si près que tout ce qu'il voyait c'étaient ses dents, si blanches, d'une beauté si éblouissante, et c'est à ces dents, les choses les plus proches de Dieu dans cette pièce, qu'il chuchota : « Je n'étais pas Zoucha. » Le médecin ne comprit pas et Brodman dut se répéter, poussant très fort les mots hors de sa bouche. Il finit par être entendu. « Bien sûr que non », fit le médecin d'un ton apaisant, se dégageant de la faible étreinte de son patient et tapotant doucement la main transpercée par la perfusion intraveineuse. « Vous étiez le professeur Brodman et vous l'êtes toujours. »

Si on ne lui avait pas coupé les muscles du ventre, il aurait peut-être ri. Que pouvait cet homme connaître du regret ? Il n'avait sans doute pas encore d'enfants. À le voir, même pas d'épouse. Tout était devant lui. Bientôt, riche des promesses de la journée, il irait se chercher un café. Et ce matin même, il venait de ramener un mort à la vie ! Que pouvait-il savoir d'une existence gâchée ? Oui, Brodman avait été Brodman, il était toujours Brodman et en même temps il n'avait pas su être Brodman, exactement comme le rabbin Zoucha n'avait pas su être l'homme qu'il aurait dû être. Il avait appris la légende étant enfant : après sa mort, le rebbe d'Anipoli avait attendu le jugement de Dieu, honteux de n'avoir été ni Moïse ni Abraham. Mais lorsque Dieu apparut enfin, Il lui demanda simplement : « Pourquoi n'as-tu pas été Zoucha ? » L'histoire s'arrêtait là, mais Brodman avait rêvé le reste : Dieu Se cacha de nouveau et Zoucha, resté seul, chuchota : « Parce que j'étais juif et qu'il n'y avait plus de place pour être quoi que ce fût d'autre, pas même Zoucha. »

La lumière limpide du matin filtrait à travers la fenêtre de l'hôpital et un pigeon installé sur le rebord s'enleva d'un coup d'aile. La vitre dépolie cachait le mur de brique d'en face et, de l'oiseau, il ne voyait qu'une vague forme ascendante. Mais dans sa tête, le bruissement d'ailes résonna comme une espèce de ponctuation, une virgule griffant la page blanche. Cela faisait des années que son esprit n'avait pas été aussi clair ni aussi concentré. La mort l'avait nettoyé de l'inutile. Ses pensées, désormais d'une autre qualité, étaient absolument percutantes. Il avait l'impression qu'il était enfin allé au fond des choses. Il avait envie de le dire à Mira. Mais où était Mira ? Pendant les longues journées de sa maladie il l'avait toujours vue assise sur une chaise à son chevet, ne s'absentant que quelques heures, la nuit, pour aller dormir. À cet instant, Brodman comprit que son petit-fils était né pendant qu'il était mort. Il voulait savoir : avait-on donné son nom au bébé ?

Cela faisait des années qu'il n'enseignait plus et on le disait occupé à écrire le chef-d'œuvre qui résumerait toute une vie d'érudition. Mais personne n'en avait jamais rien vu et des bruits circulaient dans le département, à l'université Columbia. Aussi loin que remontaient ses souvenirs, il connaissait toutes les réponses – sa vie avait toujours flotté sur un vaste océan d'intellection et il n'avait eu qu'à y plonger son verre. Il avait remarqué trop tard la lente évaporation de cet océan. Il avait cessé de comprendre. Cela faisait des années qu'il ne comprenait plus. Il s'asseyait chaque jour à son bureau dans la pièce exiguë, au fond de l'appartement, bourrée d'objets d'art primitif que Mira et lui avaient achetés pour trois fois rien quarante ans plus tôt, lors d'un voyage au Nouveau-Mexique. Il était resté assis là pendant des années mais rien ne lui était venu. Il avait même envisagé d'écrire ses Mémoires mais n'avait fait que remplir un carnet avec le nom de gens qu'il avait connus autrefois. Lorsque ses anciens étudiants passaient le voir, il se mettait à disserter, assis sous les masques primitifs, à propos des difficultés auxquelles est confronté l'historien juif. Les Juifs avaient depuis longtemps fini d'écrire l'histoire, disait-il. Si les rabbins avaient fermé le canon de la Bible hébraïque, c'était parce qu'ils estimaient qu'ils avaient plus d'histoire qu'il ne leur en fallait. Deux mille ans plus tôt, la porte s'était close sur l'histoire sacrée, la seule dont le Juif eût besoin. Puis étaient arrivés le fanatisme et le messianisme, la barbarie des Romains, le fleuve de sang, le feu, la destruction et finalement l'exil. Dès lors, les Juifs avaient décidé de vivre en dehors de l'histoire. L'histoire, c'était ce qui arrivait aux autres ; les Juifs, eux, attendaient la venue du Messie. Pendant ce temps les rabbins s'étaient uniquement consacrés à la mémoire juive et, durant deux millénaires, cette mémoire avait soutenu tout un peuple. Alors qui était-il, lui, qui étaient-ils les uns et les autres, pour semer le doute ?

Ayant déjà entendu tout cela, les étudiants s'étaient faits de plus en plus rares. Ruthie, elle, ne pouvait supporter de rester plus d'un quart d'heure. Quant à sa fille aînée, elle était depuis longtemps perdue pour lui. De temps à autre, elle arrêtait un instant de se jeter devant les bulldozers israéliens en Cisjordanie pour appeler à la maison. Si c'était lui, au lieu de Mira, qui prenait la communication, elle raccrochait et retournait auprès des Palestiniens. Il l'entendait un court instant respirer dans le combiné. « Carol ? » Seule la tonalité lui répondait. Que lui avait-il donc fait ? Il n'avait pas été un bon père, c'est vrai, mais avait-il été si mauvais que cela ? Accaparé par sa vie universitaire, il avait laissé à Mira le soin de s'occuper des filles. Ce choix cachait-il autre chose ? Tout l'intérêt qu'elles avaient pu lui porter était retombé. Quand Mira nattait leurs chevelures cuivrées à l'heure du coucher, la délicate dentelle de leurs journées se déroulait, avec leurs triomphes et leurs déceptions. N'étant ni attendu ni désiré pendant ce rituel, il restait enfermé dans la pièce du fond convertie en bureau après la naissance de Carol. Mais le sentiment d'être exclu, impuissant, insignifiant, alimentait sa colère. Par la suite, il regretta chaque jour les choses qu'il avait dites.

Et pourtant ses filles n'avaient jamais eu peur de lui. Elles avaient toujours fait ce qu'elles voulaient. Ses enfants n'avaient pas souffert sous le même joug filial que lui. Enfant unique, Brodman n'avait pas pu davantage trahir ses parents que leur casser la figure. Leur vie avait reposé sur son dos comme un château de cartes. Son père était arrivé à Ellis Island en tant que spécialiste des langues anciennes et avait fini professeur d'hébreu. Sa mère était devenue femme de ménage chez de riches Juifs du Bronx. À la naissance de Brodman, elle avait cessé de travailler mais, dans sa tête, elle avait continué à arpenter pièces, escaliers, recoins et couloirs. Quand il était tout petit, elle se perdait dans ces divers espaces. Un enfant est-il capable de comprendre que sa mère est en train de se perdre ? Brodman n'avait pas compris. Après qu'on l'eut emmenée, son père et lui restèrent seuls à la maison. Avec une dévotion et une méticulosité rigoureuses, celui-ci lui avait dispensé l'enseignement requis. Chaque jour, à l'aube, dans la lumière froide du levant, Brodman l'avait regardé se ligaturer pour la prière. Lorsqu'il partait au travail, il demeurait voûté, à l'image de la courbe qu'il avait appris à tracer à Brodman pour écrire l'hébreu. Jamais Brodman n'avait davantage aimé son père que dans ces moments-là, encore que, plus tard, il se demandât si ce qu'il avait pris pour de l'amour n'était pas en partie de la pitié mêlée au désir de protéger son père d'un surcroît de souffrance.

Au bout de trois mois, on ramena sa mère à la maison et on la cala contre des oreillers avec vue sur la tache d'eau du plafond. Sa peau, bleuâtre et luisante, était tendue sur ses chevilles. Brodman lui faisait la cuisine et l'aidait à manger, puis il étudiait à la table, sous le papier tue-mouches, guettant ses quintes de toux sèche. Lorsque son père rentrait le soir, il lui servait son repas. Après quoi, il essuyait la toile cirée et descendait les livres d'hébreu aux dos de cuir effrités. Les lèvres de son père remuaient en silence tandis que son index à l'ongle large cherchait soigneusement un certain passage. Abraham ligatura Isaac de façon qu'Isaac continuât à se ligaturer jusqu'à la fin des temps. Chaque soir au moment du coucher, Brodman vérifiait ses lanières, comme un homme vérifie une dernière fois les portes et les fenêtres de sa maison. Lorsqu'il quittait l'appartement, il verrouillait la porte en silence derrière lui et, sur ses épaules, transportait sa mère aux chevilles bleues, son père au dos voûté et les parents de ceux-ci, morts dans une tranchée, à l'orée d'une pinède.

Mais pas ses filles. Avaient-elles deviné le prix qu'il avait payé et finalement appris de lui – lui, avec ses vieux livres, rabougri par le devoir ? Pendant toute leur enfance, le visage sépia de son père les avait contemplées misérablement depuis le mur du salon. Or elles n'avaient cure de tout cela. Elles lui avaient tourné le dos et s'en étaient allées d'un pas léger dans la direction opposée. Elles n'avaient pas eu de scrupules à rejeter tout ce qu'il avait aimé. Et elles ne l'avaient guère respecté. De Carol il n'avait reçu que du dédain et de Ruthie de l'indifférence. Il leur en avait terriblement voulu mais, au fond de lui, avait envié leur aptitude à s'affirmer. Il avait compris, mais trop tard, qu'elles n'étaient pas plus heureuses que lui, ni plus libres. À dix-neuf ans, Carol avait été hospitalisée. Lorsqu'il était allé la voir elle était attachée au lit, en camisole de force. Sous-estimant son état, il lui avait apporté un recueil de nouvelles d'Agnon. Gêné, il l'avait maladroitement laissé sur la table. Elle regardait le plafond, comme sa mère autrefois.

Brodman, lui, n'avait pas souffert de ce genre de fragilité mentale. Le gène – si c'est de cela qu'il s'agissait – l'avait épargné. Ou bien Brodman avait entraîné son esprit à lui résister. Sa maladie à lui, physique et extractible, était à présent quelque part dans un bocal de laboratoire depuis sa douloureuse césarienne – et son petit-fils, né quatre semaines avant terme, était en couveuse. Non, il n'était pas désorienté, simplement abasourdi devant une telle symétrie. Ils se remettaient tous les deux, Brodman au onzième étage, son petit-fils au sixième, lui, de la mort, son petit-fils, de la vie. Mira s'affairait de l'un à l'autre, telle une assistante au Congrès. Les visiteurs allaient et venaient. Au bébé, ils apportaient des peluches et de minuscules grenouillères en coton égyptien. À Brodman, des fruits en purée et des livres qu'il était trop déconcentré pour pouvoir lire.

Enfin, au jour prévu pour la sortie du bébé, Brodman fut assez en forme pour être transporté jusqu'à lui. Le matin, de bonne heure, l'infirmière russe vint lui faire une toilette à l'éponge. « On se lave pour aller voir petit-fils ! » chantonnait-elle tout en travaillant d'une main ferme. Baissant les yeux, il s'aperçut qu'il n'avait plus de nombril. La marque de sa naissance avait fait place à une horrible zébrure rouge d'une dizaine de centimètres de long. Que devait-il en penser ? La Russe le véhicula le long du couloir en fauteuil roulant. Par les portes ouvertes, il voyait les mollets meurtris et les pieds crispés des presque morts dépassant des couvertures.

Mais à son arrivée, la chambre débordait de gens ayant des droits sur l'enfant : sa fille et sa compagne, l'homosexuel qui avait donné son sperme et le compagnon de l'homosexuel. Brodman attendit son tour pendant plus d'une heure. Depuis le fauteuil roulant, impossible ne fût-ce que d'apercevoir le bébé, complètement encerclé par ses procréateurs. Furieux, il sortit de la pièce, prit l'ascenseur dans la mauvaise direction, visita le centre de dialyse et suivit des panneaux conduisant à la cour de méditation où il passa sa colère sur un Bouddha trapu couvert de mousse. Comme personne ne venait, il décida de rebrousser chemin et de chercher querelle à sa fille.

À son retour, la chambre s'était vidée. Mira lui mit dans les bras le bébé endormi, enveloppé dans des linges blancs. Retenant son souffle, il contempla les volutes parfaites et luminescentes des oreilles de l'enfant, qu'on eût dit peintes par Fra Filippo Lippi. Craignant de le laisser tomber, il tenta de déplacer le paquet dans ses bras, mais le bébé sursauta et ouvrit des yeux poisseux dépourvus de cils. Brodman sentit qu'on extirpait douloureusement quelque chose de son corps décati, mais il refusa de lâcher l'enfant qu'il tenait serré contre sa poitrine.

Cette nuit-là, au onzième étage, il se tourna et se retourna dans son lit, trop agité pour dormir. Son petit-fils était maintenant à la maison, dans son berceau, emmailloté dans des linges douillets et rêvant sous un mobile qui tournoyait doucement au-dessus de sa tête. *C'est bien, dors, bubbeleh. Tout est paisible dans ton monde, rien ne te menace encore. Personne ne réclame ton opinion sur quoi que ce soit.* Non que l'enfant fût protégé des opinions. Elles tourbillonnaient autour de lui. Ruthie avait demandé à Mira d'acheter un moïse à l'enfant. « Quel besoin a-t-il de ce genre de chose ? » dit Brodman. Se rendant compte de son erreur, Mira réenveloppa avec peine le panier dans le papier de soie. Mais Brodman avait déjà planté ses crocs. « Combien de temps encore allons-nous jouer cette petite comédie ? demanda-t-il. Nous ne sommes plus esclaves en Égypte. D'ailleurs, nous n'avons jamais été esclaves en Égypte.

– Tu es ridicule », dit Mira, remettant le couffin dans l'emballage Saks et le poussant du pied sous sa chaise. Brodman le savait, mais il s'en fichait. Il s'entêta. « Un moïse ? Pourquoi, Mira ? Explique-moi. »

Non, il n'arrivait pas à dormir. Quelque part dans le monde, il devait y avoir des enfants nés et élevés sans précédent. À cette idée, un frisson de crainte lui parcourut l'échine. Qui aurait-il pu être s'il avait eu le choix ? Mais il avait laissé passer sa chance. Il avait accepté de se laisser broyer par le devoir. Il avait échoué à devenir vraiment lui-même, préférant céder à d'antiques contraintes. La sottise de tout cela lui apparaissait à présent. Quel gâchis ! Rendu génial par la fièvre, il avait tout compris. Les arguments des morts lui avaient été exposés, preuves incontestables de ceux qui, de l'autre côté, savaient. Il était mort puis avait été rappelé à la vie afin de pouvoir instruire l'enfant, le conduire sur un autre chemin.

Le lendemain matin, Mira arriva avec des petits pains au beurre qui transpiraient dans leur sachet Ziploc. Il les mangea en écoutant les histoires du bébé et de sa triomphale arrivée chez lui, de ses pipis vigoureux et de sa grande soif. Brodman, lui aussi, pissait et buvait des litres, et lorsque le médecin vint lui rendre visite, il dit en plaisantant à Mira que ses vacances étaient bientôt terminées. Le lendemain ou le surlendemain, Brodman rentrerait à la maison. La maison... Il s'en souvint soudain. Les heures interminables passées dans l'obscurité de la pièce du fond à tenter de remettre un fusible en marche. Jour après jour, année après année, les lignes fines du bloc-notes vierge avaient été pour lui un reproche vivant. Tout cela était terminé à présent. Il n'avait pas été ramené à la vie pour retomber dans cette absurdité.

L'ambulance qui le ramena chez lui n'utilisa pas sa sirène.

Deux fois trop petit, l'enfant n'avait pas été circoncis le huitième jour. À l'hôpital, on l'avait engraissé comme Hansel et, une fois à la maison, il avait continué à grossir. La nouvelle venait d'arriver selon laquelle le médecin donnait son feu vert. La cérémonie aurait lieu chez Ruthie. On y servirait des bagels et du saumon fumé. On avait déniché à Riverdale une femme mohel qui, rompant avec la tradition, autorisait l'anesthésie locale. Tout cela, Brodman l'entendit depuis sa chambre. Quand Mira vint lui en parler, il fit semblant de dormir. Il était trop fatigué pour lui expliquer la nature de ses propres révélations. Sa fièvre avait perdu de son intensité. Les journées étaient désormais figées dans l'ennui. N'était-il pas autrefois un homme d'action ? C'est toujours ainsi qu'il s'était vu, mais quelles preuves en avait-il ? Une maigre production de livres – eux-mêmes des commentaires de commentaires d'autres livres – semblait suggérer le contraire. Soutenu par des oreillers en mousse, il leva les yeux vers un petit coin de ciel entre deux bâtiments. Carol était une femme d'action. Elle avait perdu la tête, puis était devenue une femme d'action. Une femme qui affrontait tanks et bulldozers, qui se battait pour ce en quoi elle croyait. Mais lui, son père, avait gardé toute sa tête et s'y était enfermé comme un homme qui s'enferme dans un raisonnement impeccable.

Il avait maigri de dix kilos pendant l'épreuve de la maladie et ses vêtements ne lui allaient plus. Occupée par le ravitaillement et les chaises pliantes, Mira n'avait pensé à cela que deux heures avant la brit mila. Brodman se mit à crier, même si crier lui faisait encore mal, et menaça de se rendre à la cérémonie dans son peignoir couvert de taches. Mira qui, pendant cinquante ans, avait fait face à ses humeurs avec un calme olympien continua à répondre au téléphone tout en emballant des plateaux de nourriture. Puis elle quitta l'appartement sans un mot. Brodman entendit la porte se fermer et attisa sa propre colère en se disant qu'elle était partie sans lui. Il était sur le point de prendre le téléphone et de *se* défouler sur Ruthie quand Mira rentra avec une chemise de soie bordeaux et un pantalon marron prêtés par le voisin du dessus, avec la femme duquel elle prenait parfois le café. Dégoûté, Brodman jeta la chemise de soie par terre en hurlant. Mais bientôt sa colère tomba comme la chaleur quitte une maison aux fenêtres délabrées, ne laissant derrière elle qu'impuissance et désespoir. Vingt minutes plus tard, il était en bas, en manches de soie bouffantes, pendant que le portier hélait un taxi.

On était maintenant en hiver. Le taxi roulait dans les rues grises de la ville où Brodman avait toujours vécu. Les bâtiments crasseux défilaient devant les vitres embuées. Mira n'avait rien à lui dire. Dans le hall de l'immeuble de Ruthie, il attendit dans ses vêtements d'emprunt, entouré des sacs en plastique de Mira. Elle avait pris l'ascenseur pour aller chercher de l'aide. Brodman songea à repartir. Il se vit rentrant chez lui le long des rues glacées.

Dix-sept ans plus tôt, après la mort de son père, il avait sombré dans une profonde dépression. Ç'avait été une époque noire de sa vie et, au plus fort de la crise, il avait sérieusement songé au suicide. Ce n'est qu'une fois son père décédé que Brodman avait découvert ce que sa présence dominante lui avait caché. Une ambivalence, comme une ligne de faille, qui menaçait à présent de renverser tout ce qui avait été construit par-dessus. Non, davantage qu'une ambivalence : une opposition. Pas à son père, qu'il avait aimé. Mais à ce que son père avait exigé de lui, de même qu'on l'avait exigé de son père, et du père de son père avant lui, et comme cela sur des générations. Non, il n'était pas en colère ! avait-il hurlé dans le cabinet de la thérapeute. « Je proteste simplement contre la charge !

– La charge de quoi ? » avait-elle demandé, le stylo en l'air, prête à consigner la réponse dans son dossier.

Au bout d'un mois, l'insomnie et la migraine disparurent, et il commença peu à peu à se reconnaître. Après cela, il fut ébranlé pendant des mois chaque fois qu'il se rappelait combien il avait été près de tout abandonner. L'odeur de crottin de cheval frais dans Central Park et la vue des gratte-ciel surgissant au-dessus des arbres l'inondaient d'un sentiment de gratitude. Les musées le long de la Cinquième Avenue, les taxis jaunes dans le soleil, la musique, tout cela lui coupait les jambes, comme s'il venait d'échapper de justesse à une chute vertigineuse. Se retrouvant devant le Carnegie Hall ou l'un des théâtres flamboyants de Broadway au moment précis où les spectateurs se déversaient dans la rue, encore perdus dans un autre monde, Brodman se sentait pris à bras-le-corps par la vie. Le goût amer de son opposition avait disparu. Lui enlevant, en même temps, une partie de lui-même. Il avait été blessé par la dissidence et ne pourrait jamais redevenir celui qu'il était autrefois. C'est sans doute là qu'avait commencé ce lent déclin d'intellection qui avait desséché son esprit autrefois fertile.

Dans le hall minable de l'immeuble de sa fille, appuyé sur la canne fournie par l'hôpital, il regardait les chiffres au-dessus de l'ascenseur s'éclairer en ordre décroissant. Les portes, en s'ouvrant, laissèrent apparaître le visage souriant du donneur de sperme. « Grand-père ! » s'écria-t-il d'une voix sonore en pétrissant la main de Brodman avant de ramasser d'un geste les sacs de courses. Dans l'ascenseur exigu, Brodman se mit à suer et à respirer par la bouche pour éviter d'inhaler le parfum capiteux de son voisin. L'ascenseur monta bruyamment les étages, transportant les seuls parents mâles que possédât le pauvre enfant. Brodman grimaça en tentant de chasser l'image de l'homme à côté de lui en train de se tripoter afin d'emplir un gobelet en carton.

L'appartement était déjà plein de monde. L'une des plus anciennes amies de Ruthie aborda Brodman et lui colla un petit baiser sec sur la joue. « Ça fait plaisir de vous voir de nouveau à la maison. Vous nous avez fait peur », dit-elle d'une voix forte, comme si la maladie l'avait rendu également sourd. Brodman répondit par un grognement et se dirigea vers la fenêtre qu'il ouvrit d'un mouvement brusque pour inspirer l'air froid. Mais lorsqu'il se retourna vers l'appartement bondé il fut pris de vertige. À l'autre bout de la pièce, Mira s'évertuait à extraire du thé d'un grand samovar à l'intention de la mohelet de Riverdale. Cette femme, avec sa kippa au crochet de la taille d'une assiette à soupe, était arrivée dans une berline prépayée pour exciser le prépuce de son petit-fils – marque de l'alliance avec Dieu. Pour couper la chair de façon que l'âme de l'enfant ne fût pas elle-même coupée à jamais de son peuple.

Brodman ne se sentait pas solide sur ses jambes. Il traversa la cuisine, se frayant un chemin parmi les pots de fromage frais sous emballage plastique, et avança dans le couloir sombre d'un pas lourd en s'aidant de la canne en métal.

Tout ce qu'il voulait, c'était s'allonger dans la chambre de Ruthie et fermer les yeux, mais en ouvrant la porte, il vit le lit recouvert d'une montagne de manteaux et d'écharpes. Ses yeux s'emplirent de larmes brûlantes. Il sentit monter un hurlement dans ses poumons, le hurlement d'un homme privé de l'état de grâce. Mais ce qu'il entendit, en fait, ce fut un très léger gargouillis. Pivotant sur ses talons il aperçut, dans un coin de la pièce, le panier d'osier posé près d'un rocking-chair. Le bébé ouvrit sa toute petite bouche. L'espace d'un instant, il sembla sur le point de crier, de parler, même, mais il se contenta de lever un minuscule poing marbré qu'il essaya de fourrer dans sa bouche. Brodman, très ému, s'approcha de lui. Sentant un changement dans son monde de lumière et d'ombre, le bébé tourna la tête. Il considéra son grand-père avec de grands yeux interrogateurs. Au bout du couloir, on préparait déjà le clamp et le couteau. Comment faire pour aider l'enfant maintenant ?

La porte de service s'ouvrait sur l'escalier de secours. Abandonnant la canne, Brodman agrippa la rampe et se hissa deux étages plus haut. Ses muscles abdominaux lui faisaient mal. Par trois fois, il dut poser le moïse afin de reprendre haleine. Ils atteignirent enfin le sommet des marches et Brodman poussa la barre métallique de la porte qui leur permit d'accéder au toit.

Un groupe d'oiseaux s'envola brusquement du muret et monta en flèche vers le ciel. À ses pieds, la ville s'étendait dans toutes les directions et, de là-haut, elle apparaissait tranquille, presque immobile. À l'ouest, il voyait les longues péniches sur l'Hudson et, très loin, les falaises du New Jersey. À bout de souffle, il déposa le panier sur le papier goudronné. Le bébé se tortilla dans l'air froid et cligna des yeux d'étonnement. Brodman tremblait d'amour pour lui. Ses traits magnifiques lui étaient totalement inconnus, apparentés à personne. Un enfant encore sans dimensions, égal seulement à lui-même. Peut-être se révélerait-il différent d'eux tous.

En bas, on avait déjà dû découvrir son absence, l'alarme devait être générale et l'appartement plongé dans le chaos. Brodman sentit la morsure du vent à travers la chemise de soie. Il n'avait rien prévu. Eût-il cherché une aide et des conseils, ce n'est pas ici qu'il les aurait trouvés. Une chape de plomb scellait le firmament. Se penchant avec difficulté, Brodman sortit le bébé du couffin. La toute petite tête bascula en arrière, il la rattrapa et se mit à la bercer avec tendresse au creux de son bras tout en se balançant en douceur d'avant en arrière, exactement comme son père le faisait au petit matin, après avoir enroulé les lanières noires autour de son bras et de sa tête. Pleurait-il ? Il n'en savait rien. Il caressa du doigt la joue satinée du bébé dont les yeux gris semblaient le considérer avec patience. Mais Brodman n'avait aucune idée de ce qu'il était censé dire à l'enfant. Rendu à la vie, il était devenu incapable de fouiller l'infinie sagesse des morts.

Je dors mais mon cœur veille

Endormie dans l'appartement de mon père, je rêve qu'il y a quelqu'un à la porte. C'est lui, il a trois ans, quatre peut-être. Il pleure, j'ignore pourquoi, je sais seulement qu'il est horriblement déçu. J'essaie de le distraire en lui montrant un album rempli de magnifiques illustrations aux couleurs bien plus vives que dans la réalité. Il y jette un regard mais continue de pleurer. Dans ses yeux, je vois que tout est déjà décidé. Alors je le soulève et le promène sur ma hanche. Ce n'est pas facile mais c'est ainsi, parce qu'il est complètement bouleversé, ce minuscule père-enfant.

Le loquet de la porte me réveille. Cela fait plus d'une semaine que je vis seule ici. Immobile dans mon lit, j'écoute le bruit de pas qui entrent et d'un sac que l'on pose lourdement par terre. Les pas s'éloignent en direction de la petite cuisine et j'entends le grincement du placard qui s'ouvre et se referme, le bruit de l'eau qui jaillit du robinet. Celui qui est là connaît les lieux, donc je ne vois pas qui ça peut être.

De l'embrasure de la porte de la chambre je vois le large dos de l'inconnu qui, penché en avant, emplit la moitié de la cuisine minuscule. L'homme avale un verre d'eau d'un trait, le remplit, le vide de nouveau, puis le remplit une troisième fois. Il rince ensuite le verre et le met à sécher à l'envers sur l'égouttoir à vaisselle. Sa chemise blanche est trempée de sueur. Il déboutonne ses manches et les roule à hauteur des coudes. Il s'asperge la figure d'eau, décroche le torchon à carreaux, se sèche d'un mouvement brusque, puis s'arrête pour presser le torchon sur ses yeux. De sa poche arrière, il tire un petit peigne, le passe dans ses cheveux et les remet en place. Lorsqu'il se retourne, ce n'est pas le visage que j'attendais, même si je n'en attendais aucun. Celui-ci est vieux et d'une grande délicatesse, avec un long nez aux narines dilatées. Il a les paupières tombantes mais des yeux étonnamment clairs et vifs. Il fait quelques pas pour rejoindre le séjour, jette son portefeuille sur la table et ce n'est qu'à ce moment-là que, en levant les yeux, il me voit qui le regarde depuis le seuil de la chambre.

Mon père est mort ; cela fait deux mois. L'hôpital de New York m'a remis ses vêtements, sa montre et le livre qu'il lisait, car il mangeait seul au restaurant. J'ai retourné ses poches à la recherche d'un mot qui me serait adressé, d'abord le pantalon, puis l'imperméable. N'ayant rien trouvé, j'ai lu le livre, qui traitait de théorie juridique et de Maïmonide. Je n'y ai pas saisi grand-chose. Je ne m'étais pas préparée à sa mort. Il ne m'y avait pas préparée. Ma mère est décédée quand j'avais trois ans. Déjà confrontés à la mort, nous étions, à notre façon, convenus de ne plus nous en occuper. Et voilà que, sans prévenir, mon père avait rompu notre accord.

Quelques jours après la Chivah, Koren m'apporta les clefs de l'appartement de Tel-Aviv. Je ne savais pas qu'il y avait là quoi que ce fût appartenant à mon père. Pendant les cinq années précédant sa mort, il avait passé le semestre d'hiver à enseigner en Israël, dans la ville où il avait grandi. Mais j'avais toujours pensé qu'il logeait dans un appartement de fonction, ce genre d'endroit dépouillé, impersonnel, habituellement alloué aux universitaires invités, et qui possède à la fois tout et rien : du sel dans le placard mais pas d'huile d'olive, un couteau, mais qui ne coupe pas. Il ne m'avait presque rien dit du lieu où il vivait entre janvier et mai. Sans toutefois en faire mystère. Je savais par exemple qu'il habitait en centre-ville et se rendait trois fois par semaine au campus de Ramat Aviv parce qu'il préférait la ville et que l'appartement n'était pas loin de la mer, qu'il aimait longer au petit matin. Lorsque nous nous entretenions au téléphone, ce qui nous arrivait souvent, et qu'il me parlait des concerts où il allait, des plats qu'il avait essayé de préparer et du livre qu'il écrivait, je ne me représentais jamais son cadre de vie à l'autre bout du fil. Et quand j'essayais de me remémorer ces conversations, rien ne me revenait au-delà du son de sa voix : elle absorbait jusqu'au besoin d'imaginer.

Et pourtant Koren était là, qui détenait les clefs de l'appartement dont j'ignorais tout. C'est Koren, l'exécuteur testamentaire de mon père, qui s'était occupé des obsèques. Je devais seulement être présente au moment de l'ensevelir, et jeter la première pelletée de terre. Le bruit sourd que fit celle-ci en touchant le cercueil de pin me coupa les jambes. Debout dans le cimetière, en robe trop chaude pour la température ambiante, je me rappelai l'unique fois où je l'avais vu ivre. Koren et lui chantaient si fort que cela m'avait réveillée. *Had gadya, Had gadya. Un agneau, un agneau. Le chien vint et mordit le chat, qui avait mangé l'agneau, que mon père avait acheté pour deux sous.* Un jour, mon père m'avait dit que la Torah ne faisait pas mention de l'âme immortelle, que l'âme telle que nous la connaissons n'était apparue que dans le Talmud et qu'à l'instar de tous les progrès technologiques, elle facilitait la vie mais coupait les gens de quelque chose d'inné. Que disait-il, en fait ? Que l'invention de l'âme éloignait les hommes de la mort ? Ou bien m'enjoignait-il de ne pas le voir comme une âme après sa mort ?

Koren inscrivit l'adresse de l'appartement au dos de sa carte de visite et me dit que mon père souhaitait me le léguer. Plus tard, tandis que nous attendions l'ascenseur dans le couloir éclairé au néon, ayant peut-être le sentiment de ne m'avoir pas correctement transmis un certain message, Koren ajouta : « Il se disait que vous pourriez peut-être venir ici de temps à autre. »

Pourquoi ? Pourquoi, alors que pendant toutes ces années je ne lui avais jamais rendu visite ici et qu'il ne m'y avait jamais invitée ? J'avais des cousins dans le nord du pays, avec lesquels je n'entretenais guère de contacts ; leur mère, la sœur de mon père, ne lui ressemblait en rien. Mes cousins sont des gens durs, pragmatiques, inflexibles. Ils ont maintenant des enfants qu'ils laissent vagabonder librement dans la rue et jouer avec des objets tranchants et rouillés. Je les admire mais ne sais comment leur parler. Depuis la mort de ma grand-mère, quand j'avais dix ans, je n'y étais retournée qu'une fois. Et je n'avais plus aucune raison d'y aller. Comme si cela résultait d'une décision, mon père avait cessé de me parler en hébreu. Lui répondant en anglais depuis des années, c'est à peine si je l'avais remarqué, mais plus tard j'en vins à me dire que la langue dans laquelle il rêvait toujours était un combat qu'il avait perdu contre quelqu'un – pas moi.

Aujourd'hui, quand l'inconnu présent dans l'appartement de mon père me parle, je réponds instinctivement en anglais : « Je suis la fille d'Adam. Qui êtes-vous ?

– Vous m'avez fait peur », dit-il en plaquant la main sur sa poitrine.

Il s'affale sur le canapé et ses genoux s'ouvrent.

« Vous êtes un ami de mon père ?

– Oui », répond-il en se frottant le cou sous le col ouvert de sa chemise. Les poils de son torse sont clairsemés et grisonnants. Il me fait signe de m'asseoir, comme si c'était moi qui étais apparue à l'improviste dans son séjour, et non le contraire. Les yeux brillants, il me jauge. « J'aurais dû deviner, vous lui ressemblez. En plus jolie.

– Vous ne m'avez pas dit votre nom.

– Boaz. »

Mon père ne m'avait jamais parlé d'un Boaz.

« Je suis un vieil ami, dit l'inconnu.

– Pourquoi avez-vous les clefs ?

– Il me permet d'utiliser l'appartement en son absence, de temps à autre, quand je suis en ville. Je dors dans la chambre du fond et je m'occupe de ce qu'il y a à faire. Le mois dernier, il y a eu une fuite à l'étage du dessus.

– Mon père est mort. »

Il se tait et je le sens qui m'observe.

« Je sais. » Il se lève et, me tournant le dos, soulève sans effort le lourd sac à provisions qu'il a déposé plus tôt. Mais au lieu de s'en aller, comme je m'y attends – et comme le ferait tout individu normal –, il repart à la cuisine. « Je vais faire à manger, dit-il sans se retourner. Si vous avez faim, ce sera prêt dans un quart d'heure. »

Depuis le séjour, je le regarde hacher les légumes, casser les œufs et fouiller dans le réfrigérateur, tout cela d'une main experte. Le voir faire comme chez lui m'agace. Mon père n'est plus, et cet inconnu prétend profiter de son hospitalité. Mais je n'ai rien mangé de la journée.

« Asseyez-vous », m'ordonne-t-il en faisant glisser l'omelette du poêlon sur mon assiette. Docile, je prends place, exactement comme lorsque mon père m'appelait à table. Je mange vite sans paraître savourer les aliments, pour éviter de lui faire plaisir – alors que sa cuisine est très bonne, la meilleure que j'aie goûtée depuis longtemps. Mon père disait qu'il trouvait la nourriture meilleure quand je la mangeais – tout comme elle me paraissait meilleure quand c'était lui qui l'avait préparée. Je prends les dernières feuilles de salade dans mon assiette avec les doigts et, lorsque je lève la tête, je vois l'inconnu qui m'observe de ses pâles yeux verts.

« Vos cheveux, dit-il, vous les portez toujours aussi courts ? » Je lui jette un regard signifiant que je n'ai aucune envie que la conversation prenne un tour personnel. Il mange en silence pendant quelques minutes avant de faire une nouvelle tentative. « Vous êtes étudiante ? »

Je bois mon verre d'eau sans me donner la peine de le corriger. À travers le fond du verre je vois l'image floue de sa bouche.

Il me dit qu'il est ingénieur. « Alors vous avez les moyens de vous installer où bon vous semble quand vous venez en ville », lui dis-je. Il s'arrête de mâcher et sourit, laissant voir de petites dents grises, des dents d'enfant. « Je travaille pour la municipalité » répond-il, citant le nom d'une ville dans le Nord. « De toute façon, ici c'est plus pratique. »

Qui que soit cet homme, la mort de mon père le laisse indifférent. Pourquoi y sacrifierait-il son confort ? Décidant de lui ordonner de partir immédiatement, je repousse ma chaise et laisse tomber mon assiette dans l'évier, mais au lieu de cela je lui annonce que je vais me promener.

« Bien », répond-il en continuant de mâcher avec lenteur, fourchette et couteau délicatement suspendus au-dessus de son assiette. « Allez prendre l'air, je ferai la vaisselle. »

L'après-midi touche à sa fin mais la chaleur n'est pas tombée. Malgré tout, une fois dehors, mon irritation se dissipe. Pendant le trajet en taxi depuis l'aéroport, j'avais été surprise de voir la laideur et l'aspect misérable de la ville, avec ses murs criblés de trous et les tiges métalliques rouillées sortant de poteaux en béton sur le toit des immeubles. Mais m'y voici déjà habituée. D'une certaine façon, elle me réconforte même, cette paresseuse décrépitude, tout comme les arbres poussiéreux, la lumière jaune du soleil et le son de la langue de mon père.

J'arrive bientôt au rivage. Je m'assois en tailleur sur la plage et choisis un petit coin de mer à regarder, un tout petit coin qui change avec la lumière, le vent et une lointaine force sous-marine. Une fillette est assise au bord de l'eau et pousse des cris de joie chaque fois que les vagues viennent clapoter contre ses jambes, tandis que ses parents, installés sur des chaises en plastique, bavardent autour d'une thermos de café. Il est aisé de comprendre ce qui a ramené mon père ici. Il l'est moins de concevoir la raison pour laquelle il en est resté éloigné pendant vingt ans. À la mort de ma mère, il est parti avec moi et a obtenu un poste d'enseignant à New York ; je suis entrée à l'école et nous avons de moins en moins évoqué l'absence de ma mère, ainsi que notre vie d'avant. Je suis devenue une autochtone, tandis que lui n'a jamais été qu'un étranger. Et maintenant que je suis ici, dans sa ville, je me demande pour la première fois pourquoi il a attendu si longtemps pour rentrer, alors que j'avais grandi et terminé mes études. En ouvrant la porte de cet appartement dont j'avais toujours ignoré l'existence, j'ai été bouleversée par ce que j'ai découvert : les murs couverts de livres, les tapis délavés que mon père avait dû acheter au marché, ses disques d'opéra, les étagères garnies de babioles rapportées de ses voyages, les boîtes à thé et les plats colorés dans la vitrine, le piano droit délabré avec Bach encore ouvert sur le pupitre. Jusqu'à l'odeur des épices dans la cuisine. Le lieu appartenait à mon père, cela ne faisait aucun doute : toutes les choses qu'il aimait étaient là. Mais c'est précisément cette exhaustivité qui me surprenait et me troublait. J'avais l'impression de regarder sa vie à l'envers : son vrai chez-lui, c'était cet appartement, et celui dans lequel j'avais grandi n'était que l'endroit où il séjournait quand il n'était pas ici. Debout au milieu du séjour, j'ai éprouvé un douloureux sentiment de trahison. Si l'âme existait, même réfractée, où la sienne retournerait-elle ?

Lorsque je regagne la rue de mon père, la nuit tombe et je vois son appartement éclairé. Mon œil perçoit quelque chose de mouvant sur la corde à linge qui part de la fenêtre de la salle de bains. Des chemises – *les miennes* – se balancent dans la pénombre. Je suis le fil dans sa longueur et mes yeux tombent sur une paire de grosses mains qui épinglent soigneusement mes sous-vêtements.

Je monte quatre à quatre les deux volées de marches, j'enfonce l'interrupteur du couloir d'un coup de poing, cherche fébrilement la bonne clef sur le trousseau et fais irruption dans la pièce. Je hurle : « Qu'est-ce que vous faites ? » Je suffoque, mes oreilles bourdonnent. « Qui vous a permis de fouiller dans mes affaires ? »

L'ingénieur municipal est maintenant en maillot de corps blanc. La corbeille de vêtements mouillés repose en équilibre sur un tabouret à côté de lui.

« Elles étaient sur le lave-linge et j'ai taché ma chemise en faisant la cuisine. J'ai trouvé que ce serait du gaspillage de faire une lessive pour trois fois rien. »

Il met une épingle à linge entre ses lèvres épaisses et retourne à la délicate opération qui consiste à accrocher mes vêtements et à faire coulisser la corde. Il a les épaules couvertes de ces taches qui apparaissent avec l'âge, mais ses bras sont gros et musclés. Il ne porte pas d'alliance.

« Écoutez », dis-je à voix basse, alors qu'il m'écoute déjà. « J'ignore qui vous êtes, mais vous ne pouvez pas vous introduire comme ça chez les gens et vous immiscer dans leur vie privée. »

Il pose les vêtements et enlève l'épingle à linge de sa bouche. « Me suis-je immiscé dans votre vie privée ?

– Vous fouillez dans mes sous-vêtements !

– Et vous croyez qu'ils m'intéressent ? »

Le rouge me monte au visage. La culotte mauve qu'il tenait il y a un instant dans ses mains est vieille et enfantine, et son élastique est distendu.

« Ce n'est pas ce que je dis.

– Alors quoi ? Vous ne voulez pas que je lave votre linge ? Je ne le ferai plus. » Il accroche la dernière chemise et s'éloigne de la fenêtre. « Il y a de la crème glacée dans le congélateur. Je sors et rentrerai tard. Pas besoin de m'attendre, j'ai la clef. Au cas où vous n'auriez rien de prévu ce soir, il y a un bon film à la télé à neuf heures. »

Pourquoi est-ce que je regarde le film ? Je mange la glace et regarde le film, exactement comme il l'a suggéré. Le film n'est pas mal du tout, c'est vrai, mais je m'endors tout de même et, quand je me réveille, le programme a changé. Il est minuit passé. Je porte la montre de mon père à mon oreille. Son tic-tac ne subsistera pas éternellement et bientôt le surplus de temps qu'il m'a laissé sera épuisé. Mais pour l'instant, elle continue à faire tic-tac.

Quelque part, un chat crie, ou peut-être un bébé. Je me fais couler un bain et, allongée dans la baignoire, je remarque pour la première fois une tache d'eau sombre au plafond, là où le plâtre a commencé à s'écailler à cause d'une fuite. Avant d'aller me coucher, je frappe à la porte de la petite chambre du fond, même si je sais qu'il n'est pas là : je l'aurais entendu arriver. J'actionne l'interrupteur. Le lit étroit est fait avec un soin militaire. L'homme me semble trop grand pour ce lit – mon lit, me dis-je tout à coup, celui que mon père me destinait au cas où je serais venue le voir. Mais je n'étais jamais venue et, entre-temps, il avait prêté le petit lit à un inconnu.

Au pied du lit il y a une coiffeuse en bois, le seul autre meuble qui entre dans cette pièce. Ouvrant le tiroir du haut, je vois un nécessaire de rasage, une brosse à dents et des sous-vêtements de rechange. Les autres sont vides.

Dans la chambre de mon père, je sors le petit album photos en cuir que j'ai trouvé dans le tiroir de sa table de nuit. Là où j'ai grandi, les seules photos que gardait mon père étaient des photos de moi et maintenant, depuis que j'ai découvert le petit album la semaine passée, je ne peux m'arrêter de le regarder. La première page montre une image de lui en jeune homme, encore plus jeune que je ne le suis. Vêtu d'un short et de chaussures de marche, il se tient devant la paroi rocheuse d'un canyon. Incroyable comme le visage que je vois rappelle le mien. Nous nous sommes toujours ressemblé, mais cette ressemblance était atténuée par la différence d'âge. Ici, on comprend facilement comment cela se passe, comment, au fil du temps, se transmettent un nez, des oreilles légèrement décollées, un œil à peine plus petit que l'autre comme pour se retenir de voir. Même nos attitudes sont proches, comme si nous étions nés, l'un après l'autre, pour occuper le même lieu.

Il me faut un petit moment pour l'identifier sur la photo suivante. Il nage dans un trou d'eau sous une cascade en compagnie de quelques autres, la bouche ouverte, les yeux rieurs, l'obturateur enclenché juste à l'instant où il criait quelque chose à la personne derrière l'objectif. Sur le troisième cliché, il est accroupi sur un rocher, torse nu, une cigarette au creux de la main, une fille assise à côté de lui, jambes étendues. À présent, les traits familiers de son visage, qui est aussi le mien, commencent à me paraître encore plus étranges : ce jeune homme détendu ressemble si peu à mon père, qui se montrait discipliné et rigide jusque dans la poursuite des plaisirs. Sur la dernière photo, il a les bras grands ouverts et il rit dans un désert qui se déploie à l'infini derrière lui. Elle me remplit de nostalgie comme si, moi aussi, je m'étais trouvée là il y a bien longtemps, comme si une partie de moi-même y demeurait encore, ou bien peut-être est-ce juste que je donnerais n'importe quoi pour l'y rencontrer aujourd'hui, pour me retrouver face à lui, une image identique du désert se déployant à l'infini derrière moi.

Je m'endors sans m'en rendre compte. Quand je rouvre les yeux une aube nébuleuse emplit la fenêtre et j'ai la sensation que quelque chose m'a réveillée. Dans le rêve que je viens de faire, une foule de gens déambulaient à proximité d'un endroit censé être l'appartement de mon père mais qui ressemblait davantage à la gare ferroviaire d'une petite ville. Je comprenais que mon père était en train de mourir dans le bureau du chef de gare, comme Tolstoï. Je me lève pour chercher un verre d'eau et, dans le couloir, je vois que la porte de la chambre d'amis est légèrement entrebâillée. Lorsque je l'ouvre en grand, une odeur lourde s'échappe de la pièce, celle d'un corps d'homme abandonné au sommeil. Je le vois, enfoncé sous les couvertures, les jambes jetées au bord du lit, les bras enserrant l'oreiller, la respiration régulière. Plongé dans le sommeil, complètement absorbé par lui, comme s'il n'avait plus d'autre responsabilité au monde que celle de dormir ainsi – de dormir du sommeil des morts. Je sens que je m'assoupis rien qu'à le regarder. J'ai l'impression que son sommeil m'a jeté un sort, mes membres s'alourdissent et je n'ai qu'une envie, celle de m'écrouler de nouveau dans mon lit, de m'enfouir sous les couvertures et de m'abandonner à un long sommeil sans rêve. Je suis tellement épuisée que si le lit de la petite chambre n'avait pas été aussi étroit, je me serais glissée à côté de lui, me serais roulée en boule et aurais fermé les yeux. J'ai un mal fou à m'en aller et à remonter le couloir, puis, une fois arrivée je tombe dans mon lit.

Quand je me réveille enfin, il est déjà midi et le soleil filtre entre les lattes des volets. Au sortir de mon long sommeil comateux, je me sens nerveuse et agitée. La porte de la petite chambre est fermée. Je me rends à pied jusqu'à la piscine située sur le toit du Dizengoff Center, un grand centre commercial où l'on trouve des boutiques de vêtements bon marché et un cinéma. Les femmes en maillot de bain avachi aux fesses vont et viennent sans but, et le vieux au bonnet doré est de nouveau là, occupé à faire ses flexions-extensions dans le petit bain. S'il disparaît sous la surface et ne remonte pas, le maître-nageur viendra le repêcher, mais une fois celui-ci rentré chez lui, il n'y a plus de surveillants. Un jour, le vieux disparaîtra sous la surface, chez lui ou dans la rue, comme c'est arrivé à mon père dans un restaurant. Ou peut-être n'est-ce pas du tout ainsi que se passent les choses, peut-être les poids qui maintiennent la vie fixée au sol remontent-ils subitement.

Je fais trente longueurs puis regagne l'appartement. La porte de la chambre de l'inconnu est toujours fermée. Je me fais griller des toasts puis sors lire dans un café du coin où le serveur en jean moulant et à l'œil indolent me sourit tout en me pressant un jus d'orange. Je vais ensuite me promener au marché. Un homme essaie de me vendre un chapeau mais je n'ai pas envie d'un chapeau. De quoi ai-je envie ? veut savoir le vendeur. Je descends à la plage et regarde les hommes velus jouer au jokari. Quand je rejoins l'appartement de mon père, c'est déjà la fin de l'après-midi, sur le trottoir les ombres s'éloignent de la mer, et l'ingénieur municipal est dans la cuisine, occupé à faire cuire des poivrons farcis. Alors seulement à cet instant, celui où je franchis la porte et le vois en train de regarder dans le four, me vient l'idée que c'est peut-être mon père qui a tout organisé. De même qu'il avait préparé son testament, donné les clefs à Koren et veillé à ce que son désir de me voir venir ici me soit communiqué, il avait peut-être pris la peine de demander à son vieil ami de veiller sur moi ou de me transmettre quelque chose, fût-ce discrètement, un message ou un signe de ce que je devais faire maintenant qu'il n'était plus là.

« Vous voilà de retour », dit l'homme en baissant le volume de la radio qui diffusait les informations. « Bien. Le dîner est presque prêt. Vous aimez les cerises ? L'épicier en avait aujourd'hui. »

Je voudrais lui demander où il était la nuit dernière. Je voudrais savoir quel est ce courant qui m'a entraînée avec lui dans ce sommeil inexplicable. Mais comment formuler la question ? Au lieu de cela, je mets la table en me demandant sur quelle chaise mon père s'asseyait. Je décide que ce devait être sur la plus proche du poêle, celle qui fait face à la fenêtre – celle où Boaz était assis, hier. Cette fois, lorsque nous nous installons pour partager le repas qu'il a préparé, lui sur sa chaise et moi sur la mienne, je me fais un devoir d'être plus aimable. Quelque chose a changé, et il le sait. Ses yeux vifs, encore plus clairs que dans mon souvenir, me considèrent d'un air interrogateur, avec quelque chose d'autre, comme une sorte de patience résignée. J'aimerais qu'il parle, mais il continue de manger en silence. C'est à moi de parler, alors je lui dis que je ne suis pas étudiante mais que je travaille depuis trois ans dans un cabinet d'architecture et que je ne m'y plais pas. Quand je me réveille le matin, dis-je, je redoute les heures devant l'ordinateur, les mouvements d'humeur de l'architecte et les réclamations de ses riches clients.

« Alors, pourquoi y restez-vous ? » me demande-t-il en s'essuyant la bouche.

Après dîner, il prend un bain et, de ma chambre, j'entends l'eau clapoter à chacun de ses mouvements de l'autre côté du mur. Vingt minutes plus tard, il sort de la salle de bains, toujours habillé de la même façon, rasé de frais, ses cheveux mouillés soigneusement lissés en arrière.

« Je sors un moment, dit-il. L'appartement est à vous. » Il se rend dans la petite chambre au bout du couloir avec, à la main, sa brosse à dents et sa serviette. Je sens l'odeur de sa lotion après-rasage dans l'air humide qui s'échappe de la salle de bains.

Quand il réapparaît, je lâche : « Dans quel but êtes-vous venu ici ? » Ce n'est pas ainsi que je voulais lui poser la question et je le regrette aussitôt. Je voudrais qu'il sache que je comprends la nécessité que nous tenions tous les deux notre rôle dans la comédie que nous sommes en train de jouer en souvenir de mon père. Alors j'ajoute très vite : « C'est juste pour veiller aux fuites ?

– Pour voir quelqu'un », me répond-il, et à en juger par la façon dont il dit cela, enfonçant les mains dans ses poches, je sens que c'est une femme. Pour la seconde fois, je suis surprise de ma réaction, de la déception que provoque en moi cette réponse. Ce n'est pas celle que j'attendais. Mais qu'attendais-je ? Qu'il me dise qu'il venait pour moi ?

Et je me surprends de nouveau quand, quelques instants après qu'il a franchi la porte d'entrée, je me glisse discrètement derrière lui et descends l'escalier en courant. Dans la rue, je le suis à une certaine distance. Il passe sous un mûrier, moi aussi. Il traverse la rue, moi aussi. Il s'arrête pour regarder un grand bâtiment en construction, alors je m'arrête moi aussi pour regarder, et il me semble que je pourrais continuer à faire ça longtemps – à prendre une vie en filature.

Nous voici bientôt dans un quartier inconnu, plus délabré que les autres. On dirait que les terrasses ne tiennent que par quelques vis. Il s'arrête dans une boulangerie et en ressort avec, à la main, une petite boîte entourée d'une ficelle. Des gâteaux ? Quel genre de gâteaux ? Des biscuits ? Les préférés de la femme, ceux qu'elle s'attend désormais à recevoir chaque fois ? Il regarde de l'autre côté de la rue et il me semble un instant que ses yeux rencontrent les miens. Mais son visage n'exprime rien et il reprend son chemin. Quelques rues plus loin, il entre dans un supermarché et cette fois j'attends derrière une voiture jusqu'au moment où je le vois ressortir avec un sac en plastique.

Il fait maintenant nuit. L'inconnu, Boaz – si c'est ainsi qu'il s'appelle – avance toujours. Nous marchons presque une heure mais ça m'est égal, j'ai toujours été une bonne marcheuse. Mon père disait que, même petite, je faisais de longues marches sans jamais me plaindre. Si ce n'était ma soif et le fait que je sois sortie en hâte sans prendre mon portefeuille, cela ne me gênerait pas de continuer ainsi toute la nuit. Mais j'ai vraiment besoin de boire et chaque fois que nous passons devant l'un de ces bacs de recyclage en treillis métallique remplis des formes en négatif de tant de soifs étanchées, j'y repense.

Enfin, l'inconnu s'arrête devant un immeuble trapu en stuc. Le petit jardin de devant est envahi de mauvaises herbes et encombré à l'entrée par un gros taillis et un arbre d'aspect sauvage dont les feuilles sombres et luisantes masquent en partie la façade. Il s'immobilise pour regarder en l'air, et à travers les feuilles je vois que les fenêtres du premier étage sont éclairées. Il franchit la grille d'entrée, mais au lieu de pénétrer dans l'immeuble, il tourne dans l'allée latérale et quatre ou cinq chats faméliques se précipitent hors des broussailles pour lui passer entre les jambes en ronronnant pendant qu'il sort des boîtes de conserve du sac de supermarché. Il ôte les couvercles et pose les boîtes à terre. Les chats s'agglutinent autour de lui tandis que d'autres émergent des taillis. Il écarte d'un coup de pied les boîtes vides, les chats font un bond en arrière et se crispent. Il leur parle pour les apaiser et ils reviennent dévorer la nourriture. Je me tiens sous le réverbère sans plus m'inquiéter qu'il me voie. Mais s'il sait que je suis là, il n'en laisse rien paraître. Fourrant le sac plastique dans sa poche, il revient vers l'entrée de l'immeuble, marque un temps d'arrêt comme pour humer l'air du soir et regarde de nouveau les fenêtres éclairées à travers le feuillage. Les branches de l'arbre agitées par la brise frappent légèrement les vitres, et lui, immobile, fait tinter les pièces de monnaie et les clefs dans ses poches comme s'il essayait de prendre une décision qui pourrait le mener dans un sens ou dans l'autre. Puis, redressant les épaules, il remonte rapidement l'allée et disparaît dans la pénombre du vestibule. Un chat pousse un long miaulement, quelque part une télévision est allumée, sinon tout est calme. Un instant, je crois entendre les vagues mais ce n'est que la brise qui se lève dans le feuillage. Je traverse la rue déserte, mais de là il m'est encore plus difficile de voir à travers les fenêtres. Il est évident que je vais devoir grimper à l'arbre.

Debout en bas du tronc, je cherche où poser les pieds et parviens à me hisser dans les branches. Des brindilles se prennent dans mon T-shirt et la résine qui suinte des tiges cassées me colle aux mains. À un moment, mon pied glisse et je manque de tomber. Mais j'arrive enfin assez haut et assez près pour pouvoir presque les toucher en tendant le bras : une jeune femme et un enfant, assis tranquillement à une table dans un rectangle de lumière. Elle a de longs cheveux tressés dans le dos, et lorsqu'elle lève la tête de son livre pour voir ce que l'enfant a dessiné, je distingue ses yeux clairs et l'idée me vient – sereine et précise – que quelque part, de quelque façon, quelqu'un a donné à Boaz la mauvaise clef et qu'elle est la fille sur laquelle il est venu veiller. Les jambes tremblant sous l'effort, j'agrippe le tronc de l'arbre et attends qu'elle entende la sonnette et le fasse entrer. Il en met du temps à arriver ! À quelle répétition se livre-t-il derrière la porte ? Ce sont donc seulement leurs portes à eux, les portes de ceux qu'ils aiment qui se ferment aux morts ?

Je perçois alors un bruit de pas sous moi et le vois qui se hâte en direction de la rue. Les petites branches s'accrochent à moi quand je redescends et me griffent le visage et les bras. Pour finir, je saute de l'arbre, atterris brutalement sur le sol et me mets à courir. Je distingue une silhouette qui tourne à l'angle, mais le temps que j'y arrive, il n'y a plus trace de lui et la rue tranquille débouche sur une large avenue très animée. Des voitures passent à toute allure, un bus s'arrête en rugissant et il me semble possible qu'il se trouve de l'autre côté du véhicule ; pourtant, quand celui-ci démarre, le trottoir est vide. Je regarde dans le seul endroit encore ouvert, une pharmacie de garde au coin de l'avenue, mais ne vois qu'une vieille femme appuyée sur sa canne parmi les boîtes et les flacons, qui attend patiemment qu'on la serve. Comment avait-il pu disparaître de cette façon ? me dis-je, furieuse contre lui et contre moi. Mais la vraie question est peut-être de savoir comment j'ai réussi à le suivre aussi longtemps.

À Tel-Aviv, on n'est jamais loin de la mer, et lorsque je trouve le chemin qui y mène et arrive à m'orienter, je m'aperçois que je suis plus près de l'appartement de mon père que je ne le pensais. Dans l'obscurité, la mer est différente, plus vaste, plus vivante, pourvue d'intelligence. En arrivant sur la jetée de pierre derrière la vieille discothèque aux volets clos, je vois des hommes postés à son extrémité qui jettent leur ligne dans l'eau noire. Je les observe un moment mais rien ne se produit. Je me demande alors si je ne devrais pas rentrer et attendre l'inconnu, mais je sens qu'il ne reviendra pas, ni ce soir ni demain – tout comme je sens qu'il se passera une décennie et que j'aurai des enfants à moi avant de me décider à changer la serrure.

Le temps que j'arrive, il est plus de minuit. Je vais voir la chambre de l'inconnu, elle est vide comme je m'y attendais, et le lit soigneusement fait. J'ai la tête lourde et une sensation d'épuisement m'envahit. Je me déshabille et laisse tomber mes vêtements un à un dans le couloir sur le chemin de ma chambre, comme je le fais toujours quand je vis seule. Les volets sont fermés et j'avance précautionneusement dans l'obscurité totale avant de m'affaler sur les couvertures. Ce n'est qu'à ce moment-là, immobile, les yeux ouverts, que j'entends la respiration régulière de quelqu'un endormi dans le lit. Je pousse un hurlement, bats l'air de mes bras, et mon poing s'enfonce dans quelque chose de mou et chaud. Je cherche la lampe de chevet à tâtons et, quand l'ampoule s'allume, je vois l'inconnu en maillot de corps étalé, bouche entrouverte, abandonné au sommeil, exactement comme la dernière fois. Il n'a pas pu arriver longtemps avant moi et pourtant le voilà, si loin des rives de l'éveil que mon hurlement comme mon poing n'y ont rien fait. Le cœur battant, je ramasse mon T-shirt par terre et l'enfile par la tête. Je veux le réveiller d'une secousse et exiger de lui une explication pour tout cela, lui ordonner de sortir de mon lit, ou du lit de mon père, en tout cas d'un lit qui n'est pas le sien car le sien se trouve au bout du couloir – et encore. Mais à l'instant où je m'apprête à le saisir aux épaules, un froid intense s'abat sur moi. Soudain j'ai peur de le troubler, comme s'il était somnambule depuis le début, comme si l'arracher à son sommeil risquait de rompre un équilibre, de provoquer l'arrêt de quelque chose ou son immobilité définitive.

J'éteins la lampe, ferme la porte sans bruit derrière moi, rejoins la chambre d'amis au bout du couloir et grimpe dans le lit étroit. Longtemps, j'ai l'impression que le sommeil ne viendra pas, jusqu'au moment où j'ouvre les yeux et c'est le matin. J'entends couler un bain mais ce n'est pas un bain : c'est le bruit de l'eau dans la tuyauterie de l'appartement du dessus. Peut-être une autre fuite va-t-elle se produire sans tarder et alors l'inconnu devra se réveiller et s'en occuper. Je me lève et vais le chercher dans la chambre de mon père. La porte est ouverte, le lit vide et défait. En entrant dans le salon, je trébuche presque sur lui. Il est pelotonné sur le sol, les jambes à hauteur d'estomac, les mains entre les genoux, endormi comme un bébé. Très doucement, je le pousse du pied mais il continue de dormir sereinement, à l'abri dans son profond sommeil. Combien de temps cela durera-t-il ? Je me le demande. Bientôt l'hiver sera là, la mer s'assombrira et la pluie laissera des flaques dans l'asphalte défoncé. Mais tout en me disant cela, je sais, au fond de moi, que ça continuera très longtemps. Que je m'habituerai à enjamber l'inconnu en me rendant à la cuisine parce que c'est ainsi que l'on vit, en enjambant inopinément ce genre de choses jusqu'au jour où elles cessent de nous accabler et où nous arrivons à les oublier totalement.

La fin des temps

Le troisième jour des incendies, alors que ceux-ci avaient franchi le périmètre de sécurité et pénétré dans la ville, le rabbin appela Noa pour savoir si le jugement de divorce de ses parents était arrivé. La sonnerie du téléphone la réveilla. Il était à peine plus de sept heures mais le rabbin était probablement debout depuis l'aube – son monde était un lieu plus ancien. Elle le mit en attente pendant qu'elle quittait son lit et fouillait dans les piles de courrier qui s'étaient accumulées depuis le départ de Leonard et de Monica. Sous les factures et les publicités, elle découvrit la grosse enveloppe de papier kraft émanant de la Cour supérieure de Californie.

« Allô, fit-elle. Il est là. »

Son doigt avait dû glisser, car la voix du rabbin jaillit du haut-parleur, amplifiée et magnifiée, lui indiquant comment procéder pour lui en faire parvenir une copie afin de finaliser et d'enregistrer officiellement le guet – l'acte de divorce juif. Elle nota l'adresse. Le rabbin devait accompagner un groupe de trente-cinq personnes pour un voyage en Pologne et s'envolait le lendemain. Avant de partir pour les camps et les ghettos, il tenait à régler l'affaire. « Pour que tout soit en ordre », lui dit-il. Il avait donc immédiatement besoin des documents que détenait Noa. Ce jour, si possible, le lendemain matin au plus tard. Le rabbin ne fit aucune allusion aux incendies. Ils n'avaient rien à voir avec lui puisqu'ils sévissaient maintenant et ici.

L'été venu, la famille de Noa, elle aussi, remontait toujours le temps. De trois mille ans, jusqu'à l'âge du fer et à ses désastres successifs. Leonard aimait à dire qu'ils profitaient des tragédies d'autres gens. Chaque mois de juin, son père prononçait invariablement cette phrase au moment où la nouvelle équipe se rassemblait pour entendre ses mots de bienvenue, si bien que Noa avait fini par associer l'arrivée de l'été – avec sa chaleur étouffante et sa masse de temps libre – à l'appropriation d'une lointaine souffrance. L'archéologie, disait volontiers Leonard, est le contraire de la construction : creuser, c'est défaire et détruire. Et bien que Noa cherchât toujours une pointe de regret dans sa voix, elle n'en trouvait jamais. Un jour, alors qu'elle avait dix ans, elle avait assisté à une discussion entre lui et son adjoint, un archéologue du nom de Yuval, propriétaire d'un chien à trois pattes. Yuval se tourmentait au sujet d'un petit mur intact qu'il répugnait à détruire. « Parce que tu crois que tu garderas un quelconque souvenir de ce mur ? » lui demanda le père de Noa. Yuval essuya son front transpirant d'une main maculée de terre. « Démolis-le », lui ordonna son père en s'éloignant d'un pas lourd sous le soleil de plomb.

Leonard avait commencé à fouiller Megiddo avant la naissance des filles – Megiddo, appelé Armageddon par les Grecs, prophétisé dans le livre des Révélations comme le lieu où des armées se rassembleront pour se livrer bataille à la fin des temps. Mais son histoire remontait à des millénaires. En l'espace de vingt ans, Leonard avait creusé les siècles jusqu'à atteindre le dixième avant Jésus-Christ où, selon l'histoire biblique, Israël au nord et la Judée au sud avaient été réunis par le roi David. Megiddo, aimait à dire Leonard, était un parfait terrain de jeux pour les grandes questions concernant la Monarchie unifiée d'Israël et Juda. Mais ç'avait été aussi son terrain de jeux à elle, car elle avait passé tous ses étés, gardée par les étudiants de son père qui se relayaient pour les distraire, Rachel et elle, jusqu'au jour où elles furent assez grandes pour se distraire elles-mêmes. Elles passaient alors leurs journées à lire des livres de poche sur la pelouse desséchée du kibboutz où elles vivaient pendant les fouilles, ou à nager dans la piscine, les yeux irrités et la vue troublée par le chlore.

À présent, Rachel faisait son internat de médecine à New York, Monica était en Europe où elle s'occupait de sa mère malade et Leonard était retourné seul à Megiddo. Seule également, Noa fit glisser la porte-fenêtre donnant sur le patio et huma l'air. L'odeur âcre du feu s'accordait mal avec le soleil radieux du matin qui filtrait à travers les feuilles. À peine passé sept heures, cela signifiait qu'à Megiddo il était déjà cinq heures de l'après-midi, heure à laquelle on commençait à laver le tas de tessons de poterie exhumés ce jour-là. À cinq heures trente précises, Leonard arrivait pour l'inspection et l'équipe vidait une série de paniers qu'il passait rapidement au crible, décidant quelles pièces envoyer à la Reconstruction et lesquelles jeter. Plus jeune, elle avait observé la procédure un nombre incalculable de fois, se postant suffisamment près pour pouvoir subtiliser sur la table un fragment rejeté – une anse en terre cuite ou un tesson émaillé qu'elle pouvait récupérer dans les ordures.

Après avoir élevé deux filles et traversé bien des épreuves, Leonard et Monica s'étaient séparés à l'amiable, au début du printemps. L'explication qu'ils donnaient à ceux qui leur posaient des questions et à ceux, nombreux, qui ne le faisaient pas était qu'après vingt-cinq ans de mariage ils avaient soif de nouvelles aventures. Ce que seraient ces aventures, aucun d'eux ne voulait le dire, mais pour Noa il était clair qu'elles se situeraient plutôt en terrain humain que géographique. Larges d'esprit et évolués comme ils l'étaient, ils ne voyaient rien de bien tragique dans leur séparation car, affirmaient-ils, ils resteraient toujours amis. Celle-ci se fit de façon si amicale qu'ils amenèrent Rachel et Noa à la cérémonie du guet, nécessaire à tout divorce juif. Comme ils les avaient amenées autrefois voir une danse de guérison exécutée par la tribu San de Namibie, et la relève de la garde à Buckingham Palace. Monica, impeccable comme toujours, portait une robe à fleurs. Rachel, venue exprès de son université sur la côte Est, était arrivée la veille. Le divorce les avait surprises toutes les deux, mais seule Rachel était convaincue qu'une circonstance particulière l'avait provoqué. Noa eût aimé y croire, croire qu'on leur avait seulement caché des événements récents et non une vérité fondamentale remontant à des années. Sur le trajet, elle avait écouté leurs parents débiter une litanie d'anecdotes sur leur première rencontre, sur les années où les filles étaient bébés, tout comme les histoires canoniques sur la mère de Leonard avaient été récitées pendant la Chivah de celle-ci, l'année précédente.

Ses parents avaient cessé de fréquenter la synagogue peu de temps après la bat-mitzvah de Noa, où elle avait chanté d'une voix fausse le rêve de Jacob devant une salle aux yeux secs. Il avait donc fallu trouver un rabbin disposé à annuler le mariage orthodoxe qu'ils avaient contracté à la demande pressante des parents viennois de Monica, un quart de siècle plus tôt. La petite synagogue avait eu son heure de beauté mais s'était délabrée au fil du temps. Le toit avait quelques problèmes, dit le jeune rabbin qui les accueillit, en voyant Monica regarder le plâtre écaillé et la tabatière recouverte de plastique. Sa barbe blonde clairsemée lui couvrait à peine les joues ; il ne pouvait guère avoir plus de vingt ans et paraissait manquer de l'expérience nécessaire pour dénouer les liens du long mariage compliqué des parents de Noa. Le rabbin Shemkin était en route, expliqua-t-il, lui n'était que son assistant. Il adressa cette remarque à Noa, comme s'il sentait sa méfiance.

Ils s'assirent tous les quatre dans le sanctuaire, les uns à côté des autres sur un banc de bois dur, tandis que le jeune rabbin disposait une table et des chaises. Au fond, une porte était ouverte sur des jouets et des livres d'enfants éparpillés sur le sol. Ils ne savent pas ce que c'était que ranger, ces gens-là, dit Leonard. Il n'y aurait d'ordre que dans le monde futur. Il tapait distraitement du pied tandis que Monica faisait des commentaires sur les vitraux. Il portait des chaussures de ville, chose qu'il détestait, préférant arpenter la vie dans ses gros brodequins de marche saupoudrés de la poussière de l'âge du fer. Les chaussures de ville qui lui comprimaient les pieds évoquaient un désaccord entre les parents de Noa. Celui-ci avait grandi d'année en année comme une stalactite, nourri par une source lointaine, mystérieuse, et avait fini par pendre tel un poignard au-dessus de leurs têtes.

Le rabbin Shemkin arriva enfin, vêtu de son costume noir et suivi d'un scribe replet d'apparence négligée portant un talit par-dessus sa chemise blanche et serrant sous son bras un porte-documents en piteux état. Derrière lui, traînant les pieds, venait un grand rabbin très maigre à la barbe biblique, censé jouer le rôle de témoin.

« Bien ! » s'exclama le rabbin Shemkin en frappant dans ses mains. « Tout le monde est là. »

Leonard se leva pour aller s'asseoir à côté de Monica à la table, mais d'un claquement de langue, le rabbin Shemkin désigna le siège opposé à celui de la mère de Noa. Leonard se gratta la gorge et gagna l'autre côté de la table en deux grandes enjambées. Noa et Rachel restèrent debout jusqu'à ce que le jeune rabbin les conduisît diligemment vers le banc du premier rang.

« Seigneur ! » marmonna Rachel lorsque l'une de ses tongs s'accrocha au pied d'une chaise.

Des photocopies circulèrent, avec un texte destiné à être lu par Leonard et Monica. Les Juifs suivaient cette procédure depuis deux mille ans ! annonça le rabbin avec un sourire. Deux mille ans d'acrimonie ! ajouta Noa en elle-même. Le scribe ouvrit son porte-documents et en sortit une grande plume. Il se mit à en aiguiser le bec à l'aide d'une lame rétractable, les copeaux de kératine tombant dans les plis de sa chemise. Lorsque Leonard annonça qu'il avait quelques questions à poser, le scribe sortit une grosse poignée de plumes du dossier et se mit à les travailler. Ce sont des plumes de quoi ? demanda poliment Monica. De dindon, répondit le scribe. Le grand témoin efflanqué roucoula avec satisfaction et précisa que c'étaient les plus solides. Le scribe sortit une feuille de papier et une planche tendue de cordes en boyau. Les boyaux de qui ? eut envie de demander Noa. Lorsqu'il pressa la feuille sur la planche et la lissa de la main, la page se marqua de lignes droites. Celles-ci guideraient sa main quand il tracerait avec soin les lettres hébraïques qui déferaient ce que ses parents avaient eux-mêmes décidé, sans les consulter, de défaire. Pendant que le scribe écrivait, sa mère entretenait la conversation. Même à une décapitation, elle ne pourrait s'empêcher de bavarder. Entendit-elle celui-ci dire que son père avait été scribe avant lui ?

« Depuis quatre générations.

– Et même peut-être avant ça, qui sait, intervint le rabbin Shemkin.

– Avant ça, ils étaient bouchers.

– Au début, ils massacraient des animaux, dit le témoin tout en observant le travail du scribe, et maintenant ils massacrent des gens.

– Non, fit le scribe sans lever les yeux de son ouvrage. Maintenant nous aidons les gens à poursuivre leur vie. »

Une fois le texte achevé, il fut vérifié et revérifié, puis lu deux fois à voix haute par le rabbin Shemkin et le témoin. Ensuite ils s'assirent en attendant que l'encre séchât.

« Le taux d'humidité est de cent pour cent aujourd'hui », dit le témoin, agitant la tête en direction de la fenêtre. Le trousseau de clefs pendu à sa ceinture par un anneau cliquetait à chacun de ses mouvements. Son épingle de cravate était, elle aussi, une clef. Ce qu'il faisait de toutes ces clefs, mystère.

Le scribe sécha la page au buvard. Enfin le papier fut plié dans le sens de la longueur et deux fois horizontalement, puis une extrémité glissée dans l'autre. On demanda à Monica de se lever, avec Leonard en face d'elle.

« Mettez vos mains en coupe, commanda le rabbin Shemkin à Monica. Et vous, dit-il à Leonard, répétez après moi : “Et maintenant je te quitte, je te laisse, je te répudie afin que tu sois libre dès aujourd'hui et pour toujours de pouvoir te remarier avec qui tu voudras.” »

Noa retint son souffle. À côté d'elle, Rachel renifla.

« “Et nul ne pourra le contester. Te voilà permise à tout homme par moi.” »

Noa crut percevoir un tremblement dans la voix de Leonard lorsqu'il prononça « tout homme », sans cependant en être sûre. Tournant la tête vers Rachel, elle vit le jeune rabbin à la barbe blonde qui la regardait fixement, et il ne détourna que très lentement ses yeux bleus.

« "Par moi qui te donne cet écrit de répudiation, continua le rabbin Shemkin, cette lettre d'abandon, un acte de divorce selon la loi de Moïse et d'Israël." » Leonard répéta aussi cela, cette fois d'une voix retentissante. Il était, c'est vrai, difficile à vivre et autoritaire. Ses blessures étaient telles qu'au moment où il l'aurait fallu, aveuglé par sa colère ou sa douleur, il échouait à considérer celle des autres. Jadis, Monica avait été charmée de le voir repriser ses propres chaussettes. Selon l'une des anecdotes qu'ils se plaisaient à raconter, en se réveillant un jour dans l'appartement de célibataire de Leonard, elle avait découvert celui-ci penché sur une chaussette, suçotant l'extrémité du fil ainsi que le lui avait appris sa mère. Mais, le temps passant, elle était devenue incapable de percevoir la lumière qui filtrait à travers cette petite brèche dans l'opiniâtre uniformité de son caractère.

Obéissant aux consignes du rabbin, Leonard posa le rectangle de papier sur les mains jointes et ouvertes de Monica. Celui-ci étant trop grand pour y tenir, Monica appuya instinctivement les pouces dessus pour l'empêcher de glisser.

« Non ! » crièrent ensemble les rabbins.

Apparemment, l'épouse n'avait pas le droit de bouger les mains pour saisir le papier – celui-ci devait lui être donné. Ce rituel barbare ne semblait aucunement perturber Monica. Peut-être y voyait-elle une fin appropriée à ce qu'il restait de son mariage aberrant. Noa avait l'impression qu'elle n'était déjà plus là. Mais l'endroit où se trouvait sa mère lui avait toujours été, à elle aussi, inaccessible. Leonard présenta de nouveau le papier et, cette fois, Monica tint ses mains parfaitement immobiles, comme si elle y recueillait un oiseau assommé. Puis on lui enjoignit de lever le papier très haut au-dessus de sa tête. Elle monta les bras bien droit en l'air, les mains serrées autour du papier plié selon quelque antique origami juif.

Quand tout fut fini, ils se rendirent au restaurant italien que Leonard et Monica affectionnaient. Dans le coffre de la voiture, les albums d'opéra de Leonard remplissaient le changeur de CD. Pavarotti envahit l'habitacle. Noa avait encore un an de lycée à faire, et tout en mangeant leur salade, Leonard et Monica lui annoncèrent qu'à l'automne ils habiteraient avec elle à tour de rôle jusqu'à l'obtention de son diplôme. Le projet était vague, car on n'était encore qu'en mai. Pour l'été, ils lui donnèrent le choix entre Megiddo avec Leonard ou Vienne avec Monica. Elle protesta : l'année précédente, elle avait travaillé tout l'été chez une fleuriste et elle comptait bien recommencer. Elle mettait de l'argent de côté pour se rendre, après le lycée, au Brésil, au Pérou, en Argentine, peut-être même jusqu'à l'île de Pâques. Pourquoi devrait-elle changer ses projets juste parce que ses parents avaient décidé de chambouler leur vie ? Elle s'ennuierait à Megiddo et étoufferait dans l'appartement de sa grand-mère encombré de meubles lourds, et dont les rideaux de soie étaient fermés en permanence pour empêcher le soleil d'entrer. Une discussion s'ensuivit, mais Noa tint bon. Elle serait parfaitement bien toute seule, affirma-t-elle. Rachel, elle, n'écoutait pas, occupée qu'elle était à envoyer un texto à son petit ami à Boston. Dans les traits de Rachel, Leonard et Monica avaient très tôt découvert une certaine harmonie, à la différence de ceux de Noa où, après la puberté, Leonard l'avait emporté. Elle avait également hérité la taille de Leonard, ce qui incitait ses parents à la voir plus âgée qu'elle ne l'était. En outre, avec leur esprit pragmatique, Leonard et Monica avaient toujours eu pour principe de traiter leurs enfants en adultes. Alors pourquoi affecter à présent de la traiter en petite fille ? Elle résista et ses parents finirent par capituler. S'ils avaient eu mauvaise conscience d'avoir divorcé ou de suivre leurs propres désirs, cela ne dura guère. Leonard partit pour Israël à la mi-juin et Monica une semaine plus tard. Jack et Roberta Berkowitz, les plus vieux amis de ses parents, furent réquisitionnés pour garder un œil sur elle, ce que faisait Roberta, qui l'appelait depuis les allées de Whole Foods pour savoir si elle voulait venir dîner ou si elle avait besoin de quelque chose. Mais c'était toujours non.

Dans la cuisine, Noa fit chauffer de l'eau pour le café. Dernière occupante à plein temps d'une maison qui serait vendue dans un an, elle redisposait les objets à sa guise. Le pot de fertilité sumérien que ses parents avaient acheté ensemble l'année de leur rencontre fut remisé dans le placard de l'entrée, derrière les raquettes de tennis de Leonard. Ventru et terreux, elle lui trouvait un air menaçant. Elle enleva également les photos collées sur le réfrigérateur. Rachel et Noa, Leonard et Monica, arborant des sourires désinvoltes au sommet d'une montagne ou dans la lumière dorée du désert, avaient maintenant quelque chose de faux. La maison avait apparemment été aménagée selon des principes qui ne tenaient plus, et ces agencements lui paraissaient aujourd'hui mensongers. Peut-être était-ce la raison pour laquelle elle avait cessé de dormir dans sa chambre après le départ de ses parents, lui préférant le canapé. Ce qui avait dérangé Gabe. Il n'aimait pas sentir la lithographie du vieil homme de Goya contempler sa nudité. Il l'appelait le Vieil Intello et lui reprochait de tout gâcher. Mais ils avaient rompu deux semaines plus tôt et elle avait laissé le Vieil Intello au mur. Allongée sur le canapé sous son regard, Noa voyait la table de la salle à manger où ils célébraient Pessah, Thanksgiving, les naissances et autres grandes occasions, en compagnie des amis et de la famille. Ses cousins appelaient son oncle et sa tante papa et maman, ce qu'elle avait parfois envié. Mais aussi proche fût-elle de ses propres parents, ces deux mots portaient en eux une espèce d'intimité, de niaiserie, même, qui ne convenait ni à Leonard ni à Monica et qu'elle eût été gênée de prononcer. Un été, au kibboutz, alors qu'elle avait sept ou huit ans, elle s'était mise à appeler son père *abba*, mais de retour fin août, ils avaient laissé le nom là-bas avec les autres jouets, pierres et bibelots collectionnés pendant l'été, qui n'entraient pas dans la valise ou n'auraient pas d'utilité chez eux.

Pendant qu'elle mangeait ses céréales, son portable sonna. C'était Leonard, qui avait suivi les nouvelles : déjà plus de quatre mille hectares, des pompiers au-delà de l'épuisement et aucun signe de maîtrise des feux. Des vents violents avaient transporté des braises jusque dans la ville et des milliers de gens avaient été évacués. Il avait déjà appelé les Berkowitz et Jack viendrait la chercher. Mais Noa s'y opposa. Elle ne courait aucun danger, objecta-t-elle, les feux étaient trop éloignés. Pour changer de sujet, elle lui demanda des nouvelles des fouilles. Exaspéré par les résultats de laboratoire concernant des briques brûlées, Leonard se lança avec passion dans une description des derniers développements. Les analyses avaient révélé que la formation dans laquelle les briques avaient été trouvées n'était pas originelle, qu'elles avaient été réutilisées après la destruction d'une cité plus ancienne. Quand les briques brûlent, leur nord magnétique, au moment du feu, est préservé pour l'éternité. Ça, elle le savait depuis l'enfance mais elle laissa son père discourir tandis qu'elle buvait le lait resté dans son bol de céréales, lavait le bol et le mettait à sécher à l'envers sur l'égouttoir. Ayant donné, comme il disait, un bon coup de balai dans le paradigme existant de l'archéologie du dixième siècle, Leonard essayait à présent de déterminer qui, précisément, avait détruit la cité de la fin de l'âge du fer. Noa comptait lui parler du coup de téléphone du rabbin, mais Leonard fut appelé par son premier – ou second – adjoint qui réclamait son expertise. Il la recontacterait, lui dit-il, et ils examineraient ensemble ce qu'il était prudent de faire.

Voyant l'heure, Noa s'aperçut qu'elle allait arriver en retard au travail. Elle renifla les aisselles d'un chemisier qui traînait par terre à côté du canapé et le passa par la tête sans se soucier des boutons ni d'un éventuel soutien-gorge. Elle avait eu la poitrine plate jusqu'à l'âge de quatorze ans, moment auquel étaient apparues deux petites bosses, comme si son corps n'acceptait la féminité qu'avec réticence. Monica avait tenu à l'emmener acheter des soutiens-gorge, alors qu'elle n'en avait pas vraiment besoin.

Elle aimait la chaleur tropicale de la boutique de fleurs et son atmosphère de perpétuelle agitation. Il arrivait sans cesse quelque chose à quelqu'un, un événement heureux ou malheureux appelant la commémoration. La veille, il avait fallu confectionner vingt-cinq centres de table pour un mariage. Les renoncules étaient arrivées complètement fermées et il avait fallu utiliser de l'eau tiède pour les convaincre de s'ouvrir. Elle avait arraché les feuilles effrangées en bas des tiges et disposé les fleurs dans des vases en argent. La future mariée voulait du lilas mais la livraison avait été retardée à cause des incendies. Isolée par plusieurs strates de gens à son entière disposition, la jeune femme faisait de son mieux pour surmonter sa déception mais sa demoiselle d'honneur, elle, appelait continuellement pour signaler son mécontentement.

Noa trouva ses clefs de voiture dans la poche du short qu'elle portait la veille et sortit. La canicule durait depuis plus d'une semaine et l'auto était une vraie fournaise, mais n'ayant pas le temps d'attendre qu'elle se rafraîchît, elle jeta une vieille serviette de toilette sur le siège pour éviter de se brûler l'arrière des cuisses. Le vieux M. Frankel, son voisin, se tenait en peignoir froissé sur sa pelouse desséchée. La maison des Frankel, construite par le même promoteur, était une réplique de la leur. Lorsqu'elle était petite, Mme Frankel l'invitait parfois à manger des gâteaux dans sa salle à manger, la même que la leur mais meublée de vitrines et de sa collection d'objets judaïques kitsch. Mme Frankel venait du Queens et appartenait autant au nouveau monde que M. Frankel, lui, appartenait à l'ancien, ayant fui l'Europe avec ses parents pendant la guerre. De sombres photographies de ses aïeux disparus étaient accrochées dans le couloir menant à la salle de bains. Mais petit à petit, au fil des années, la haie de bambous séparant leurs jardins était devenue si épaisse qu'il ne fut plus possible de passer à travers, et Noa, en grandissant, avait cessé de se rendre chez eux. Leonard allait parfois réparer quelque chose chez les Frankel ou expliquer à M. Frankel le contenu d'une lettre de la banque qu'il ne comprenait pas. Quelques mois plus tôt, Mme Frankel avait eu une attaque pendant son sommeil et n'y avait pas survécu. Leonard, Monica et Noa s'étaient rendus chez eux pour la Chivah et, en mettant le pied dans la maison, Noa avait été assaillie par son odeur depuis longtemps oubliée. Plus tard, Leonard leur raconta que M. Frankel l'avait pris à part. Seul dans la chambre où sa femme était décédée deux nuits plus tôt, il lui avait dit qu'il avait enterré quelque chose dans le jardin et qu'il devait le récupérer. Au début, il n'avait pas voulu révéler ce qu'il lui fallait exhumer, mais voyant qu'il n'arriverait pas à mobiliser l'expertise de Leonard s'il ne lui disait pas la vérité, il avait ouvert le premier tiroir d'une coiffeuse et tendu un papier soigneusement plié. C'était un reçu pour cent cinquante krugerrands d'or achetés en 1973. Pendant plus de quarante ans, les pièces étaient restées enfouies au fond du jardin, enfermées hermétiquement dans deux boîtes de café Maxwell elles-mêmes enveloppées dans du film étirable. Seulement il ne se rappelait plus bien où. Mais pourquoi ? avait demandé Leonard. Tout d'abord, pourquoi les avait-il enterrées ? M. Frankel avait levé ses mains tavelées. « Au cas où » était tout ce qu'il avait accepté de dire, rien d'autre. Noa se demandait à présent si Leonard l'avait finalement aidé à retrouver l'or. Elle eût aimé s'arrêter pour l'interroger, mais elle était déjà en retard.

Arrivée au bout de la rue, elle se rappela le rabbin et hésita, la main sur le levier de vitesse. Puis elle redescendit la rue en marche arrière, regagna la cuisine au petit trot et en ressortit avec l'enveloppe de la Cour supérieure de l'État. La serrant contre son cœur, elle salua M. Frankel qui contemplait le ciel lumineux. Levant elle aussi les yeux, elle vit un hélicoptère planer au-dessus d'eux, fouettant l'air obscurci par la fumée.

À la boutique, on chargeait déjà les centres de table dans la fourgonnette. La future mariée se souciait peu des immenses incendies incontrôlables, des hectares de forêts partis en fumée, des logements détruits ou des deux pompiers qui avaient péri dans les flammes – le mariage aurait lieu quoiqu'il arrive. « Contre vents et marées », avait dit son père, malgré l'impropriété de l'expression face à la catastrophe présente, menaçant même d'engager des poursuites si les centres de table n'arrivaient pas. Mais son entreprise était un important client de la petite boutique, aussi la fleuriste tenait-elle à ce que tous les efforts fussent mis en œuvre afin que les compositions de renoncules – qui n'étaient même pas du lilas et donc déjà un motif d'insatisfaction – fussent livrées à l'adresse où devait se dérouler le mariage.

La patronne de Noa l'appela de derrière un rideau de feuillage.

« La route nationale est fermée et Bobbi n'est pas encore arrivé. Il faut que tu ailles livrer avec Nick. »

Noa aida celui-ci à charger les centres de table dans la fourgonnette. Il y en avait vingt-cinq en tout, plus trois gros bouquets dans des vases, et le bouquet de la mariée. Au moment où elle posait la dernière composition dans l'intérieur frais du véhicule, son portable vibra contre sa hanche. C'était sa mère, et elle laissa sonner. Mais Monica, obstinée, n'abdiquait pas.

« Je suis au travail !

– Au travail ? Pourquoi ? Leonard m'a dit que tu allais chez les Berkowitz ! »

Noa coinça le téléphone entre son oreille et son épaule et se mit à fixer les tendeurs afin de maintenir les vases en place. « Je n'ai pas parlé aux Berkowitz. On a un mariage.

– Quel mariage ? Qui se marie à un moment pareil ?

– Bon, on livre maintenant. Il faut que j'y aille.

– J'ai regardé les nouvelles en ligne toute la matinée. On dit que le feu... »

Noa claqua les portes arrière de la fourgonnette et rejoignit le siège passager au moment où Nick démarrait.

« Je te rappellerai plus tard, je n'ai vraiment pas le temps maintenant, insista-t-elle, interrompant sa mère.

– C'est très sérieux, Noa. Tu ne devrais pas circuler en ville dans des moments pareils. C'est dangereux.

– Mais ça va. Les routes sont ouvertes par ici. Le feu est à des kilomètres. Je te rappelle. Embrasse grand-mère.

– Elle ne se souvient pas de toi. Hier, elle croyait que j'étais sa mère. »

Noa eut un coup au cœur. Elle s'abstint de dire ce qu'elle avait en tête, à savoir que la famille se désintégrait. Elle se contenta d'un au revoir tranchant et remit le portable dans sa poche. Puis, ôtant ses sandales, elle appuya ses orteils sur le tableau de bord. Dehors, les palmiers s'agitaient dans le vent. Elle pensa à sa grand-mère et combien, si elle avait été encore suffisamment lucide pour comprendre la nouvelle du divorce de Leonard et Monica, elle eût été choquée et indignée, capable de Dieu sait quelles réactions démesurées, toutes réprobatrices. Peut-être Monica avait-elle attendu que sa mère fût protégée par la démence, afin que ni l'une ni l'autre ne souffrît. Ou peut-être était-ce la fragilité de sa grand-mère, l'approche de sa mort, qui avait amené Monica à prendre conscience du peu de temps qu'il lui restait pour obtenir de la vie ce qu'elle désirait. Ou bien tout venait-il de Leonard ? Les parents de Noa ayant toujours présenté un front uni, comment leurs filles auraient-elles pu savoir qui avait été l'instigateur de la séparation ? Personne n'était lésé, chacun avait eu ce qu'il voulait. Ils étaient d'accord sur le fait qu'ils n'avaient plus besoin d'être d'accord sur la façon de mener le reste de leur vie.

À la radio, les reportages sur la progression des incendies se succédaient, énumérant les faits en boucle : les tonnes d'eau et d'ignifuge déversés depuis le ciel, les efforts pour circonscrire le feu à l'intérieur d'une zone tampon, les équipes travaillant de front et fauchant tout ce qui risquait de brûler. La fourgonnette quitta les routes côtières et la climatisation fit pénétrer un moment l'odeur de fumée. Nick éteignit la radio. C'était son dernier mois de travail ; fin juillet, il partait s'installer dans le Nord. Il parla à Noa de la yourte qu'il avait montée sur le terrain de son ami. Ce serait très différent de vivre dans un espace circulaire, sans angles, dit-il. De sa main libre il fit défiler des photos sur son portable jusqu'à celle de lointaines montagnes bleutées vues de la propriété. Il étudiait l'agriculture biodynamique. Le terrain était géré en coopérative, unie dans un but de durabilité et de solidarité. En été, ils nageaient nus dans la rivière Yuba. Il lui montra une photo de la rivière impétueuse, bondissant furieusement et chargée de boue après un orage. En ce moment, ajouta-t-il, elle était sans doute déjà verte et dévalait la Sierra Nevada, limpide jusqu'à son fond de granit.

Nick ne croyait probablement pas au mariage, conclut Noa tandis qu'ils se dirigeaient vers la maison de la future mariée, dans les collines. Il ne croyait sans doute même pas à la monogamie, dans laquelle il voyait une convention aussi dépassée que les angles. Monica et Leonard avaient-ils, eux aussi, cessé de croire à la monogamie ? Et elle ? À quoi croyait-elle ? Elle pensa à Gabe et, avec une douloureuse pointe de nostalgie, son corps lui revint à l'esprit – son odeur et la façon dont son ventre se creusait quand elle glissait les doigts sous l'élastique de son caleçon. Son visage, quand il jouissait. Une autre fille devait maintenant connaître cette expression, image à la fois de la souffrance et du plaisir ; peut-être la fille de la piscine où il était maître-nageur, avec ses cheveux brillants et ses seins nichés comme deux oranges parfaites dans son haut de bikini, qui ne se ferait pas prier pour coucher avec lui. Noa imagina sa bouche contre celle de Gabe et la nostalgie se mua en une cuisante jalousie. Se sentant rougir, elle tourna la tête et regarda par la fenêtre.

Chez la future mariée, l'employé chargé d'entretenir la piscine, armé d'un long filet, recueillait les fleurs de jacaranda tombées dans l'eau. Une tente blanche aux parois vaporeuses avait été dressée afin de protéger les invités du soleil et du vent et, de l'intérieur, provenait un bruit de marteau. L'organisateur de mariage vint à leur rencontre et les conduisit le long d'une allée bordée de lavande. Noa arracha une fleur et l'écrasa entre ses doigts. Son parfum lui rappela Israël, les maisons en stuc du kibboutz avec leurs jardins décorés de pièces détachées de vieux tracteurs utilisées comme jardinières débordant de plantes grasses de toutes formes et de toutes tailles. Sous la tente, vingt-quatre tables rondes étaient couvertes de nappes blanches et l'on construisait une estrade pour celle des futurs époux.

Tandis qu'ils déchargeaient les compositions florales de

la fourgonnette, la mère de la mariée sortit de la maison et appela l'organisateur qui ne l'entendit pas car il s'affairait à donner des consignes par téléphone. Elle portait de hauts talons qui claquaient nerveusement sur la piste de danse en bois. Elle s'arrêta pour examiner les fleurs que Noa venait de déposer. En touchant les pétales, son visage déjà sombre s'assombrit davantage. Elle avait les dents de devant tachées de rouge à lèvres. Les compositions étaient trop petites, dit-elle. Et on attendait du lilas. Sa fille ne serait pas contente.

Noa baissa les yeux et sentit de nouveau la chaleur lui monter le long de la nuque. Pour qui se prenaient-ils, ces gens qui faisaient des histoires pour des fleurs ? Qui se divertissaient alors qu'à quelques kilomètres de là, d'autres gens perdaient leur maison et mouraient dans l'effroyable combat contre le feu ? Elle sut que si elle répondait maintenant elle ne serait peut-être pas capable de mesurer ses propos, aussi préféra-t-elle appeler Nick et se replier vers la fourgonnette.

Dans l'habitacle frais, elle ferma les yeux et laissa échapper un soupir. Sa colère couvait depuis des mois, toujours prête à éclater. Avant la rupture, elle n'avait cessé de chercher querelle à Gabe pour un rien, dramatisant les plus petites choses. Elle exigeait par exemple de rester seule et quand il n'était plus là, elle lui en voulait d'être parti. Ou bien elle se pelotonnait contre lui comme une enfant mais s'il s'avisait d'émettre une innocente observation qui la prenait à rebrousse-poil, elle se détournait, froide et offensée, et même lorsqu'elle voulait se rapprocher à nouveau de lui, elle n'y parvenait pas. Elle n'avait pas accepté de coucher avec lui.

Il avait déjà de l'expérience, elle, non, et ce déséquilibre la perturbait. Non qu'elle eût une vision romantique de la première fois, mais elle savait trop bien comment cet événement leur apparaîtrait à chacun de façon différente, pas seulement à ce moment-là mais à jamais. Il se rappellerait l'autre fille, la première, après que Noa serait sans doute depuis longtemps oubliée, alors qu'elle serait vouée à toujours se souvenir de lui. « Décide-toi ! » lui avait-il crié avant la séparation, un jour où elle était, une fois encore, passée du chaud au froid et lui avait tourné le dos. Mais en dehors de la question de savoir si elle coucherait ou non avec lui, quelle liberté de manœuvre avait-elle eue vraiment ? Il partait à l'université en août. Il trouverait quelqu'un d'autre, une fille plus facile à vivre, à la fois belle et enjouée. C'est ce qu'elle lui dit et, quand il protesta, elle campa sur ses positions, calme et pragmatique, comme invulnérable.

Avait-elle toujours été comme ça ? Elle était fière de son indépendance. Monica et Leonard prétendaient qu'elle était ainsi depuis qu'elle était bébé. L'une des plus anciennes anecdotes la concernant était qu'à seulement deux ans elle avait entamé son premier jour de garderie sans même se retourner. Elle avait grimpé sur le cheval à bascule, puis s'était mise à hurler dès qu'un autre enfant voulait faire un tour. À califourchon sur le cheval, opiniâtre et dominatrice, elle s'était servie de sa puissance vocale pour tenir les autres enfants à distance. Noa n'avait jamais vraiment mis en doute ce récit ni la façon dont il avait été utilisé, à l'instar de toutes les premières histoires que les parents racontent aux enfants sur eux-mêmes, comme exemple de leur caractère. Mais pourquoi n'avait-elle pas hésité à avancer, pourquoi ne s'était-elle pas cramponnée à sa mère ? Ce besoin d'indépendance n'avait-il pas existé bien avant de devenir l'histoire de sa vie et un objet d'orgueil ? L'orgueil était-il autre chose qu'une vulnérabilité travestie en force, jusqu'au moment où elle en devenait finalement une ? Mais de même que toutes les forces qui naissent d'un besoin, il n'avait jamais eu de fondement solide. Il était construit sur un vide. Ne se serait-elle pas cramponnée à Monica si celle-ci avait été une mère à laquelle elle pouvait s'accrocher en toute confiance, plutôt qu'au réconfort d'un cheval à bascule ?

Nick réapparut et l'informa que la fleuriste était en chemin avec un chargement de fleurs supplémentaires pour les bouquets. Ils attendirent dans la fourgonnette avec la climatisation au maximum. Le téléphone de Noa sonna de nouveau : c'était Leonard, et elle laissa sonner jusqu'à ce que la messagerie vocale s'enclenchât. Elle l'imaginait, perché sur le tell, au crépuscule. Le tertre sous ses pieds était d'origine humaine, résultat d'une lente accumulation – couches de vie successivement détruites – ininterrompue depuis sept mille ans avant notre ère jusqu'aux temps bibliques. Le plus beau fleuron de l'archéologie biblique ! Comme il ne manquait jamais de le rappeler à tout le monde. Nul autre site israélien ne possédait davantage de monuments de l'âge du bronze ou du fer, disait-il à ses étudiants au début de chaque été. Regardant alors vers le sud, par-delà la vallée de Jezreel, ses yeux se posaient sur les lointaines collines bleuâtres de

Samarie, et cette vue provoquait chez lui une légère agitation : et dire qu'une profusion de secrets était enfouie là, interdite, inaccessible de son vivant ! Du sommet du tell, Leonard lui laissait un message. Elle n'avait pas besoin d'écouter pour en connaître la teneur. Mais elle n'irait pas chez les Berkowitz.

Nick sortit des feuilles de papier à cigarettes et une boîte de kif. Il en prit une ou deux têtes qu'il travailla entre ses doigts, puis il éparpilla l'herbe odorante dans le pli du papier. Habituellement elle n'aimait pas fumer, toutefois elle était assez morose et énervée pour tirer quelques bouffées. La fumée lui brûla la gorge mais bientôt sa cage thoracique se détendit et sa tête s'emplit de légèreté.

Lorsqu'elle éprouva le besoin d'aller aux toilettes, elle descendit de voiture et se dirigea vers la maison. L'énorme porte principale était maintenue ouverte et les équipes de restauration entraient et sortaient en courant. Elle arrêta l'un d'eux, qui portait une caisse de Beaujolais sur l'épaule, et lui demanda où se trouvaient les toilettes. « Adressez-vous à la cuisine », lui répondit-il, désignant d'un geste l'intérieur de la maison.

Il y faisait sombre et frais. À travers les fenêtres à petits carreaux de la bibliothèque, le jardin était une masse confuse de verts mats. Elle emprunta le couloir lambrissé de chêne où tout était plus éloigné que d'habitude. Ouvrant la première porte sur son chemin, elle découvrit un placard rempli de clubs de golf. Elle arriva bientôt à la cuisine, grouillante d'activité. Trois chefs en toque de papier blanc et pantalon à carreaux donnaient des ordres à leur brigade. Personne ne la regarda : on cuisinait pour deux cent cinquante invités. Noa continua jusqu'à un escalier recouvert d'un large tapis. Le besoin d'uriner était devenu urgent et, enhardie par l'herbe, elle monta.

Une console ancienne au ventre arrondi et aux pieds à griffes de lion montait la garde sur le palier. Sur le plateau en marbre étaient exposées des photos d'une fillette à neuf ans, puis douze, puis seize. Un peu plus loin s'ouvrait une porte à travers laquelle Noa aperçut le cuivre étincelant d'un robinet. Elle s'y précipita, verrouilla la porte derrière elle et s'effondra avec soulagement sur la cuvette des WC en enlevant ses sandales d'un coup de pied. Elle demeura assise un moment, se détendant en toute quiétude. Elle entendit rire de l'autre côté du mur, ou peut-être pleurer. Si elle se mariait un jour, décida-t-elle, elle s'enfuirait. Ou bien elle se marierait dans une gargote, un endroit ne laissant place à aucune ambition. Un mariage comme celui-ci n'était qu'une source d'ennuis, se dit-elle.

Quelqu'un secoua la poignée de la porte. Noa se leva et ouvrit le robinet. « Une minute », cria-t-elle, s'empressant de s'essuyer les mains sur la serviette en tissu-éponge moelleux et de sortir. C'était la jeune fille des photos, sa robe de mariée ramassée autour du buste. Elle avait grandi mais était encore jeune, avec un visage un peu simiesque mais non dénué d'un certain charme. Elle ne paraissait pas avoir plus de vingt-deux, vingt-trois ans.

« Oh, fit-elle, surprise, qui êtes-vous ?

– Je fais partie du service de restauration », mentit Noa.

La future mariée hésita un instant mais dans la mesure où tout le monde, dans la maison, était sous ses ordres, elle ne réfléchit pas plus avant et se tourna, soulevant ses anglaises frisées au fer le matin même.

« Vous pouvez m'aider avec cette fermeture éclair ? »

Noa s'essuya une nouvelle fois les mains sur son short et saisit la minuscule languette. L'étoffe se tendit aux coutures quand elle essaya de la remonter et elle craignit même que le tissu se déchirât, mais finalement la languette passa l'endroit le plus large du dos athlétique de la jeune femme et glissa en douceur jusqu'en haut.

« J'étais nageuse », expliqua celle-ci en se tournant vers Noa. Pour preuve, ses cils étaient mouillés, comme si la future mariée-nageuse venait tout juste de sortir de l'eau. Ou peut-être étaient-ce des pleurs, après tout, que Noa avait entendus à travers le mur.

« Venez, j'ai encore besoin d'aide. »

Furieuse de recevoir des ordres mais incapable de résister à la curiosité, Noa suivit la future mariée dans sa chambre. Celle-ci était décorée des rubans de ses premiers et deuxièmes prix, non seulement pour des compétitions de natation mais aussi d'équitation. Des photos de chevaux encadrées ornaient les murs tels des parents bien-aimés. Sur les étagères de verre au-dessus du bureau était exposée une collection de gommes et de taille-crayons Hello Kitty. Noa avait eu autrefois à peu près les mêmes, dont elle avait tout oublié, et les voir fit remonter en elle une bouffée d'enfance. D'un geste impulsif, comme elle l'avait fait parfois étant petite, elle tendit la main et s'empara d'une gomme qu'elle glissa dans sa poche juste avant que la future mariée se retournât vers elle.

« Je ne peux pas marcher avec ça », fit celle-ci en montrant ses escarpins argentés.

Lourdement appuyée sur ses orteils, elle avait en effet un air gauche. Noa se demanda où étaient passées ses demoiselles d'honneur ou les personnes censées la guider sur les derniers mètres d'un chemin risqué qu'elle pouvait encore abandonner, le long duquel le doute et la confusion l'attendaient en embuscade. Dans les mariages juifs, la kalla, la future mariée, était censée être traitée comme une reine, choyée comme une altesse, approche qui, aussi ancienne fût-elle, reflétait une sage vision de la psychologie humaine, de la fragilité du cœur. La fragilité du cœur et la honte du corps, car les fiancées orthodoxes n'avaient jamais connu d'homme, ni les futurs mariés de femme, situation à laquelle ils étaient obligés de remédier sitôt la cérémonie terminée. Le traitement royal était donc peut-être destiné à les distraire également d'une terreur cachée.

Le front pâle de la future mariée se plissa.

« Je vais me casser la figure si je porte ça, c'est sûr. »

Noa ressentit une certaine inquiétude à l'idée que la jeune femme ne perçût pas, ne serait-ce que vaguement, l'absurdité de toute cette situation. Avisant une paire de vieilles tennis en toile abandonnées au pied du lit, elle tendit le doigt.

« Et ça ? »

La future mariée se mit à rire. Ses yeux brillaient. Elle donnait l'impression d'avoir légèrement perdu l'esprit. Elle libéra ses pieds des escarpins, remonta sa traîne et, rendue à son agilité naturelle, traversa la pièce en quelques bonds. Son corps musclé, entraîné à nager des lieues et à dominer les chevaux, à toujours gagner et à ne jamais perdre, paraissait se connaître mieux que ne le faisait sa tête. Glissant ses pieds dans les tennis sans se soucier des lacets, elle dansa jusqu'aux placards garnis de miroirs, mais alors qu'elle considérait son reflet, son rire cessa de jaillir de sa bouche crispée.

Il y eut un long silence, puis les yeux de la future mariée croisèrent ceux de Noa dans le miroir.

« Vous n'êtes pas avec le service de restauration », dit-elle d'un ton sombre.

Noa ne répondit rien.

« Je le sais à cause de la terre sous vos ongles. »

C'était vrai, le dessous de ses ongles était noir. Et c'était comme ça tout l'été, elle ne se débarrassait du terreau que lorsqu'elle se baignait.

Elle haussa les épaules, peu soucieuse d'avoir été prise en flagrant délit de mensonge. L'assurance de son impeccable bon sens l'amenait souvent à voir chez les autres un manque de ce même bon sens, caractéristique héritée de Leonard et qui, comme Gabe le lui disait souvent, était une marque d'arrogance. Mais tout le monde n'était-il pas convaincu de la perfection de son propre raisonnement ? Non, pas tout le monde, avait répondu Gabe, la plupart des gens envisagent la possibilité de se tromper ou, tout du moins, admettent que penser différemment n'est pas synonyme de folie. Noa avait accepté son argument, ne fût-ce que pour montrer qu'elle était ouverte au raisonnement d'autrui. Cela non plus n'était pas naturel chez elle ; Leonard, quand on l'accusait d'être borné, était capable de se montrer magnanime tout le reste de la journée, jusqu'au moment où il oubliait et redevenait lui-même.

« Je ne voulais pas vous fâcher au sujet des fleurs. Votre mère a dit que vous n'aimeriez pas les bouquets. Il n'y a pas de lilas et ils sont trop petits, il faut les refaire. Nous attendons que la fleuriste livre d'autres fleurs.

– Ma mère », grommela la future mariée, comme au souvenir d'une mauvaise nouvelle. Mais elle n'en dit pas plus et, rappelée à la tâche qui l'occupait, souleva une masse de tulle posée sur son lit et la tendit à Noa. Le voile était attaché à un peigne en écaille et la jeune fille tourna de nouveau le dos, cette fois pour que Noa vît où le glisser dans ses cheveux déjà coiffés, en partie relevés à l'aide de pinces. Ils étaient raidis par la laque et Noa eut quelque mal à y enfoncer les dents du peigne. Finalement elle réussit à le fixer ; la future mariée fit volte-face et baissa le menton dans un geste solennel, attendant que le voile fût placé devant son visage. Saisie par la puissance du rituel, elle ferma les yeux. Ses traits devinrent doux et imprécis en disparaissant sous le tulle et Noa frissonna, elle aussi, comme si elle était vraiment la dernière personne à regarder le visage de la future mariée tel qu'il était à cette époque, avant ce qui devait arriver – l'acceptation de sérieuses responsabilités, l'initiation à une sagesse secrète – et qui le changerait par la suite. Lentement, la future mariée se tourna vers le miroir et Noa l'imita, surprise devant sa propre image, grande et dégingandée, avec une poitrine plate et de la terre sous les ongles, soudain garçonnière, comme si toute sa féminité lui avait été volée par la future mariée dans sa dentelle blanche virginale.

Mais elles n'avaient pas le temps d'étudier davantage ces changements car la voix de la mère de la future mariée s'élevait du pied de l'escalier, rendue stridente par la peur de l'imperfection ou, encore plus profondément, celle de perdre sa fille unique au profit d'attachements plus grands que celui qui la liait à elle. Leurs regards se croisèrent à nouveau dans le miroir et une foule de choses passa entre elles à cet instant, que Noa ne saisit pas complètement. Elle bredouilla un « bonne chance » et sortit en hâte de la chambre, se cachant dans la salle de bains jusqu'à ce que la mère de la future mariée fût passée, après quoi elle descendit au rez-de-chaussée et regagna la fourgonnette.

Lorsqu'ils rentrèrent à la boutique il était déjà quinze heures mais il leur restait du travail. Les incendies, semblait-il, n'avaient pas vraiment suspendu la passion, la nostalgie, le chagrin ni le simple désir de célébrer les anniversaires, des circonstances réclamant toutes des fleurs. À court de personnel, Ciara, la patronne de Noa, lui demanda de rester jusqu'à ce que toutes les commandes fussent honorées, c'est-à-dire largement après dix-neuf heures. La radio déversait sans arrêt des nouvelles des feux : deux autres pompiers avaient péri et des centaines de maisons avaient encore été évacuées. Ciara, qui, des années plus tôt, avait perdu un fils d'un cancer du cerveau et s'était habituée à faire la part des choses entre sa vie intime et les célébrations des autres, travaillait en silence aux côtés de Noa à la table de coupe. Quand celle-ci eut terminé le dernier bouquet, une composition exotique faite de feuillage et d'oiseaux de paradis aux couleurs criardes, elle se rinça les mains dans l'énorme évier en métal. Tout en se brossant les ongles, elle repensa à la jeune fille qui devait à présent être mariée.

Ce n'est qu'en montant dans sa voiture qu'elle vit l'enveloppe de la Cour supérieure sur le siège du passager et se rappela sa promesse au rabbin. Elle était épuisée et la tristesse qui s'était accumulée en elle ne demandait qu'à se dissiper dans l'odeur familière de sa maison où elle pourrait enfin s'écrouler sur le canapé et regarder la télévision. Mais le rabbin partait le lendemain pour la Pologne et, sans les documents nécessaires, rien ne serait finalisé. Il voulait que tout fût en ordre, que fût effacé et détruit le chaos de ce qui avait été brisé et bouleversé, soudain réagencé comme par magie grâce au simple classement des documents dans les archives officielles du tribunal juif. Et si Noa n'avait aucune envie d'aider à remettre de l'ordre dans une chose dont elle savait qu'elle resterait longtemps, peut-être à jamais, au fond d'elle-même, un chaos, du moins ne voulait-elle pas être celle qui y ferait obstacle. Elle entra l'adresse que lui avait donnée le rabbin dans son téléphone, sans se soucier des appels manqués et textos envoyés en vain par ses parents au cours de la journée. Elle leur avait réitéré sa décision et ils avaient été obligés de l'accepter. Il était très tard, là où ils se trouvaient, et comme les feux n'avaient pas progressé, chacun devait s'être endormi car le téléphone était muet depuis des heures. Elle vit que l'adresse, située dans une partie de la ville qu'elle ne connaissait pas, n'était qu'à vingt minutes de distance, non loin de la synagogue où le rabbin avait célébré – si *célébré* était le mot adéquat – le guet. Consciente que le trajet pouvait prendre plus longtemps si la fermeture des routes avait rendu la circulation plus dense que prévu, elle tourna néanmoins son volant dans la direction indiquée par le GPS.

C'était un quartier de maisons modestes en retrait de pelouses dépourvues de fleurs. Dans le crépuscule, les hassidim passaient, le dos courbé, en costume sombre, insensibles à la chaleur, les femmes en robe à manches longues, penchées en avant, poussant et tirant des enfants d'un pas pressé. Ils étaient toujours pressés, ces gens-là – c'était la voix de Leonard qu'elle entendait dans sa tête. Pressés de mettre à leur actif une dernière mitzvah, bien que le Messie lui-même, le grand recenseur des actes juifs, du destin juif, eût tout son temps.

La maison du rabbin était aussi banale que les autres, mis à part un fauteuil en aluminium abandonné sous un arbre, dont le siège en sangles de nylon était considérablement distendu, comme si quelqu'un était resté de longues heures assis là, à réfléchir. Mais quand Noa se gara et traversa la pelouse en diagonale jusqu'à la porte d'entrée, elle vit que l'herbe clairsemée autour du fauteuil était jonchée de mégots de cigarettes et que celui-ci n'était que le siège dédié à un fâcheux penchant que la femme du rabbin ne tolérait sans doute pas dans la maison.

Les papiers du divorce de Leonard et Monica sous le bras, elle sonna à la porte. Quand celle-ci s'ouvrit, ce ne fut pas la femme du rabbin mais le jeune assistant à la barbe blonde clairsemée qui apparut. En la voyant, son visage s'éclaira de surprise. Elle leva l'enveloppe en guise d'explication et lui demanda si le rabbin était là. Non, répondit l'assistant, la famille était à un mariage. « On dirait que tout le monde se marie aujourd'hui », dit Noa. Le jeune homme leva les sourcils en souriant. Répugnant à se séparer de l'enveloppe, elle la serra contre elle. « Voulez-vous entrer ? » demanda-t-il.

Noa se demanda s'il avait même entendu parler des incendies, que l'on ne sentait pas d'ici. Une coupe de fruits, poires et raisin noir – mûrs à point et nacrés –, était posée sur la table de la cuisine. Il l'invita à s'asseoir en désignant une chaise, puis fit chauffer de l'eau pour le thé et lui en apporta dans un verre. Elle le sirota, reconnaissante de son geste de gentillesse spontané. Observant l'aisance avec laquelle il se déplaçait dans la cuisine, l'idée lui vint qu'il n'était pas seulement l'assistant du rabbin mais aussi son fils. Il s'assit en face d'elle et mit une cuillerée de sucre dans son thé, remuant les lèvres pour prononcer un bénédicité silencieux avant de boire.

« Noa, c'est ça ? » fit-il.

Elle ne se rappelait pas avoir donné son nom le jour du

guet, mais il avait dû entendre ses parents ou sa sœur s'adresser à elle.

« Moi c'est Aviel, mais tout le monde m'appelle Avi. »

Noa regarda la coupe de fruits avec convoitise et Avi, sensible et vigilant, la poussa vers elle.

« Je vous en prie, prenez », dit-il en allant lui chercher une assiette et un couteau. Pensant aux hassidim qui parfois, à un coin de rue, arrêtaient les passants pour leur demander s'ils étaient juifs et s'ils désiraient acheter des bougies de Shabbat ou mettre des phylactères, elle se demanda si l'hospitalité d'Avi n'était pas simplement d'ordre pratique, découlant de la consigne du Rabbi d'attirer des Juifs réfractaires et de les ramener au bercail où, à leur tour, ils pourraient garnir les rangs des mitzvot qui hâteraient la venue du Mashia'h.

« Comment vont vos parents ? » demanda-t-il. Il ne les connaissait pas mais avait assisté à un moment intime de leur vie, ce qui faisait de lui autre chose qu'un étranger.

« Ils sont partis, répondit Noa. Leonard est archéologue et chaque été il retourne en Israël pour diriger des fouilles. Et Monica est à Vienne, où elle s'occupe de ma grand-mère.

– Et vous, vous êtes restée ? »

Tout en coupant une poire, Noa lui parla de son emploi chez la fleuriste et de l'argent qu'elle mettait de côté pour pouvoir voyager l'été prochain. Elle avait visité bien des pays avec ses parents, mais jamais l'Amérique du Sud. Si elle arrivait jusqu'au Chili et qu'il lui restait de l'argent, elle pousserait jusqu'à l'île de Pâques afin de voir les têtes monolithiques taillées dans la pierre volcanique qui la fascinaient depuis que, enfant, elle avait vu des photos de leurs étranges visages. Longtemps, personne n'avait su comment les artisans primitifs les avaient transportées de la carrière à la côte, où elles avaient été montées sur d'énormes plateformes, le visage tourné vers l'intérieur des terres. Lorsque Leonard lui dit, quelques années plus tard, que les chercheurs avaient finalement découvert la technique employée, elle avait été déçue et n'avait pas voulu savoir, préférant conserver le mystère. C'était là ce qui la distinguait de Leonard qui avait passé sa vie à creuser jusqu'au fond des choses. Et de Monica, aussi, professeur de littérature comparée, avec ses efforts méthodiques pour extraire le sens de textes allemands et hébreux. Noa s'inquiétait de n'être encore tentée par aucune profession dans laquelle cet intérêt passionné pour le mystère eût la moindre valeur.

Avi l'écoutait, fasciné, comme s'il l'imaginait voyageant seule dans des bus qui fonçaient à travers la jungle, franchissant de dangereux cols de montagne pleins de virages, à la poursuite des mystères de l'enfance. Lui aussi aimait voyager, et il venait de rentrer au pays après deux années pendant lesquelles il avait dirigé la Maison Chabad de Bangkok. Il avait visité le vaste monde, ce qui expliquait peut-être la perspicacité que Noa lisait sur son visage. Elle se rappela l'instant où elle l'avait surpris en train de la regarder pendant le guet, et elle discernait de nouveau dans ses yeux un pétillement, une curiosité qui ne cadrait guère avec le conformisme de son costume sombre. Les mégots près du fauteuil de jardin ne pouvaient être que les siens et non ceux du rabbin plus âgé – un vice qu'il avait peut-être pris en Thaïlande. Quelle place la curiosité tenait-elle dans une existence comme la sienne ? se demanda Noa.

« Et vous ? Pourquoi êtes-vous resté ici au lieu d'aller au mariage avec tous les autres ?

– Les mariages ne manquent pas. Ma mère fait partie d'une fratrie de huit enfants. Presque chaque mois, un de mes cousins se marie. »

Noa pensait laisser l'enveloppe et partir, mais quelque chose la retint. Les doigts d'Avi, longs et délicats, entouraient son verre à thé vide. Elle le surprit à regarder ses jambes nues, et savoir qu'une telle nudité n'avait jamais été entrevue dans cette cuisine lui donna un brusque sentiment de pouvoir.

« Et vous ? Quand vous mariez-vous ? »

Dehors, le ciel s'assombrissait.

« L'an prochain, *im yirtzeh HaShem*[1]. »

Ils continuèrent à bavarder. Il lui posa des questions sur le travail de Leonard en Israël et elle lui parla du tell de Megiddo, formé par les vestiges de vingt-cinq civilisations apparues puis disparues, anéanties par un tremblement de terre ou un incendie, la suivante érigée sur les ruines de la précédente. De la vingtaine d'années qu'avait passées Leonard à mettre au jour ces strates de destruction, les détruisant à son tour afin de découvrir des vérités concernant les gens qui étaient nés et morts là. Comment ? demanda Avi, captivé. Et elle lui décrivit le travail lent et minutieux, les paniers de

1. En hébreu : Si Dieu le veut. *(Toutes les notes sont de la traductrice.)*

tessons ramassés et triés chaque jour, le carbone 14 servant à déterminer le moment où une chose vivante – une semence, un grain de blé au fond d'un godet – avait cessé de vivre. Tandis qu'elle parlait, elle sentait en lui le frisson d'étonnement et de peur qu'elle avait elle-même parfois connu quand, enfant, elle regardait autour d'elle du point de vue d'un futur lointain et se demandait ce qu'il resterait pour reconstituer les rites d'une foi disparue, les espoirs et les désirs disparus, afin de résoudre l'énigme de son extinction et celle de tous ses proches.

Il attendait qu'elle continuât mais elle était à présent à court de mots pour décrire les choses. Finalement, elle posa les doigts sur le bord de l'enveloppe contenant l'acte de divorce et la fit glisser de l'autre côté de la table. Là-bas, très loin, ses parents vivaient leur vie. Avi prit l'enveloppe et la tint un instant dans ses mains délicates, puis la posa sur le comptoir où le rabbin la trouverait. Noa se leva comme pour s'en aller mais, même une fois debout, elle sut au plus profond d'elle-même qu'elle ne partirait pas. Elle resta à se dandiner d'un pied sur l'autre. Avi l'observait, stupéfait. Enfin, elle se dirigea vers lui et elle crut sentir ses doigts se tendre un long moment avant d'atteindre les poils blonds de sa barbe pour les caresser. Il ferma les yeux et ses lèvres se mirent à remuer. Très doucement, elle les couvrit des siennes, comme pour les faire taire, mais en réalité elle recueillit ce qu'elles disaient dans cet antique langage et sentit le désir poindre dans son ventre. Il avait maintenant les yeux ouverts et, se détachant de lui, elle déboutonna sa chemise. Ce n'était pas grand-chose mais elle sut que c'était tout de même un cadeau et posa sur ses seins les doigts tremblants du garçon. Il passa le pouce sur le mamelon et elle retint son souffle en frissonnant. Elle défit son short, le laissa tomber sur le sol et se préparait à ôter ses sous-vêtements quand, effrayé, il se tourna vers la fenêtre comme si quelqu'un, dehors, pouvait observer le prodige de ce qui se passait à l'intérieur. Comme si les incendies approchaient, flambant de plus en plus près d'eux, aussi irréductibles que tous les feux qui balaient l'ordre ancien pour faire place au suivant. De sa main moite, il saisit celle de Noa et la conduisit à travers la pénombre de la salle de séjour jusqu'à sa petite chambre, à l'arrière de la maison. Et là, dans le lit étroit, elle lui donna ce qu'elle voulait lui donner et prit de lui ce dont elle avait besoin, et quand la fulgurante douleur la transperça, elle lui mordit l'épaule pour étouffer son cri, muette devant la divine faveur.

Voir Ershadi

Il y avait plus d'un un an que je faisais partie de la compagnie. Je rêvais de danser pour ce chorégraphe depuis la première fois où j'avais vu son travail, et pendant une décennie je n'avais aspiré qu'à y parvenir. J'avais fait tous les sacrifices nécessaires au cours de ces années d'entraînement rigoureux. Le jour où j'ai enfin auditionné et où il m'a invitée à intégrer sa compagnie, j'ai tout abandonné et me suis envolée pour Tel-Aviv. Nous répétions de midi à dix-sept heures et je me consacrais, m'appliquais sans réserve à la méthode et à la vision du chorégraphe. Parfois montaient des larmes soudaines, jaillies d'un puits qui s'était brusquement ouvert. Quand je rencontrais des gens dans les bars et les cafés, je leur parlais avec exaltation de mon expérience de travail avec le chorégraphe et leur disais que je me sentais constamment au bord d'une découverte. Jusqu'au jour où je me suis rendu compte que j'étais devenue fanatique, que ce que je prenais pour du dévouement avait basculé vers autre chose et, bien que cette prise de conscience altérât ce qui était jusque-là une joie sans mélange, je ne savais qu'en faire.

Épuisée après les répétitions, je descendais à la mer ou rentrais chez moi regarder un film jusqu'à ce qu'il fût l'heure de sortir et de retrouver des amis. Je ne pouvais me rendre à la plage aussi souvent que je le souhaitais, le chorégraphe ayant dit qu'il voulait que la peau de tout notre corps fût aussi blanche que celle de nos fesses. J'avais contracté une tendinite à la cheville, ce qui m'obligeait à y appliquer de la glace après l'entraînement, si bien que je me suis retrouvée à regarder une foule de films, allongée sur le dos, le pied surélevé. J'ai vu tous ceux avec Jean-Louis Trintignant, jusqu'au jour où il m'a paru si vieux que l'imminence de sa mort est devenue trop déprimante ; je me suis alors tournée vers Louis Garrel, assez beau pour vivre éternellement. Parfois, quand elle ne travaillait pas, mon amie Romi venait regarder les films avec moi. Quand j'en ai eu fini avec Garrel, l'hiver était là et il n'était de toute façon plus question de nager, j'ai donc passé deux semaines enfermée avec Ingmar Bergman. Au Nouvel An, j'ai décidé d'abandonner Bergman et l'herbe que je fumais tous les soirs, et parce que le titre me plaisait et que le film avait été tourné loin de la Suède, j'ai téléchargé *Le Goût de la cerise*, du réalisateur iranien Abbas Kiarostami.

Il s'ouvre sur le visage de l'acteur Homayoun Ershadi. L'acteur incarne M. Badii, un homme d'une cinquantaine d'années qui parcourt lentement les rues de Téhéran au volant de sa voiture en quête de quelqu'un, scrutant du regard des groupes d'hommes réclamant à cor et à cri un emploi. Ne trouvant pas ce qu'il cherche, il se rend dans les collines arides qui entourent la ville. Lorsqu'il voit un homme au bord de la route, il ralentit et lui propose un tour en voiture ; l'homme refuse et quand Badii s'obstine à vouloir le convaincre, l'homme se met en colère et s'en va d'un pas furieux en lui jetant des regards noirs par-dessus son épaule. Après avoir continué de rouler pendant cinq ou sept minutes – une éternité dans un film –, un jeune soldat apparaît, qui fait du stop sur le bas-côté de la route, et Badii lui propose de le conduire à sa caserne. Il se met à questionner le jeune homme sur sa vie à l'armée et sur sa famille au Kurdistan, et plus les questions se font personnelles et directes, plus la situation devient embarrassante pour le soldat qui commence à se tortiller sur son siège. Une vingtaine de minutes après le début du film, Badii se décide enfin à parler : il est à la recherche de quelqu'un qui accepte de l'enterrer. Il a lui-même creusé sa tombe au flanc de l'une de ces collines desséchées et, ce soir, projette d'avaler des comprimés et de s'y coucher. Tout ce dont il a besoin, c'est que quelqu'un vienne le lendemain matin vérifier qu'il est bien mort, puis le recouvre de vingt pelletés de terre.

Le soldat ouvre la portière, descend d'un bond et s'enfuit dans les hauteurs. Ce que demande M. Badii revient à se faire le complice d'un crime puisque le suicide est interdit par le Coran. La caméra suit le soldat de plus en plus petit et finit par disparaître complètement dans le paysage, puis elle revient vers le visage extraordinaire d'Ershadi, un visage qui reste presque complètement neutre d'un bout à l'autre du film et réussit pourtant à exprimer une gravité et une profondeur de sentiment qui ne peuvent absolument pas venir du simple jeu de l'acteur mais d'une intime connaissance de ce que signifie être poussé au bord du désespoir. Pas une fois le film ne nous apprend quoi que ce soit sur la vie de M. Badii ou sur ce qui pourrait l'avoir décidé à y mettre fin. Pas plus que nous ne voyons son désespoir. Tout ce que nous savons de la profondeur de son être, nous le tenons de son visage sans expression, qui nous parle également de la profondeur de l'acteur Homayoun Ershadi dont la vie nous est encore plus énigmatique. J'ai effectué une recherche et découvert qu'Ershadi était architecte sans aucune formation ni expérience d'acteur lorsque Kiarostami l'avait vu assis dans sa voiture en plein embouteillage, perdu dans ses pensées, et avait frappé à sa vitre. Il était facile de comprendre, juste en le regardant, que le monde semblait se pencher vers Ershadi comme s'il avait davantage besoin de lui qu'Ershadi n'avait besoin du monde.

Son visage m'a touchée. Disons que c'est plutôt le film, avec sa compassion et sa fin bouleversante – que je ne dévoilerai pas –, qui m'a touchée. Mais on peut dire aussi qu'en un sens, le film, c'était uniquement son visage – son visage et ces collines désolées.

Peu de temps après, la chaleur est revenue. Quand j'ouvrais les fenêtres, m'arrivait l'odeur des chats, en même temps que celle du soleil, du sel et des oranges. Le long des larges avenues, les ficus verdissaient. J'aurais aimé extraire quelque chose de ce renouveau, en faire tant soit peu partie, mais en vérité, mon corps était de plus en plus mal fichu, ma cheville était de plus en plus douloureuse à force de danser dessus et j'avalais une boîte entière d'Advil par semaine. Lorsqu'il a été temps pour la compagnie de repartir en tournée, je n'avais pas envie de la suivre, même si c'était au Japon, que j'avais toujours rêvé de visiter. Ce que je voulais, c'était rester là, me reposer et sentir le soleil, m'allonger sur la plage avec Romi, fumer et parler des garçons, mais j'ai fait ma valise et me suis rendue à l'aéroport avec deux autres danseurs.

Nous avons donné trois représentations à Tokyo, suivies par deux jours de congé, et avons décidé à plusieurs d'aller à Kyoto. C'était encore l'hiver au Japon. Du train de Tokyo, on voyait défiler les lourds toits de tuiles et les maisons aux fenêtres exiguës. Nous avons trouvé un *ryokan* où loger, avec une chambre décorée de tatamis, de panneaux *shoji* et de murs de la couleur et de la texture du sable. Tout me paraissait incompréhensible, je faisais sans cesse des erreurs. Je traversais la chambre avec, aux pieds, les chaussons strictement réservés à la salle de bains. Lorsque j'ai demandé à la femme qui nous avait servi un dîner très élaboré ce qui arrivait si l'on renversait quelque chose sur le tatami, elle a hurlé de rire. Si elle avait pu tomber de son siège, elle l'aurait fait, seulement la pièce n'en contenait aucun. Au lieu de cela, elle a fourré l'emballage de ma serviette chaude dans la large manche de son kimono, mais d'un geste si élégant qu'on en oubliait facilement qu'elle se débarrassait en réalité d'un détritus.

Le matin du dernier jour, je me suis levée de bonne heure et je suis sortie munie d'une carte sur laquelle j'avais marqué les temples que je voulais visiter. Tout était encore à nu.

Même les pruniers n'étaient toujours pas en fleur, il n'y avait donc rien pour attirer les hordes avec leurs appareils photo et je m'étais habituée à la quasi-solitude des temples et des jardins, tout comme au silence encore épaissi par le croassement bruyant des corbeaux. J'ai donc été très surprise, ayant franchi le portail en bois monumental de Nanzen-ji, de tomber sur toute une troupe de Japonaises bavardant joyeusement d'une voix chantante dans l'allée couverte qui menait à la résidence du grand prêtre. Elles portaient d'élégants kimonos de soie, et tout en elles – des peignes incrustés de décorations jusqu'à leurs obis froncées et leurs sacs à cordon ornés de motifs – était d'un autre âge. La seule exception était leurs chaussons d'un marron terne, comme on en laissait à disposition à l'entrée de chaque temple à Kyoto, tous minuscules et qui me rappelaient les chaussures de Pierre Lapin perdues dans le carré de salades. J'en avais essayé une paire la veille, y enfonçant péniblement les pieds et crispant les orteils pour tenter de glisser sur les parquets de bois lisse, mais après avoir failli me casser la figure en essayant de monter un escalier, j'avais capitulé et m'étais mise à parcourir les planchers glacés en chaussettes. Il m'était donc impossible d'avoir chaud et, grelottante sous mon pull et mon manteau, je me demandais comment ces femmes ne gelaient pas dans leurs vêtements de soie, et s'il leur fallait de l'aide pour nouer, enrouler et fixer les différentes pièces de leurs kimonos.

Sans m'en apercevoir, je m'étais petit à petit infiltrée au cœur du groupe, si bien que, quand les femmes se sont soudain déplacées toutes ensemble, comme en réponse à un signal secret, j'ai été entraînée avec elles le long de la vaste et sombre galerie découverte, portée par le flot de soie et le trottinement pressé des petits chaussons. Environ six mètres plus loin, le groupe s'est arrêté et a craché de son corps amiboïde une femme en vêtements de ville qui s'est mise à parler aux autres. En me dressant sur la pointe des pieds j'arrivais tout juste à voir, au-dessus de la tête des femmes, le jardin zen vieux de quatre cents ans, l'un des plus célèbres de tout le Japon. Un jardin zen, avec son gravier ratissé et son nombre restreint de rochers, d'arbustes et d'arbres, n'est pas fait pour être parcouru mais contemplé de l'extérieur, et juste au-delà de l'endroit où s'était arrêté le groupe, trônait le portique vide conçu à cet effet. Toutefois, quand j'ai essayé de sortir en tapotant des épaules et en m'excusant, le groupe m'a paru seulement se resserrer autour de moi. Chaque personne sur l'épaule de laquelle je tapais se retournait d'un air étonné et faisait quelques petits pas rapides sur la droite ou la gauche afin de me laisser passer, mais aussitôt, une autre femme en kimono surgissait pour combler le vide, soit de façon instinctive pour rétablir l'équilibre du groupe, soit simplement pour se rapprocher de l'accompagnatrice. Cernée de tous côtés, respirant l'odeur entêtante de parfum et écoutant les explications inexorablement incompréhensibles de la guide, j'ai commencé à éprouver une sensation de claustrophobie. Mais avant que je puisse essayer de me frayer plus brutalement un chemin à coups de coude, la troupe s'est remise en mouvement et, en m'aplatissant contre le mur de la résidence du grand prêtre, j'ai réussi à m'immobiliser, obligeant chaque femme à me contourner. Elles ont traversé le parquet dans un chœur bruissant de chaussons.

C'est alors que je l'ai vu qui marchait le long de l'allée couverte, dans la direction opposée. Il semblait plus vieux, ses cheveux ondulés s'étaient argentés, ce qui faisait paraître ses sourcils noirs encore plus sévères. Et quelque chose d'autre avait changé. Dans le film, il fallait absolument faire émaner de lui une vigueur physique, ce que Kiarostami avait réussi à faire en maintenant la caméra braquée sur ses larges épaules et sur son torse puissant tandis qu'Ershadi sillonnait les collines autour de Téhéran au volant de sa voiture. Même lorsqu'il descendait du véhicule pour contempler les collines arides et que la caméra restait en retrait à une certaine distance, il m'était apparu physiquement impressionnant, ce qui lui donnait une autorité et une force qui, combinées à la profondeur de sentiment qu'on lisait dans ses yeux, m'avaient amenée au bord des larmes. Aujourd'hui, tandis qu'il parcourait l'allée couverte, Ershadi paraissait presque mince. Il avait perdu du poids, mais ce n'était pas seulement cela, on aurait dit que ses épaules s'étaient contractées. Maintenant que je le voyais de dos, je commençais à douter qu'il s'agisse d'Ershadi. Mais juste au moment où la déception se répandait en moi telle une coulée de béton, l'homme s'est arrêté et s'est retourné, comme si on l'avait appelé. Figé, il regardait derrière lui le jardin zen où les pierres étaient censées symboliser des tigres bondissant vers un lieu qu'ils n'atteindraient jamais. Une lumière douce tombait sur son visage impénétrable. Il était de nouveau là, le bord du désespoir. En cet instant, j'ai été envahie d'un sentiment de tendresse si extrême que je ne peux l'appeler qu'amour.

Ershadi a pris le tournant avec grâce. Contrairement à moi, il n'avait aucun mal à se déplacer avec ces chaussons. J'ai entrepris de le suivre, mais une des femmes en kimono est venue me barrer le chemin. Elle faisait de grands gestes en direction du groupe qui scrutait à présent l'intérieur d'une des salles obscures de la résidence du grand prêtre. Je ne parle pas japonais ai-je expliqué en essayant de la contourner, mais elle continuait à sautiller devant moi, à baragouiner et à désigner de plus en plus obstinément le groupe de visiteuses qui avançait à présent dans la galerie menant au jardin antérieur, avec un frôlement presque imperceptible de tous leurs pieds réunis, comme si des milliers de fourmis les transportaient. Je ne fais pas partie du groupe, ai-je dit en formant une petite croix de mes deux poignets, comme j'avais vu faire les Japonais lorsqu'ils voulaient signaler que quelque chose n'allait pas, était impossible ou même interdit. Je m'en allais, ai-je ajouté, en montrant du doigt la sortie avec la même insistance que celle avec laquelle la femme en kimono désignait le groupe.

Elle m'a saisi le coude et a essayé de me tirer de force dans la direction opposée. Peut-être avais-je bouleversé le délicat équilibre de l'ensemble, équilibre déterminé par des subtilités qu'en ma qualité d'étrangère je ne serais jamais à même de comprendre. Ou peut-être encore avais-je commis une faute impardonnable en me détachant du groupe. J'ai eu de nouveau conscience d'une ignorance insondable qui, pour moi, restera toujours synonyme de voyage au Japon. Désolée, ai-je dit, il faut vraiment que je m'en aille maintenant ; et, d'un mouvement plus violent que je ne l'avais prévu, je me suis libérée de son étreinte et j'ai gagné la sortie au petit trot. Mais lorsque j'ai tourné le coin de l'allée, toute trace d'Ershadi avait disparu. Le pavillon de l'accueil était vide, à l'exception des chaussures des Japonaises alignées sur les vieilles étagères en bois. J'ai couru au-dehors et regardé autour de moi : les jardins du temple n'étaient habités que par de gros corbeaux qui se sont envolés lourdement à mon passage.

Amour : je ne peux l'appeler autrement, aussi différent fût-il de toutes les autres expériences amoureuses que j'avais pu avoir. Ce que je connaissais de l'amour avait toujours découlé du désir, de l'envie d'être transformée ou détournée de mon chemin par une force incontrôlable. Mais dans mon amour pour Ershadi, j'existais à peine au-delà de ce prodigieux sentiment. L'appeler compassion reviendrait à l'assimiler à une forme d'amour divin, or ce n'était pas ça, c'était terriblement humain. C'était même un amour animal, celui d'un animal qui a toujours vécu dans un monde incompréhensible, jusqu'au jour où il rencontre un autre animal de son espèce et se rend compte qu'il s'efforçait de comprendre ce qui n'en valait pas la peine.

Ça peut sembler bizarre, mais à cet instant j'ai eu le sentiment que je pouvais sauver Ershadi. Toujours en courant, j'ai franchi le portail en bois monumental et mes pas ont résonné sous son toit. Une crainte a commencé à s'infiltrer en moi, à savoir qu'il projette de se donner la mort de la même façon que le personnage qu'il avait à peine interprété, et que j'avais laissé passer la brève occasion qu'il m'avait été donné d'intervenir. Quand j'ai atteint la rue, celle-ci était déserte. J'ai alors pris la direction du célèbre chemin qui longe l'étroite rivière et me suis mise à courir, avec mon sac qui me battait la cuisse. Que lui aurais-je dit si je l'avais rattrapé ? Quelle question lui aurais-je posée sur la dévotion ? Que voulais-je donc être lorsqu'il se retournerait et que son regard tomberait enfin sur moi ? Peu importait, car une fois le tournant passé, le chemin était vide, les arbres noirs et dénudés. De retour au *ryokan*, assise en tailleur sur le tatami, j'ai exploré Internet mais n'ai trouvé aucune information récente sur Homayoun Ershadi, rien qui indiquât qu'il voyageait au Japon, ou qu'il était mort.

Mes doutes n'ont fait que se confirmer pendant le vol de retour à Tel-Aviv. L'avion planait au-dessus d'un immense banc de nuages et, plus il s'éloignait du Japon, moins il me semblait probable que ce fût Ershadi que j'avais vu là-bas, jusqu'au moment où tout cela m'a paru absurde, comme les kimonos, les toilettes japonaises, les convenances et la cérémonie du thé, qui reflètent à Kyoto un inaltérable génie, perdaient tout leur sens avec l'éloignement.

Le lendemain de mon arrivée à Tel-Aviv, j'ai passé la soirée dans un bar avec Romi. Je lui ai raconté ce qui s'était passé au Japon, mais sur le ton de la plaisanterie, en tournant en dérision le fait que j'aie cru, fût-ce un seul instant, avoir vu Ershadi et que je l'aie poursuivi. Tandis que je parlais, ses grands yeux s'écarquillaient de plus en plus. Avec le sens dramatique de l'actrice qu'elle est, Romi a porté une main à son cœur et ordonné au serveur de remplir son verre, lui touchant l'épaule de cette façon instinctive qu'elle a d'attirer les autres dans son monde à elle, de les faire tomber sous le charme de son exaltation. Ses yeux rivés aux miens, elle a sorti ses cigarettes de son sac, en a allumé une et a inhalé la fumée. Tendant le bras au-dessus de la table, elle a posé sa main sur la mienne. Puis elle a incliné le menton et exhalé la fumée sans détourner une seule seconde le regard.

Je ne peux pas le croire, a-t-elle fini par dire dans un chuchotement rauque. J'ai vécu exactement la même chose.

Je me suis remise à rire. Il arrivait toujours des histoires extravagantes à Romi. Sa vie était balayée par une série continuelle de coïncidences et de signes mystiques. C'était une actrice, pas une artiste, la différence étant qu'au fond d'elle-même elle était convaincue que rien n'avait de réalité, que tout n'était qu'une espèce de jeu, mais cette croyance était sincère, profonde et vraie, et son amour de la vie, immense. En d'autres termes, elle ne vivait pas pour convaincre les autres de quoi que ce soit. Les histoires extravagantes qui lui arrivaient, lui arrivaient parce qu'elle se livrait à elles et les recherchait, parce qu'elle essayait sans cesse une chose ou une autre sans trop se soucier du résultat, seulement de l'émotion que cela suscitait et de sa capacité à y faire face. Dans ses films, elle n'était jamais qu'elle-même, son moi étiré d'un côté ou de l'autre par les détails du scénario. Depuis un an que nous étions amies, je ne l'avais jamais vue mentir.

Arrête, lui ai-je dit, tu plaisantes. Mais comme elle était toujours sérieuse – même lorsqu'elle riait –, Romi, sa main agrippant toujours la mienne, s'est lancée dans sa propre histoire à propos d'Ershadi.

Elle avait vu *Le Goût de la cerise* cinq ou six ans plus tôt à Londres. Comme moi, elle avait été profondément émue par le film et le visage d'Ershadi. Perturbée, même. Et pourtant, au dernier moment, elle s'était sentie libérée et joyeuse. Oui, le mot joie décrirait mieux ce qu'elle avait ressenti, sur le chemin entre le cinéma et l'appartement de son père, dans le jour finissant. Celui-ci était en train de mourir d'un cancer et elle vint s'occuper de lui. Ses parents avaient divorcé lorsqu'elle avait trois ans et, pendant son enfance et son adolescence, son père et elle s'étaient éloignés l'un de l'autre, pour ainsi dire brouillés. Mais après son service militaire, elle avait fait une sorte de dépression et son père était régulièrement venu la voir à l'hôpital. Plus il restait assis à son chevet, plus elle lui pardonnait les choses qu'elle lui reprochait depuis tant d'années, et à partir de ce moment-là, ils étaient restés très proches. Elle lui avait souvent rendu visite à Londres où elle avait même suivi brièvement des cours de comédie tout en habitant chez lui, à Belsize Park. Quelques années plus tard, le cancer fut diagnostiqué. S'ensuivit alors une longue bataille qui leur parut d'abord gagnée, jusqu'au jour où il fut clair, sans le moindre doute, qu'elle était perdue. Les médecins lui donnaient trois mois à vivre.

Romi abandonna alors sa vie à Tel-Aviv et réintégra l'appartement de son père. Durant les mois où celui-ci commença à se dégrader, elle resta près de lui, ne le quittant que rarement. Il avait décidé de renoncer aux traitements toxiques qui n'auraient prolongé sa vie que de quelques semaines ou quelques mois. Il souhaitait mourir dignement et en paix – encore que personne ne meurt vraiment en paix car le voyage du corps vers l'extinction de la vie s'accompagne forcément de violence. Ces formes graves et légères de violence formaient le tissu de leurs jours, mais toujours associées à l'humour de son père. Tant qu'il put marcher, ils sortaient se promener et quand il en fut devenu incapable, ils passaient de longues heures devant des séries policières et des documentaires sur la nature. En voyant l'expression fascinée de son père à la lueur de la télévision, Romi s'aperçut qu'il s'investissait tout autant qu'avant dans ces histoires, des histoires de meurtres non résolus, d'espions, ou sur le pénible combat d'un bousier pour amener sa pelote d'excréments de l'autre côté d'un monticule de terre, alors que son histoire à lui touchait à sa fin. Trop affaibli pour se lever et se rendre aux toilettes la nuit, il essayait tout de même, et Romi l'entendait s'affaler sur le sol. Alors elle le rejoignait, lui prenait délicatement la tête entre ses mains, puis le relevait, car il n'était à présent guère plus lourd qu'un enfant.

C'est à peu près à cette époque-là, quand son père devint incapable de parcourir ne serait-ce que la courte distance qui le séparait de la salle de bains et que l'infirmière présente vingt-quatre heures sur vingt-quatre devait le jeter sur sa large épaule d'Ukrainienne que, sur l'insistance de cette dernière, Romi enfila un jour son manteau et quitta la maison quelques heures pour aller voir un film. Elle ne connaissait rien de ce film, mais avait été attirée par le titre qu'elle avait vu inscrit au fronton du cinéma, sur le chemin de l'hôpital.

Elle s'assit au fond de la salle presque vide. Ils n'étaient que cinq ou six spectateurs, m'a dit Romi, mais contrairement à ce qui se passe lorsque le cinéma est plein et que tout le monde autour de vous disparaît au moment où s'allume l'écran, elle sentait intensément la présence des autres dont la plupart étaient, eux aussi, venus seuls. Pendant les nombreux passages sans paroles du film – où l'on entend des klaxons, des bruits de bulldozers et le rire d'enfants invisibles, ainsi que dans les longs plans fixes sur le visage d'Ershadi –, Romi était consciente d'elle-même en train de regarder et des autres qui en faisaient autant. Au moment où elle comprit que M. Badii projetait de mettre fin à ses jours et qu'il cherchait quelqu'un pour l'enterrer le lendemain matin, elle se mit à pleurer. Peu après, une femme se leva et quitta la salle, ce qui apaisa quelque peu Romi, car cela créait un lien tacite entre ceux qui restaient.

J'ai écrit que je ne dévoilerais pas la fin du film mais je vois maintenant que je ne peux y échapper, qu'il me faudra le faire puisque Romi était persuadée que si le film s'était terminé normalement, ce qui nous était arrivé à chacune par la suite n'aurait sans doute pas eu lieu. C'est-à-dire que si, après avoir vraisemblablement avalé les comprimés et enfilé une veste légère pour se protéger du froid, M. Badii s'était juste allongé dans la fosse qu'il avait lui-même creusée et que tout était devenu sombre tandis que nous aurions observé son visage impassible regardant la pleine lune apparaître et disparaître derrière les nuages vaporeux puis, au moment où éclatait un coup de tonnerre dans une obscurité telle qu'on ne le voyait plus du tout, jusqu'à ce qu'un éclair illumine de nouveau l'écran, que s'il avait été là, toujours allongé, les yeux grands ouverts, toujours de ce monde, toujours dans l'attente, comme nous le sommes nous-mêmes, pour être aussitôt replongé dans le noir jusqu'au nouvel éclair éblouissant dans lequel on aurait découvert que ses yeux s'étaient enfin refermés, et que si l'écran s'était éteint pour de bon, ne nous laissant baigner que dans le bruit de la pluie de plus en plus forte jusqu'au moment où elle se déchaînait puis se calmait – si le film s'était terminé là, comme tout poussait à le croire, alors, a dit Romi, il ne l'aurait peut-être pas obsédée.

Mais il ne se termine pas là. En fait, un chant rythmé de soldats en marche se fait entendre et lentement l'écran s'anime de nouveau. Cette fois, quand le paysage de collines apparaît, c'est le printemps, tout est vert et la séquence granuleuse, décolorée, est tournée au caméscope. Les soldats défilent en formation sur la route sinueuse, dans le coin inférieur gauche de l'écran. Cette nouvelle scène est assez surprenante mais, l'instant d'après, un membre de l'équipe de tournage apparaît, transportant la caméra en direction d'un autre homme qui installe un trépied, puis Ershadi lui-même – Ershadi que nous venons de voir s'endormir dans sa tombe – entre d'un pas décontracté dans le cadre en tenue d'été. Il sort une cigarette de sa poche de poitrine, l'allume entre ses lèvres et, sans un mot, la tend à Kiarostami qui la prend sans interrompre sa conversation avec le directeur de la photographie, ni même jeter un regard à Ershadi qui, nous le comprenons alors, est connecté à lui de façon purement intuitive. La prise de vues passe à l'ingénieur du son qui se trouve un peu plus bas sur la colline, accroupi à l'abri du vent dans les hautes herbes, avec son micro géant.

Vous m'entendez ? demande une voix désincarnée.

Plus bas, le sergent instructeur hésite et arrête de crier.

Bâlé ? fait-il. Oui ?

Dites à vos gars de rester près de l'arbre et de se reposer, répond Kiarostami. La séance de tournage est terminée. La dernière phrase du film est prononcée quelques instants après, alors que la trompette mélancolique de Louis Armstrong se met à gémir, et l'on voit les soldats assis qui rient, bavardent et cueillent des fleurs près de l'arbre où gisait M. Badii avec l'espoir du repos éternel, bien que maintenant l'arbre soit couvert de feuilles vertes.

On est ici pour la prise de son, dit Kiarostami.

Et il n'y a plus que la trompette, énorme, magnifique, plaintive, sans paroles. Romi resta assise pendant le morceau de musique et le générique, et, malgré les larmes qui coulaient sur ses joues, elle exultait.

Ce n'est que quelque temps après avoir enseveli son père et jeté elle-même la terre dans sa tombe, repoussant son oncle qui tentait de lui arracher la pelle des mains, que Romi se rappela Ershadi. Tant de choses intenses lui étaient arrivées depuis qu'elle était rentrée chez elle au crépuscule, la joie au cœur, qu'elle n'avait guère eu le loisir de repenser au film.

Elle était demeurée quelque temps à Londres pour s'occuper des affaires de son père, et alors qu'il ne restait plus rien à faire, que tout était finalisé et définitivement résolu, elle s'attarda plusieurs mois dans l'appartement presque vide.

Toutes ses journées, elle les passait à traînasser, apathique, incapable de s'intéresser à quoi que ce soit. La seule chose qui suscitait un désir quelconque chez elle était le sexe, aussi avait-elle recommencé à voir Mark, un homme avec lequel elle était sortie pendant son année à l'école d'art dramatique. Il était possessif, l'une des raisons pour lesquelles leur relation s'était détériorée. Et maintenant qu'elle avait connu d'autres hommes après leur rupture, il était devenu encore plus jaloux et obsessionnel, la forçant sans cesse à lui dire comment ça se passait avec eux. Mais leurs rapports à eux étaient impétueux et jouissifs, et elle les trouvait revigorants après tous ces mois où elle avait eu l'impression de n'avoir plus de corps, où seul existait celui, défaillant, de son père.

Le soir, une fois Mark rentré du travail, elle allait chez lui. Dans la chambre aux lumières tamisées, il faisait défiler de la pornographie jusqu'à ce qu'il trouve ce qu'il cherchait, après quoi il la baisait par-derrière, allongée sur le ventre, et ils regardaient sur son vaste écran télé deux ou trois hommes pénétrant une femme, enfonçant leur bite dans sa chatte, dans son cul et dans sa bouche, tous haletant et gémissant en son surround. Juste avant de jouir, Mark lui donnait une grande claque sur les fesses et s'enfonçait en elle en la traitant de pute, rejouant ainsi une douleur ancienne qui le poussait à croire que la femme qu'il aimait ne lui demeurerait jamais fidèle. Un soir, après cette séance, Mark s'était endormi, les bras autour d'elle, et Romi resta éveillée, car bien que fatiguée comme elle l'était toujours, elle n'arrivait pas à dormir. Finalement elle était parvenue peu à peu à se dégager et avait parcouru la chambre à quatre pattes à la recherche de ses sous-vêtements. N'ayant pas envie de rester, pas envie non plus de partir, elle s'était laissée retomber au bord du lit de Mark et, sentant la télécommande sous elle, avait allumé la télévision et surfé sur les chaînes, passant sans s'arrêter sur les histoires de mères éléphants et de colonies d'abeilles qu'elle avait regardées avec son père, sur les affaires non élucidées et les débats de fin de soirée, jusqu'au moment où elle appuya de nouveau sur le bouton et là, emplissant presque l'immense écran, surgit le visage d'Ershadi. L'espace d'un instant, il lui apparut plus vrai que nature dans la pièce sombre, puis elle le perdit de nouveau, ayant laissé son pouce poursuivre sa recherche fébrile avant de se rendre compte de ce qu'elle voyait. Lorsqu'elle revint en arrière, elle ne le retrouva pas. Il n'y avait rien concernant le cinéma, ni l'Iran ni Kiarostami. Elle resta un moment interdite et perplexe dans l'obscurité, et puis, lentement, une vague de nostalgie la submergea et elle se mit à rire pour la première fois depuis la mort de son père ; elle sut alors qu'il était temps de rentrer chez elle.

Je n'avais d'autre choix que de croire Romi. Son anecdote était si précise qu'elle ne pouvait l'avoir inventée. Il lui arrivait parfois d'exagérer les détails mais elle le faisait en croyant elle-même à ces exagérations, ce qui la rendait encore plus attachante, parce que cela montrait ce qu'elle était capable de faire avec la matière première que lui offrait la réalité. Pourtant, une fois revenue chez moi et le charme de sa présence évanoui, je suis restée allongée sur mon lit, de plus en plus déprimée, en proie à un sentiment de tristesse et de vide, car non seulement ma rencontre avec Ershadi n'avait rien d'unique mais, pire encore, à la différence de Romi, je n'avais aucune idée de ce qu'elle signifiait ni de ce que j'étais censée en faire. Je n'y avais rien compris, je n'en avais rien retiré, racontant mon histoire comme une plaisanterie, me moquant de moi-même. Seule dans le noir, j'ai fondu en larmes. Incapable de supporter plus longtemps les élancements dans ma cheville, j'ai avalé une poignée d'Advil dans la salle de bains. Les comprimés se sont mis à batifoler dans mon estomac avec le vin que j'avais bu, et j'ai bientôt été prise de nausée ; agenouillée sur le sol, j'ai vomi dans la cuvette des toilettes.

Le lendemain matin, des coups frappés à la porte m'ont réveillée. Romi avait senti que quelque chose n'allait pas et avait essayé de m'appeler, mais je n'avais pas émergé de toute la nuit. Encore un peu abrutie, je me suis remise à pleurer. Voyant mon état, elle a pris les choses en main, m'a fait du thé, m'a installée sur le canapé et m'a nettoyé le visage. Elle a saisi ma main, son autre main posée sur sa gorge comme si ma douleur était la sienne, comme si elle sentait et comprenait tout.

Deux mois plus tard, j'ai quitté la compagnie et me suis inscrite en troisième cycle à l'université de New York, mais je suis restée à Tel-Aviv jusqu'à la fin de l'été et n'ai pris l'avion que quelques jours avant le début du semestre. À ce moment-là, Romi avait rencontré Amir, un chef d'entreprise de quinze ans son aîné, tellement riche qu'il passait une grande partie de son temps à chercher des moyens de distribuer son argent. Il avait courtisé Romi avec la prodigieuse énergie qu'il déployait pour obtenir tout ce qu'il convoitait. Quelques jours avant mon départ, Romi a organisé une fête d'adieux en mon honneur à notre restaurant favori, et tous les danseurs y assistèrent, ainsi que nos amies et la plupart des garçons avec lesquels nous avions couché cette année-là. Amir n'est pas venu parce qu'il était occupé, et le lendemain Romi est partie pour la Sardaigne sur son yacht. J'ai fait mes bagages toute seule. J'étais triste de m'en aller, me demandant si je n'avais pas commis une erreur.

Nous sommes restées un certain temps très proches, Romi et moi. Puis elle s'est mariée, s'en est allée vivre dans le manoir d'Amir, perché sur une falaise au-dessus de la Méditerranée, et elle est tombée enceinte. De mon côté, j'ai travaillé à l'obtention de mon diplôme, me suis éprise, puis déprise deux ans plus tard. Durant cet intervalle, Romi avait eu deux enfants et m'envoyait parfois des photos de ces garçons dont les visages étaient le sien et semblaient n'avoir rien hérité de leur père. Mais nos liens se sont distendus et des années entières ont passé pendant lesquelles nous n'avons plus du tout communiqué. Un jour, peu après la naissance de ma fille, je passais devant un cinéma de la 12e Rue quand j'ai senti le regard de quelqu'un et, me retournant, j'ai vu les yeux d'Ershadi qui me fixaient depuis l'affiche du film *Le Goût de la cerise*. Un frisson m'a parcouru le dos. Les projections étaient terminées mais personne n'avait encore descendu l'affiche. J'ai pris une photo et l'ai envoyée le soir même à Romi, lui rappelant le projet que nous avions fait d'aller à Téhéran – moi avec un nouveau passeport américain sans tampons israéliens et elle avec le britannique qu'elle avait grâce à son père – pour nous asseoir dans les cafés et marcher dans les rues ayant servi de cadre à tant de films que nous aimions, pour goûter à la vie de là-bas et nous allonger sur les plages de la mer Caspienne. Nous allions y retrouver Ershadi qui, imaginions-nous, nous inviterait dans l'élégant appartement conçu par lui-même et écouterait nos histoires avant de nous raconter les siennes, tandis que nous boirions du thé noir avec, devant nous, les sommets enneigés de la chaîne de l'Elbourz. Dans ma lettre, je lui ai avoué la raison pour laquelle j'avais pleuré, le soir où elle m'avait relaté sa rencontre avec Ershadi. Tôt ou tard, écrivais-je, j'aurais été obligée d'admettre que, toute à mon ambition, je n'avais pas su m'écouter. J'aurais été obligée de réaliser combien j'étais malheureuse et combien mes sentiments vis-à-vis de la danse étaient devenus confus. Mais ce qui avait précipité mes révélations, c'était le désir de capter quelque chose d'Ershadi, de sentir que la réalité s'amplifiait pour moi comme elle l'avait fait pour elle, que l'autre monde venait jusqu'à moi.

Je n'ai reçu aucune réponse pendant des semaines, puis celle-ci est enfin arrivée. Romi s'excusait du retard. C'était étrange, disait-elle. Cela faisait des années qu'elle n'avait plus pensé à Ershadi quand, trois mois plus tôt, elle avait décidé de revoir *Le Goût de la cerise*. Elle venait de quitter Amir, et les soirs où elle ne parvenait pas à s'endormir dans le nouvel appartement, avec les odeurs et les bruits inhabituels qui montaient de la rue, elle regardait des films. Ce qui l'avait surprise, c'était l'impression tout à fait différente que lui faisait cette fois le personnage d'Ershadi. Alors que dans son souvenir il était passif, presque angélique, elle le découvrait impatient et souvent acrimonieux avec les hommes qu'il côtoyait, manipulateur dans la façon dont il tentait d'obtenir leur accord, jaugeant leur vulnérabilité et usant des arguments les plus persuasifs. Sa concentration sur sa propre détresse et son désir tenace de mener à bien son projet lui parurent égocentriques. Ce qui l'étonna également, car elle n'en avait gardé aucun souvenir, c'étaient les mots qui s'affichaient un instant sur l'écran noir avant le début du film, selon la règle en Iran : « Au nom de Dieu. » Comment cela avait-il pu lui échapper la première fois ? se demanda-t-elle. Elle avait évidemment pensé à moi en regardant le film dans l'obscurité, à l'année où nous étions encore si jeunes et parlions sans arrêt des hommes. Combien de temps avons-nous perdu, écrivait-elle, à croire que les choses nous arrivaient comme des cadeaux, par des canaux miraculeux, sous la forme de signes, dans l'amour des hommes, au nom de Dieu, au lieu de les voir pour ce qu'elles étaient : des forces que nous remontions du néant de nos profondeurs. Elle me disait qu'elle avait l'intention d'écrire un film quand elle en trouverait enfin le temps, qui raconterait l'histoire d'une danseuse comme moi. Puis elle me parlait de ses fils qui avaient, semblait-il, besoin d'elle pour tout, de la même façon que les hommes de sa vie avaient toujours eu besoin d'elle pour tout. J'avais de la chance, disait-elle, d'avoir une fille. Puis, comme si elle avait oublié qu'elle était déjà passée à autre chose, comme si nous étions encore assises en face l'une de l'autre, plongées dans l'une de nos conversations sans début, ni milieu, ni fin, Romi écrivait que sa dernière surprise avait été de voir que, lorsque Ershadi est allongé dans la tombe qu'il a creusée, que ses yeux finissent par se fermer et que l'écran devient noir, celui-ci n'est pas du tout noir, en réalité. Si l'on regarde attentivement, on voit tomber la pluie.

Urgences futures

Longtemps on nous avait dit que nous n'en avions pas besoin, puis il y eut un changement et on nous dit qu'ils étaient nécessaires : les masques à gaz. C'était après le 11-Septembre, après la création du département de la Sécurité intérieure, à l'époque où l'usine de l'imaginaire américain atteignait son plus haut niveau de production de menaces, d'attentats et de complots. J'étais debout, pieds nus, dans la cuisine, en train d'écouter la radio à plein volume, comme j'aime le faire le matin. La radio ! Elle donne aux nouvelles un plus grand impact et accroît l'excitation que j'éprouve en commençant une nouvelle journée dans un monde auquel je me suis habituée mais que je sais susceptible de changer à tout instant. Au moment de l'annonce, mon premier instinct a été de retenir mon souffle, au cas où la chose en question, quelle qu'elle fût, aurait déjà été libérée dans l'air. « Quoi ? » a demandé Victor en entrant et en baissant le son. J'ai respiré. « Les masques à gaz », ai-je dit.

Mais dehors, la lumière du matin était pâle et claire. L'atmosphère semblait ne rien contenir d'autre que l'invisible bénédiction de l'oxygène. Plus certains autres composants, également invisibles : un soupçon de benzène, une faible quantité de mercure ou de dioxine peut-être. Rien que des choses avec lesquelles nous avions appris à vivre. Parfois, à la tombée de la nuit, je regarde des gens courir sur la piste qui contourne le Reservoir de Central Park, tandis que leurs poumons s'efforcent d'absorber le maximum de centimètres cubes d'air, et l'idée me vient qu'ils appartiennent peut-être à une sous-espèce plus évoluée, exploitant – en réalité capable de décomposer et d'utiliser à des fins énergétiques – des éléments encore toxiques pour le reste d'entre nous. Victor appelle ça la caravane de la flagellation. Il dit qu'ils ne font que s'user les articulations et se broyer les cartilages. Il dit qu'ils quitteront ce monde en claudiquant ou à quatre pattes. Mais pour moi, ils sont l'image même de la santé – souples, agiles, insensibles à la pollution. Ils savent qu'elles rendent plus beaux les couchers de soleil, toutes ces particules accumulées dans l'atmosphère. Le ciel prend des couleurs qui paraissent refléter la singulière souffrance d'être en vie à cette heure-là.

« La menace ne vient peut-être pas des polluants ordinaires ni des vents variables, disait la radio. Elle ne vient peut-être pas des pesticides présents dans l'air, ni d'un incendie d'usine, ni de tests souterrains. » La cafetière électrique ronronnait et Victor a descendu deux tasses de l'étagère. « Alors d'où viendra la menace ? » ai-je demandé tout haut. Je me sentais étroitement liée à la voix et libre de lui poser des questions. « La menace peut venir d'une source inconnue », m'a-t-elle répondu. Même quand les nouvelles sont mauvaises, j'aime obtenir des réponses.

Pour le moment, respirer l'air ne présentait aucun danger, a dit la radio. On pouvait très bien sortir, à condition de ne pas oublier de se procurer un masque dans l'un des centres de distribution installés dans chaque quartier. Victor projetant de rester à la maison pour corriger des copies, je lui ai proposé de passer prendre des masques pour nous deux en rentrant du travail.

« S'il y a le choix, j'aimerais en avoir un avec les trous pour les yeux et le nez. Celui qui fait une tête de fourmilier, a dit Victor en allant à la porte chercher le journal.

– Je ne crois pas que ce soit le moment d'être difficile.

– Exact », a-t-il répondu, déjà absorbé dans sa lecture.

On était en novembre et, dehors, l'air était vif, annonciateur de neige, semblait-il. Ce que je regrette de la vie à la campagne, c'est la sombre beauté des automnes. En ville, les feuilles jaunissent et tombent, c'est tout. Un jour, j'avais emmené Victor à la ferme où j'ai grandi et il avait plu tout le temps. Nous avions pataugé dans la boue et j'avais essayé de lui montrer comment traire une vache, mais il n'avait pas supporté l'odeur du lait chaud. Au moment du départ, il m'avait dit qu'il fallait un certain sens de l'humour pour grandir dans un endroit pareil. Je ne lui avais pas parlé des chiens qui entraient dans la maison, imprégnés de l'odeur des champs.

J'ai rencontré Victor pendant ma dernière année d'université. Il était mon professeur d'histoire médiévale. Victor est français, aussi n'avait-il aucun complexe à sortir avec une étudiante. Après mes études, j'ai emménagé chez lui et trouvé un emploi comme guide au Metropolitan Museum. Bien que la vie que nous menons me semble aujourd'hui être la seule que je connaisse, il m'arrive encore d'en imaginer une autre, remplie de choses différentes. Une vie avec quelqu'un qui n'est pas Victor et qui ne lui ressemble en rien.

En descendant l'escalier du métro, j'ai croisé un homme qui montait, équipé d'un masque. Pas la sorte dont parlait Victor. Celui-ci était plus sophistiqué, avec des cercles sur le nez, la bouche et les joues, celui de gauche deux fois plus grand que les autres, comme un œdème. L'homme portait une cravate en soie rouge et un costume qui paraissait sortir tout droit du pressing. Son aspect était troublant et les gens s'arrêtaient pour le dévisager. Certains n'avaient sans doute pas écouté les actualités ce matin, et les autres se demandaient s'il y avait eu de nouvelles informations. On avait déjà diffusé des mises en garde concernant un éventuel besoin de masques, mais c'était la première fois qu'on en distribuait, et visiblement cela inquiétait tout le monde. Sur le quai du métro, j'ai constaté que certains s'étaient déjà rendus dans les centres de distribution et transportaient leurs masques dans des boîtes en carton. J'ai songé à aller chercher les nôtres mais j'étais déjà en retard et la première visite guidée de la journée est ma préférée. Une lumière douce entre par les lucarnes du musée et illumine les madones et les saints.

Il n'y avait que cinq personnes dans mon groupe du matin : un couple du Texas, une mère et sa fille, de Munich, et un violoncelliste du nom de Paul. Il avait des mains magnifiques. Je les avais remarquées quand il s'était touché le front. Tout le monde était un peu tendu et nous avons passé les premières minutes à commenter les nouvelles – à mi-voix, comme c'est l'usage dans les musées. Quand le groupe est réduit, je demande habituellement aux participants ce qui les intéresse et m'efforce d'adapter la visite à leurs goûts. Le Texan, qui portait une chevalière en or au petit doigt, m'a dit qu'il adorait Renoir – qu'il a prononcé *Rin-Waa* – et sa femme a esquissé un sourire approbateur.

Paul, lui, s'intéressait à la collection de photos du musée, aussi ai-je commencé par la salle des Walker Evans. J'ai toujours été impressionnée par ses photos à la beauté dépouillée et formelle. Ces gens enfermés dans des vies sinistres et misérables, il les photographiait avec le même détachement méticuleux qu'il l'eût fait pour un vieux panneau publicitaire. Je trouve ça stupéfiant, ce manque de compassion au profit d'une froide précision. Il y avait aussi deux photographies de Diane Arbus à l'autre bout de la salle et j'ai décidé de les montrer aux gens du groupe afin de leur donner une idée de l'autre extrémité du spectre, de quelqu'un qui paraît s'identifier dans d'effrayantes proportions à ses sujets. Non seulement Diane Arbus semble ressentir leur misère, ai-je expliqué, mais en plus de cela, jumeaux, triplés, enfants inadaptés, couples marginaux, clochards, folles et bêtes de cirque, tous semblent la considérer, elle, d'un air éploré – comme s'ils discernaient en elle quelque chose de plus sombre et de plus accablant encore que leur propre sort.

Parfois, les bons jours, cela arrive : en parlant, on découvre des choses que l'on ignorait avoir à dire.

J'ai laissé le groupe contempler un moment en silence l'enfant serrant la grenade factice dans sa main et la vieille dame en fauteuil roulant tenant un masque de sorcière sur son visage. Je craignais un peu la réaction du Texan, mais j'aurais dû lui accorder le bénéfice du doute car il a fini par vraiment s'intéresser aux photos et à s'en approcher tout près, les traits tendus par la concentration. Paul, lui, était tranquillement retourné voir les Walker Evans. Ses mains m'évoquaient des tâches délicates, prodigieuses. Elles me faisaient penser, je ne sais pourquoi, à un passager de l'avion qui s'était écrasé dans le Potomac gelé, et dans la poche duquel on avait trouvé une photo de la femme qu'il aimait ainsi qu'une paire d'ailes de papillon plastifiées.

Avant Victor, je sortais toujours avec des hommes de mon âge. Aujourd'hui j'ai du mal à me rappeler leur image, la douceur de leur peau et, quand je me déshabillais, leur air presque reconnaissant. J'ai même du mal à me rappeler ce que ça me faisait d'être la personne qu'ils aimaient, pour laquelle le monde s'ouvrait encore. Une personne qui ne soit pas, sous une forme ou une autre, une réfraction de Victor. À notre première rencontre, j'étais presque une enfant. Il me paraissait fort et absolument remarquable, un homme sur la forme achevée duquel je pouvais m'appuyer pour éprouver le plaisir d'une permanence.

Pendant que je déjeunais, Ellen, l'une des autres guides, une fille maigre au long cou, est entrée dans la salle du personnel. Elle s'était déjà procuré un masque et l'a enfilé en manière de plaisanterie. Elle s'est plantée juste devant moi, comme le Texan en face de la photo d'Arbus, et m'a regardée à travers les trous pratiqués pour les yeux. J'ai poussé un hurlement amusé mais, en vérité, son aspect pareil à celui d'une gigantesque mante religieuse m'a fait froid dans le dos. Elle a éclaté d'un rire bruyant, bloqué et assourdi par le museau en caoutchouc. Puis elle a remonté le masque sur le sommet de sa tête et fini le reste de son sandwich au thon, les trous pour les yeux fixant le plafond en aveugles. Il nous arrive parfois, à Ellen et à moi, de parler de nos relations amoureuses. Son petit ami fait de la varappe, l'appelle Lou et a été arrêté pour avoir revendu au marché noir des tickets pour *Riverdance*. Elle dit que j'ai de la chance d'avoir un homme aux goûts aussi raffinés et qui consacre sa vie à la recherche intellectuelle.

L'humour de Victor est peu commun, lui aussi. C'est un médiéviste, ce qui, déjà, donne une petite idée de ses goûts, mais si l'on ajoute à cela le fait qu'il a choisi pour sujet de sa thèse le système pénal dans la Bourgogne du treizième siècle, on commence à se faire une opinion assez nette de ce que quelqu'un comme lui peut juger amusant. Au début de notre relation, je trouvais charmante la noirceur de son humour. Elle soulignait la différence d'âge entre nous et me laissait libre d'assumer le rôle de la jeune fille naïve et pure. Victor aura bientôt quarante-cinq ans. Quand il ne se rase pas, certains poils de sa barbe apparaissent argentés et, parfois, lorsque je suis allongée, ma joue contre la sienne, un sentiment de gratitude m'envahit encore et je l'aime plus que jamais. J'ai alors l'impression que Victor se dresse entre un danger lointain et moi, et que c'est sa présence qui m'en protège. Je me pelotonne dans ses bras comme un chat et quand il me demande pourquoi je suis si câline, je me contente de sourire et de frotter ma paupière contre la plaisante rugosité de son menton.

Ma dernière visite s'est terminée à cinq heures moins le quart. J'ai pris mon manteau et me suis dirigée vers la sortie. Nous étions passés à l'heure d'hiver la semaine précédente et je ne m'étais pas encore habituée à voir la nuit arriver si tôt. J'éprouve toujours un petit pincement au cœur, ce premier jour où l'obscurité tombe sans prévenir, la sensation un peu désagréable de se voir rappeler l'insouciant pouvoir du temps, de perdre ses repères dans un monde dont on croyait avoir appris à accepter les dimensions. J'ai pris mon temps pour rentrer. J'imaginais Paul en train de pratiquer son violoncelle quelque part dans une salle vide. Le parc était plus désert que d'habitude, mais les coureurs étaient toujours là, fonçant sous les arbres nus autour du Reservoir, et la lumière des lampadaires faisait briller les bandes réfléchissantes de leurs baskets et de leurs vêtements.

Le centre de distribution de notre quartier était une école élémentaire située dans une rue calme bordée de maisons mitoyennes. Sur les vitres étaient collés des découpages en papier représentant des dindes et des Pères pèlerins. Quand je suis arrivée, des gens entraient et sortaient d'un air affairé, et se rassemblaient en petits groupes sur les marches pour échanger les dernières nouvelles. À en juger par les bribes que j'avais perçues en entrant, personne ne savait grand-chose. Au musée, j'avais entendu faire diverses conjectures – le Texan soupçonnait qu'il y avait eu une fusion dans une usine nucléaire, tandis qu'Ellen affirmait qu'un avion pulvérisateur colombien avait disparu –, mais aucune de ces hypothèses n'était vraiment crédible. Il était surprenant que personne n'expliquât cette soudaine nécessité de porter un masque à gaz et, en même temps, que la ville eût prévu un nombre suffisant de masques pour tout le monde. Mais je supposais qu'il y avait des raisons à cela. Victor dit que je ne mets jamais assez les choses en doute. Que j'accepte la réalité sans soulever la moindre objection. Les premières critiques qu'il avait proférées contre moi figuraient en haut d'une dissertation que je lui avais rendue. « Votre argumentation manque de clarté, avait-il écrit. Venez me voir. »

La distribution était organisée dans l'une des salles de classe. Il y avait une liste portant le nom de tous les résidents, et quand je suis arrivée en tête de la file pour les noms allant de J à P, j'ai dû expliquer que je prenais également un masque pour Victor Assoulen. Et pouvais-je l'avoir sans être obligée de faire la queue dans le groupe des noms allant de A à F ? Cela a provoqué une légère confusion administrative parmi les bénévoles qui travaillaient de l'autre côté de la barrière formée par les pupitres d'écoliers, mais quand je leur ai présenté une pièce d'identité avec une adresse correspondant à celle de Victor, les choses se sont arrangées et une femme en survêtement de velours m'a tendu deux boîtes.

En sortant, je me suis arrêtée pour sourire à une petite fille qui sautillait en chaussons de danse et, quand j'ai relevé la tête, j'ai remarqué une note laissée sur le tableau. Dans une élégante cursive d'enseignant, celle-ci disait : « Pour lundi : vos prédictions pour l'avenir. » Je me suis mise à rire, mais me suis reprise quand, en me retournant, j'ai croisé le regard froid de la petite prophétesse en chaussons de danse élimés.

Demandez à Victor et il vous dira que le Moyen Âge fut une époque beaucoup plus intense que la nôtre. De profonds contrastes et d'âpres conflits coexistaient, donnant à la vie une vigueur excitante que l'ordre est incapable d'apporter. Assis avec vous devant une bouteille de vin, il vous expliquera avec une clarté stupéfiante que tout ce que chacun demande aujourd'hui, c'est la résolution des conflits. On veut se serrer la main et régler les problèmes, on veut de la tolérance à l'égard de tous les points de vue, du moment que ces points de vue s'expriment selon les voies et les procédures adéquates. Non que Victor rêve de tous nous ramener à ce treizième siècle et à ses transports frénétiques devant les exécutions publiques. Il a un sens moral très aigu mais refuse un système conçu pour rejeter tout conflit et nous pousser, comme une grosse dame par un trou de serrure, en direction d'un entre-deux stable. C'est son expression, une grosse dame par un trou de serrure.

Lorsque je suis arrivée à la maison, Victor était debout dans la cuisine avec des sacs à provisions jusqu'aux genoux. Il avait acheté davantage de nourriture que nous n'en consommons normalement en un mois, et essayait de caser l'ensemble dans notre minuscule cuisine. Lorsqu'il m'a vue dans l'encadrement de la porte, il a reposé un bocal de beurre de cacahuète qu'il s'efforçait de coincer entre deux boîtes de soupe, s'est frayé un chemin dans l'océan de sacs en plastique et m'a serrée très fort dans ses bras. Normalement, quand j'arrive, il me jette un coup d'œil par-dessus un livre sur les ménestrels et hausse à peine un sourcil. Je ne dis pas qu'il n'est pas heureux de me voir, mais il aime m'accueillir à son heure. C'est comme s'il y avait deux Victor, et entre le Victor intellectuel engagé dans un plaidoyer permanent contre la suppression des conflits et le Victor qui me frotte les orteils quand j'ai froid aux pieds, il existe un puissant champ de forces que, chaque jour, tel un super-héros se transformant pour revenir à sa vie normale, Victor est obligé de traverser pour me rejoindre.

« Salut, ai-je dit à la flanelle de sa chemise.

– J'étais inquiet, m'a-t-il confié. J'ai essayé de t'appeler au musée pour te demander de rentrer plus tôt.

– Pourquoi ? Il y a eu d'autres nouvelles ? Pourquoi tu ne m'as pas appelée sur mon portable ? »

J'avais acheté ce téléphone un mois après le 11-Septembre. Sur les instances de mon père. Mais ma mère et lui étaient les seuls à m'appeler dessus. Victor ne croyait pas encore à la possibilité d'être joint à tout moment.

« Non. Ils nous expliquent comment sceller les fenêtres avec du chatterton mais ne disent pas pourquoi. Je suis allé au supermarché. »

Nos deux regards ont balayé la cuisine, les sacs d'abricots

et de poires, le fromage enveloppé dans du papier de boucherie, les miches de pain, les barres chocolatées et les litres de crème glacée, la charcuterie et les condiments, les pots de sauce et de pâte à tartiner.

« Je vois ça.

– Les gens étaient en train de vider le magasin. J'ai attrapé ce que j'ai pu, a dit Victor. Je vais te faire à dîner », a-t-il ajouté en me mordillant l'oreille.

Victor est bon cuisinier, et pendant les dix minutes qu'il m'a fallu pour enfiler mon jogging et m'installer confortablement sur le canapé en face de la télévision, l'appartement s'est rempli de l'odeur d'un bon plat en train de mijoter. La chaîne d'info projetait des images de rayons de supermarchés dévalisés et de files de gens serpentant jusque dans la rue devant les centres de distribution, puis la caméra a montré une petite fille aux boucles blondes et au nez encroûté de morve, qui essayait d'enfiler un masque. Quittant l'écran des yeux, j'ai vu mon reflet dans la fenêtre, blottie sous une couverture comme une enfant avant un ouragan, et me suis rendu compte que je débordais d'une joyeuse impatience. Dehors, le monde était sombre et glacé, mais à l'intérieur les pièces étaient illuminées par l'éclat doré des lampes, et en attendant que Victor m'appelle pour dîner, j'ai ressenti la bouffée de plaisir que je recherchais autrefois dans les jeux inventés de mon enfance, où tout était éclipsé par un seul but : survivre.

Victor avait dû le sentir, lui aussi, car en dépit du flou alarmant des nouvelles et de la menace d'une pénurie, le repas qu'il avait préparé était un festin. Nous avons mangé à la japonaise, assis sur des coussins autour de la table basse, avec la télévision en sourdine derrière nous. Il y avait du canard aux abricots et aux framboises, et une salade aux pépins de grenade. Victor a éteint les lumières, allumé des bougies et ouvert une bouteille de vin du Languedoc d'où sa famille est originaire. Je lui ai raconté la scène au centre de distribution. Il s'est arrêté de manger et m'a dévisagée comme il le faisait lorsque j'étais étudiante et que j'étais assise dans son bureau, grattant mes genoux nus. Au beau milieu d'une phrase, il s'est penché au-dessus du coin de la table et m'a embrassée. Sa langue était dans ma bouche et il a glissé une main sous mon soutien-gorge. Lorsque j'ai appuyé la main sur la raideur qui tendait son jean, il a gémi et roulé sur moi. Il a défait sa ceinture et j'ai inspiré brutalement lorsqu'il m'a enlevé mon pantalon, et je l'ai senti contre mon ventre, j'ai senti ma colonne vertébrale craquer et mes côtes s'écraser contre les lattes du plancher.

Nous avons mangé le dessert, cramoisis et moites de sueur. Il y avait bien longtemps que nous n'avions pas fait ce genre de chose. Malgré son intérêt pour le tumulte du Moyen Âge, sa campagne en faveur des désaccords et des conflits, Victor était obligé de reconnaître que notre relation était plutôt proche de cet entre-deux stable dont il était si critique. Nous vivions ensemble depuis cinq ans et il s'était établi dans nos jours et nos nuits un certain ordre rituel dicté par mon temps de travail au musée et le sien à l'université, auxquels s'ajoutait l'immense et silencieuse plage d'heures que Victor passait à travailler dans son bureau.

La flamme des bougies était basse et leur centre déjà liquide. Victor a partagé entre nos deux verres ce qu'il restait de vin et, même si je me sentais déjà un peu ivre, j'ai avalé le mien en deux gorgées. Nous avons monté le son de la télévision et écouté encore une fois les informations, mais il n'y avait rien de nouveau, juste les mêmes images, en boucle, de gens testant des masques à gaz et faisant quelques pas avec, comme s'ils essayaient des chaussures neuves. Aucun de nous deux n'était fatigué, ou peut-être n'avions-nous pas envie que la soirée se termine, pas envie de nous endormir et de nous réveiller le lendemain pour apprendre ce que le monde avait à nous apporter, aussi avons-nous décidé de faire un Scrabble. Victor est obsédé par ce jeu et doit sûrement connaître tous les mots en trois lettres de notre langue. Son anglais est impeccable, ce qui l'aide. Mon oreille est tellement habituée à son accent que parfois j'oublie presque que la plus grande partie de sa vie s'est déroulée dans un autre idiome, avec des expressions différentes pour signifier le plaisir et la douleur, dans des phrases qui me sont étrangères et incompréhensibles. Je le surprends quelquefois en train de se sermonner à haute voix en français et, un instant prise au dépourvu, je pense à cette autre vie et suis obligée d'ajouter un troisième Victor, secret, à ceux que je connais déjà.

Pendant que Victor allait chercher le jeu de Scrabble, j'ai débarrassé la table et empilé les assiettes dans l'évier avec les casseroles sales dans lesquelles les restes de notre dîner étaient déjà en train de figer. Leur vue m'a vaguement donné la nausée. En revenant dans le séjour, je suis passée devant les boîtes de masques à gaz, là où je les avais laissées, par terre, près de la porte. Je les ai emportées sur le canapé, une sous chaque bras, et pendant que Victor installait le jeu, je les ai ouvertes. J'en ai sorti un de son emballage et le mode d'emploi a voltigé sur le sol.

« Regarde », ai-je dit en le tenant à bout de bras. C'était le genre de masque qu'avait demandé Victor, le plus élémentaire, celui dont tout le monde s'équipait, avec de grands trous pour les yeux et une courte trompe sur la bouche.

« Montre. » Victor l'a examiné sous tous les angles, après quoi il a tiré sur les élastiques et l'a glissé sur son visage. Puis il s'est retourné et m'a regardé calmement à travers les lentilles de plastique transparentes. Une étrange créature m'est apparue, affreuse, menaçante, que je n'avais jamais vue auparavant et qui pourtant était Victor. J'ai senti une bouffée de colère me monter aux joues. Sans réfléchir, je me suis penchée en avant et j'ai soufflé violemment sur chacun des trous, lui brouillant la vue. L'espace d'un instant, aucun de nous n'a bougé, Victor assis en silence, moi regardant les voiles de buée qui s'évaporaient lentement, révélant ses pupilles lointaines et ternes. Enfin, quand sa vision est redevenue normale, il m'a fait un clin d'œil.

« Enlève-le », ai-je ordonné. Victor n'a pas bougé, comme si le masque l'avait rendu fou. « ENLÈVE-LE. » Mon cœur battait la chamade. J'éprouvais une envie folle de lui donner des coups de pied, mais j'étais assise. Avant que j'aie eu le temps de faire quoi que ce soit, il l'a ôté et l'a posé par terre.

« Il pue le caoutchouc », a-t-il fait. Puis il a commencé à choisir ses sept lettres. J'ai observé son visage en silence, surprise de ma propre réaction.

Victor a mis *jouet* comme premier mot, auquel j'ai ajouté *nouer,* puis il a mis *juges* et j'ai mis *dune.* Tout allait bien pendant un moment, le petit noyau de lettres en bois s'étendait comme une espèce de message se déployant tout seul, obscur au début mais, à condition de le regarder attentivement à l'aide du bon décodeur pourvu de sa propre intelligence, de sa subtile éloquence, *nuque* surgissant de *tique* et *lécher* de *nuque*, telle une sorte de désir confus piégé dans la langue, avec une seule alternative : tenter à tout prix d'expliquer son besoin. Peut-être était-ce dû seulement au vin mais, en jouant, j'ai commencé à me dire que si nous nous en donnions vraiment la peine, nous arriverions à comprendre ce que nous cherchions à nous dire depuis toutes ces années, après toutes ces pages lues, ces repas avalés et ces silences gardés. Il a placé *positron* et je me suis tout à coup rendu compte que ce que je voulais dire à Victor, c'était que j'avais l'intention de le quitter.

Victor a gagné, comme c'est souvent le cas, et tandis qu'il faisait tomber les lettres dans le petit sac à cordon, je me suis mise à pleurer. Au début, il n'a rien remarqué, mais il a fini par relever les yeux et une expression de surprise est passée sur son visage.

« Ce n'est qu'un jeu », a-t-il plaisanté.

J'ai essayé de sourire et secoué la tête. J'avais envie de lui raconter ce que j'avais compris devant les photos d'Arbus, devant la vieille femme en fauteuil roulant plaquant un masque de sorcière sur son visage au moment où se déclenchait l'obturateur, soit pour se protéger du regard pénétrant du photographe, soit pour renvoyer à Arbus une image d'elle-même, soit encore pour briser l'éternelle chaîne de reflets entre deux individus qui se contemplent et voient, dans l'inconnu qui les regarde, une image surprenante d'eux-mêmes. Mais je n'ai rien dit. Victor s'est agenouillé devant moi et a essuyé une larme sur ma joue.

« Ça va, ça va.

– J'ai peur, ai-je chuchoté.

– Ça arrive », a-t-il dit en me prenant dans ses bras mais peu disposé, fût-ce l'espace d'un instant, à se montrer autrement que pragmatique. « Un fléau nécessaire, naturel ou d'origine humaine, qui apparaît périodiquement pour réguler la population. »

Je l'ai regardé. Je savais qu'il me croyait effrayée par ce dont nous attendions d'avoir des nouvelles, par la chose qui risquait d'empoisonner l'air que nous respirions et la vie à laquelle nous nous étions habitués. Et peut-être l'étais-je. Ou peut-être étais-je juste fatiguée et ivre, lasse du débat qui se déroulait dans ma tête – pour ou contre une vie avec Victor –, et que depuis toutes ces années je n'avais toujours pas clarifié. Il était déjà minuit. Les verres barbouillés de traces de doigts étaient encore sur la table, avec les dernières gouttes du vin provenant de l'endroit où aurait pu être né Victor si son père n'avait pas déménagé à Paris pour devenir médecin, amorçant la succession d'événements qui devait aboutir à l'enfance de Victor à l'ombre de l'hôpital Saint-Vincent-de-Paul, à son intérêt juvénile pour les épidémies et les maladies infectieuses, à sa passion pour le Moyen Âge, à son poste d'enseignant aux États-Unis, et finalement à moi. L'une des bougies s'est éteinte en crépitant. Victor s'est écarté de moi et a soufflé l'autre. Puis il s'est allongé sur le tapis et m'a attirée à lui, et nous nous sommes serrés l'un contre l'autre dans la lueur bleue de la télévision.

Nous avons bientôt sombré dans le sommeil, vautrés parmi les lettres de Scrabble et les verres vides, et lorsque je me suis réveillée, le ciel commençait déjà à s'éclaircir. Ma main droite était engourdie et, quand je l'ai tâtée avec les doigts de la gauche, j'ai trouvé la sensation effrayante, comme si je touchais la main d'un mort. Je me suis dégagée de l'étreinte de Victor et j'ai secoué la main jusqu'à ce que je la sente de nouveau. J'avais mal à la tête et la bouche sèche, aussi me suis-je levée pour chercher de l'eau dans la cuisine. Quand je suis revenue, la télévision tremblotait, muette, et à sa lumière j'ai vu le masque couché sur le côté, près du visage de Victor. Je l'ai ramassé et l'ai retourné, puis l'ai glissé sur mon propre visage. Il était douillet à l'intérieur, aussi protecteur que celui d'un receveur de base-ball, et je me suis allongée sur le dos, clignant des yeux par les trous et me demandant combien de temps il faudrait attendre avant de savoir de quoi nous devrions apprendre à nous protéger, ou bien s'il était déjà trop tard, si les seuls survivants seraient ceux qui s'étaient préparés depuis le début, avec des vêtements réfléchissants et des poumons de qualité supérieure. Peut-être la chose s'était-elle déjà infiltrée par les fentes des fenêtres et de la porte. Mais j'étais somnolente, et trop fatiguée pour protester. Sans me retourner, j'ai tendu la main jusqu'à ce que le bout de mes doigts atteigne la joue de Victor. Puis j'ai fermé les yeux, en attente, heureuse de ce qu'il restait d'obscurité.

Le lendemain matin nous étions samedi et, au réveil, les nouvelles nous ont appris que toute cette affaire n'avait été qu'une sorte de test. Victor s'est perché au bord du lit, les cheveux dressés comme s'il s'était battu contre des rafales de vent pour atteindre l'aube. Sa tasse de café entre les mains, il buvait à petites gorgées, les yeux fixés sur l'écran de télévision. Après ma douche, je suis venue m'asseoir à côté de lui. Le maire donnait une conférence de presse dans laquelle il expliquait qu'il avait voulu s'assurer que la ville était prête. Il nous a conseillé de ranger les masques dans un endroit sûr et sec où nous pourrions les retrouver aisément. Il s'excusait de toute gêne ou inutile frayeur occasionnée par ce test, remerciait tous les bénévoles et félicitait la ville pour la façon admirable dont elle avait fonctionné dans ces conditions particulières. Les journalistes s'étant mis à hurler leurs questions, je suis partie à la cuisine me servir du café, et lorsque j'ai allumé la radio, les réponses du maire ont résonné dans tout l'appartement en un étrange duo.

Il avait neigé pendant la nuit, chose inhabituelle à ce moment de l'année, et nous avons décidé de sortir nous promener. Cela ne nous était pas arrivé depuis longtemps, presque aussi longtemps que la dernière fois où nous avions interrompu le dîner pour nous envoyer en l'air sur le plancher du séjour. Il faisait froid, et nous nous sommes emmitouflés dans des bonnets et des écharpes. Victor a enfilé les moufles que je lui avais tricotées du temps où je faisais encore ce genre de chose. Quant à moi, j'avais aux mains des gants râpés aux pouces et, lorsque nous nous sommes arrêtés à un feu rouge, Victor a porté mon pouce à sa bouche comme une trompette et soufflé de l'air chaud par le trou.

Dans le parc, la neige crissait sous nos pas. Le soleil avait fait son apparition et sa lumière étincelante se réfléchissait un peu partout. Victor a fait une boule de neige et l'a lancée contre un arbre, explosion de blancheur sur le noir. Je n'arrêtais pas de glisser parce que mes chaussures n'avaient pas de semelles antidérapantes, mais Victor me tenait par le bras pour m'empêcher de tomber. Des enfants s'amusaient dans la neige avec un chien et Victor les a regardés en riant bruyamment.

J'ai repensé à ce jour-là, quelques semaines plus tard, en faisant un test à domicile et en découvrant que j'étais enceinte. J'ai répété l'opération parce que la première fois que la ligne rose était apparue, j'avais eu du mal à admettre l'évidence, bien que je n'aie jamais de retard. Pendant quelques jours, je n'en ai pas parlé à Victor. J'allais travailler et organisais mes visites tout en sachant que, en moi, une chose minuscule était en train de se former, une boule d'obstination qui grossissait inéluctablement jusqu'au jour où elle émergerait enfin pour nous dire ce que, pendant tout ce temps, nous n'avions pas su, ce dont nous avions été privés, ce que nous étions restés à nous demander. Un petit être au raisonnement clair, capable de prédire l'avenir. Peut-être y avait-il eu une brèche, pendant ces jours de silence où je portais en moi ce secret, une brève possibilité. Mais il ne m'est jamais venu à l'esprit de ne pas garder le bébé. Durant mes longs mois de grossesse, avant d'être trop lourde pour pouvoir aller jusqu'au parc, je me suis souvent tenue devant la clôture à regarder les coureurs sur la piste. J'avais le vague espoir, inexplicable, que si je les observais assez longtemps, l'enfant appartiendrait peut-être à leur race, avec des poumons invincibles et une immunité contre ce qui, dans l'air, nous poussait à l'ivresse et allumait le ciel au crépuscule.

Un jour, sur mon chemin, j'ai croisé quelqu'un – impossible de dire si c'était un homme ou une femme – qui portait un masque à gaz. Peut-être était-ce une plaisanterie, ou peut-être cette personne ne faisait-elle pas confiance au maire, peut-être encore avait-elle pris l'habitude de le porter, s'était-elle prise d'affection pour lui et répugnait à s'en séparer et à recommencer à se promener le visage découvert, exposé à tous les dangers.

Amour

Je l'avais connue quand nous étions jeunes, puis nous nous étions perdus de vue pendant des décennies, jusqu'au jour où je la retrouvai dans l'un des camps de réfugiés. Il est des visages que le malheur change jusqu'à les rendre méconnaissables. Mais il y a ceux qui possèdent quelque chose, un trait caractéristique peut-être, qui se révèle inaltérable ou indéformable face au temps, au déplacement ou à toute espèce de souffrance. Les yeux de Sophie étaient d'un gris profond qui, parfois, suivant la météo, virait presque au violet. La première fois que j'aperçus sa mince silhouette dans la file qui serpentait le long du grillage, une couverture bleue drapée sur ses épaules, je fus incapable de me rappeler son nom ou même à laquelle des époques tumultueuses de ma vie elle appartenait, mais je reconnus ces yeux. Puis j'entendis sa voix et alors je me souvins, et pendant le petit bout de chemin que nous fîmes ensemble, ce que je ne me rappelais pas ou n'avais jamais su, elle me le dit.

À cette époque-là, Sophie n'était pas seule, et malgré toutes les années qui s'étaient écoulées depuis, avec leurs innombrables effondrements et désintégrations, je m'attendais encore un peu à voir Ezra surgir du fouillis de ruelles, engoncé dans un manteau minable qui lui tombait sous les genoux, la barbe en bataille, rabbinique et fanatique, serrant dans sa main une miche de pain ou une boîte de conserve échangée ou obtenue grâce à son baratin façon Ezra. J'avais toujours bien aimé Sophie et j'enviais Ezra de l'avoir toute à lui. J'enviais aussi le caractère apparemment inévitable de leur couple, la solidité de leur relation alors que le reste d'entre nous ne cessait de s'unir et de se désunir, de pratiquer les relations d'un soir, de tomber amoureux pour découvrir finalement que nous n'étions que des crétins.

Ils s'étaient rencontrés à New York vers la toute fin des années 1990, mais assez longtemps avant leur fin exacte pour que, à son approche, ils eussent déjà projeté de la passer ensemble, de passer le Nouvel An à camper sous la neige, tandis que tous les ordinateurs de la terre cafouilleraient, effaçant le temps, nous ramenant tous à l'âge de pierre. Ces deux-là – toujours prêts à tout, partants pour tout – étaient disposés même à ça, à flirter dans leur caverne blanche glaciale ou bien allongés sur le dos, juste devant, lovés dans les ailes des anges que leurs corps dessinaient dans la neige, à contempler non le flamboiement des feux d'artifice de Grucci mais des étoiles originelles : des étoiles éparpillées un peu partout dans l'univers au-dessus du Colorado, je crois, ou peut-être du Wyoming. Le fait que ni elle ni lui – l'un élevé sur la rive nord de Long Island et l'autre sur une île de South Jersey, tous les deux dans des congrégations Beth Shalom, tous les deux dans des familles casher mais pas shomer Shabbat, où être américain était un accident de l'histoire, la langue anglaise un accident de l'histoire, la nature un accident de l'histoire –, le fait qu'aucun des deux, donc, n'eût la moindre idée de la façon d'allumer un feu, de planter une tente ou d'imperméabiliser leurs affaires, encore moins de survivre par des températures négatives, ne les effrayait pas du tout parce que jusque-là ils s'étaient montrés fantastiquement, presque miraculeusement talentueux, non seulement en intégrant les bonnes universités et en faisant leur chemin dans le monde, mais aussi en en décelant la beauté. Leur première séparation, avant que se profilât la fin de ce millénaire pénible-pour-tous-mais-pas-pour-eux, fut, il faut le dire, la raison pour laquelle ils renoncèrent finalement à camper dans la neige. Pas parce qu'ils n'y seraient pas arrivés. Pas parce que sa famille à elle, qui tentait encore en vain d'exercer son influence, prononçait le mot de folie, le mot d'hypothermie. Pas parce que les billets d'avion atteignaient des prix prohibitifs, sans parler de tout l'attirail imperméable. Pas parce qu'ils avaient, l'un ou l'autre, cessé de croire, fût-ce l'espace d'une seconde, dans l'authentique et réconfortant éclat de ces fameuses étoiles.

Ils se séparèrent pour je ne sais quelle raison et la souffrance fut terrible, insupportable, du moins pour Sophie. Mais sans doute aussi, je ne peux m'empêcher de le penser, pour Ezra de perdre une femme comme elle. C'était l'époque où les téléphones portables n'existaient pas encore, où l'accès à Internet se faisait par ligne commutée et qu'il ne s'y passait quasiment rien, si bien que, pendant un certain temps, il n'y eut que le silence entre eux, que des larmes et des doutes, sans rien savoir, sans aucune possibilité de savoir – autrement dit de la souffrance et de l'attente. L'horizon événementiel apparut et disparut devant eux, chacun au sec, au chaud et seul, bien qu'à minuit, ivre et se sentant impitoyable, elle s'était tournée vers le type qui l'avait mise au pied du mur par ses discours – moi – et l'avait embrassée.

Mais à la fin février de la nouvelle année avec tous ces zéros, ils se croisèrent par hasard dans une file d'attente devant le cinéma Film Forum. Des excuses furent chuchotées, de nouvelles larmes versées, sa main à elle glissa sous son veston et sa chemise de flanelle à lui, cherchant de la peau nue et tiède et, sans plus attendre, ils se remirent ensemble, se respirant l'un l'autre comme ils le faisaient autrefois, car existait-il quelqu'un capable d'aimer aussi fort qu'elle, d'aussi boute-en-train et honnête ? Existait-il quelqu'un d'aussi drôle et caustique que lui, d'aussi passionné, d'aussi volubile ? Existait-il quelqu'un qui acceptait comme elle d'aller voir tous ces Pasolini et ces Fellini avec lui, ou quelqu'un disposé à lui lire à elle les *Contes hassidiques* de Martin Buber au téléphone, celui sans fil qu'elle maintenait brûlant contre son oreille, les soirs où il était dans le centre-ville et elle dans les beaux quartiers, et où elle n'arrivait pas à dormir ? Que, oui, en fait, dans New York City au tout début du nouveau millénaire, il y eût encore des gens prêts à faire cela, capables de faire cela, n'avait rien à voir avec leur amour, tout comme n'avait rien à voir, alors qu'ils étaient de nouveau blottis l'un contre l'autre, le fait qu'ils s'étaient rencontrés un après-midi du printemps 1999 par le plus grand des hasards, et que, si cela n'était pas arrivé, chacun serait tombé amoureux de quelqu'un d'autre, ce qui signifiait que chacun d'eux était remplaçable, que chacun d'eux pouvait être remplacé. Dès lors, ils furent solidement unis, leur vie de couple établie, devenue un élément fixe que nous observions tous avidement, que nous enviions, dont nous rêvions.

Très semblable mais éclairée différemment, telle était, à leurs yeux, la beauté simple, précise de leur union. Un jour, au tout début, allongée nue sur le matelas de l'appartement qu'il habitait dans l'East Village, elle évalua à voix haute leur compatibilité. Il écouta, acquiesça, puis livra son point de vue : alors qu'elle donnait à tous l'impression d'être une gentille petite fille qui faisait tout comme il fallait, en réalité elle aimait la transgression, disait des grossièretés, et son côté sombre eût souhaité l'être encore davantage, tandis que *lui*, présenté comme quelqu'un de sombre, névrosé et obscène, était en réalité chaleureux et plutôt gentil. À part ça, ils comptaient à peu près le même nombre d'aïeux survivants de l'Holocauste, avaient plus ou moins le même nombre de parents en Israël, avaient chacun une mère née en Europe, un père tout juste né en Amérique et républicain jusqu'à Reagan. Chacun avait été élevé avec la même interdiction absolue d'épouser un ou une goy, ou d'échouer de quelque manière que ce fût, ce qui revenait à dire que chacun était le produit du même tribalisme orgueilleux, étriqué, violent, inquiet, rassurant et dévorant à la fois, mais tandis que la mère de Sophie, mal remise des contraintes imposées par son enfance orthodoxe d'après-guerre dans le nord de Londres, avait envoyé sa fille dans une école publique de Roslyn, Ezra, lui, avait été envoyé dans une yeshiva dont il avait finalement été exclu.

Encore au-delà de ça, chacun voulait être ce que sa famille, qui en avait pourtant tellement vu, n'avait encore jamais vu : quelqu'un qui considère comme sa vocation non pas de faire carrière, de gagner de l'argent ni de connaître le succès, mais de se consacrer à l'art.

Pasolini ! répétai-je quand Sophie me révéla ce détail. Couchée sur sa paillasse, sous la couverture bleue toute sale et en loques, elle regardait la pluie couler goutte à goutte dans un bidon métallique rouillé plein à ras bord. J'avais oublié ce nom et, à ce moment-là, oublié les images de la plupart des films que j'avais vus autrefois. Mais Sophie, elle, se les rappelait tous. Elle était capable de décrire des scènes entières, la lumière et les divers angles de la caméra, elle se souvenait même des dialogues, et quand elle nous faisait découvrir ces films, son regard gris-violet s'adoucissait comme si elle les voyait de nouveau, projetés sur la bâche des tentes de fortune, les murs délabrés et le ciel crasseux zébré de fils électriques. Quiconque se trouvait à proximité ou attendait avec nous sa ration de nourriture, de vaccins ou de briques de jus de fruits qui pouvait ou non venir, se taisait et se mettait à écouter, et bien que je n'en aie aucune preuve, je tiens à dire que les films que Sophie projetait dans notre tête avec la lanterne magique de ses mots, débarrassés de tout le reste, acquéraient une forme plus achevée, la plus achevée de toutes.

Au tout début du nouveau millénaire, je vis pas mal Sophie, et donc Ezra aussi, à des dîners, des réunions d'amis ou des soirées organisées par les établissements qui les employaient. Puis, environ deux ans après le 11-Septembre, je partis travailler à Londres et perdis Sophie de vue. Ezra et elle vivaient toujours ensemble et je me rappelle avoir appris qu'ils s'étaient fiancés et qu'un mariage était envisagé chez ses parents à elle, à Long Island. À cette époque, j'avais cessé, j'imagine, de fantasmer sur elle. Il me semblait alors bien et juste que ces deux-là, dont l'union était si prédestinée, si solide et symétrique, ouvrent la voie vers des régions plus lointaines, les régions apparemment encore lointaines de l'âge adulte où nous finirions tous par être mis à pâturer dans les champs de la paternité et de la maternité. Mais le temps passa sans qu'arrivât aucune invitation, alors que d'autres de nos connaissances allaient de l'avant et se mariaient, que des bébés naissaient, certains d'ailleurs chez les dernières personnes que nous imaginions prêtes à former une famille nucléaire ; et puis, une certaine année, de retour à New York pour les vacances, reprenant contact avec les amis que j'y avais gardés, je finis par apprendre qu'Ezra et Sophie s'étaient séparés.

Lorsque je la rencontrai, des décennies plus tard, dans le camp, Sophie était déjà mal en point. Sous-alimentée, affaiblie et tuberculeuse, elle ne se déplaçait qu'entre sa paillasse et le carrefour – le centre de fortune où avaient lieu les distributions et où se formaient les files d'attente. Plus mobile qu'elle, je partais à la recherche de ce que je pouvais éventuellement trouver, utiliser, échanger ou manger, me servant de mes relations au sein d'associations officielles ou pas, et encore assez solide pour m'activer, si bien que mon esprit sautillait et ricochait à la surface du malheur au lieu de s'y laisser engloutir. Au cours de mes allées et venues dans le camp, il m'arrivait de passer devant le poste médical, la salle aux vitres brisées où l'on célébrait encore des mariages, le type qui coupait les cheveux, celui qui vendait des récipients et l'homme à tout faire coiffé d'un turban qui travaillait à l'ombre d'un porche – il prenait un brûleur ou un radiateur à gaz cassé et, hochant la tête de côté, disait invariablement : « Demain, c'est bon » au propriétaire impatient de savoir quand il ou elle pourrait récupérer son bien. Parfois, certaines parties du camp étaient inondées et, quand l'eau se retirait, il ne restait qu'une mare de boue impraticable. Mais je revenais toujours voir comment allait Sophie et lui apporter ce que je pouvais. Ça me faisait du bien de lui être utile, de pouvoir lui faciliter un peu la vie. Quand elle devint totalement incapable de bouger ou n'en eut plus envie, je pris l'habitude de m'asseoir à côté d'elle, trempant dans l'eau un chiffon que je passais sur son front fiévreux ou bien lui tenant simplement la main. Et les jours où elle allait un peu mieux, ses yeux gris-violet perdus au loin, elle déroulait pour nous un passage de film ou un autre. Une fois, elle fit *E.T.* en entier, à partir de la première scène, celle où les aiguilles de pin se détachent sur les lumières vacillantes du vaisseau spatial extraterrestre, où ces deux longs doigts bruns, noueux et hyperpréhensiles se lèvent et arrachent une branche afin de dégager la vue, et où l'on devine que quelqu'un n'arrivera pas à rembarquer à temps, et tout cela jusqu'au déchirant adieu final. Quand Sophie arriva au bout, un gamin aux traits délicats coiffé d'un chapeau à bords flottants, les bras autour des genoux, se mit à pleurer, les larmes striant de blanc son visage sale jusqu'au moment où il épongea le tout à la manière d'un essuie-glace avec la manche de son sweat à capuche.

Je réussis plusieurs fois à faire lever Sophie et nous allions, clopin-clopant, jusqu'au grillage au-delà duquel on voyait les barbelés et les camions militaires, mais encore au-delà, une petite étendue de mer grise et inerte. Cela nous rappelait qu'il restait des endroits magnifiques. D'où nous étions, nous ne sentions pas l'odeur du plastique que les gens brûlaient pour se réchauffer et qui abîmait les poumons. Quelqu'un avait traîné là un fauteuil déglingué au tissu en lambeaux, dont la mousse jaune desséchée explosait de toutes parts. Mais il était assez large pour que nous pussions nous y asseoir tous les deux côte à côte, et, le regard au loin, nous exhumions parfois une chose confuse, disloquée, qui nous était arrivée à tous il y avait bien longtemps, et nous la contemplions un moment sans espoir de pouvoir l'utiliser pour quoi que ce fût ni de la remettre à la place qui était la sienne. Non sans une certaine pertinence, une multitude d'ordures était venue se coller au grillage et se loger dans ses trous : bouteilles, sacs en plastique et autres détritus. À environ cinq mètres de l'endroit où nous étions assis, le vent avait plaqué contre la clôture un grand morceau de plastique noir disposé de telle façon qu'il ressemblait exactement à un manteau. Un long manteau noir à large col et aux plis flottants qui paraissait avoir été pendu là aussi délibérément que sur une patère dans l'entrée douillette d'une maison, et attendre que son propriétaire fût prêt à ressortir. Cette feuille de plastique ressemblait tellement à un manteau que nous vîmes d'abord un vieil homme, puis une femme corpulente coiffée d'un béret de marin s'en approcher rapidement jusqu'au moment où l'un et l'autre en furent assez près pour que l'illusion leur apparût pour ce qu'elle était : une simple ordure.

Ce manteau, dit Sophie après le départ de la femme abattue et penaude, ça me rappelle quelque chose.

Le vent jouait dans l'ourlet du haillon.

C'était arrivé, commença-t-elle, environ six mois avant sa séparation d'avec Ezra. On était en hiver et elle se promenait avec un ami à Chelsea, regardant, peut-être, les vitrines des galeries d'art. Ils tournèrent sur la West Side Highway et le vent glacial de l'Hudson les transperça. Elle se mit à frissonner et son ami, qui vivait à l'étranger et qu'elle voyait rarement, s'interrompit au beau milieu d'une phrase pour lui proposer son pardessus. Elle refusa parce qu'elle n'allait évidemment pas le dépouiller de son vêtement, même si elle avait atrocement froid. La conversation se poursuivit, mais presque sans elle. Elle s'absenta, figée dans cette proposition, suffoquée à l'idée qu'il l'eût faite, que quelqu'un pensât à cela de manière si intuitive, comme si la bienveillance faisait à ce point partie de sa nature que ce geste, qui recélait un tel degré de bonté, de sollicitude sincère, pouvait être chez lui un quasi-automatisme. Mais c'était simplement qui il était, la façon dont on lui avait appris, ou peut-être dont il avait appris tout seul, à se conduire. Et sa prévenance toucha chez elle un point sensible parce qu'elle sentait de plus en plus que c'était quelque chose qui manquait à l'homme avec lequel elle vivait et avec lequel elle avait l'intention de finir ses jours. L'idée lui vint que, depuis le temps qu'elle était avec lui, pas une seule fois Ezra ne lui avait proposé son pull ou sa veste. Et j'avais presque tout le temps froid ! dit-elle. J'étais toujours grelottante, même quand tous les autres avaient chaud. Mais peut-être qu'il ne le remarquait pas, après tout.

En fait non, poursuivit-elle, ça allait plus loin. Elle pouvait être malade au fond de son lit sans qu'il pensât jamais à lui apporter une tasse de thé, ce qui ne lui aurait rien coûté. Un jour où elle lui préparait un bagel, le couteau glissa et lui entailla profondément le doigt. Elle le tint un moment, dégoulinant de sang, sous l'eau froide. Ezra se leva alors du comptoir et s'approcha d'elle. Elle pensa qu'il allait l'étreindre par-derrière, mais au lieu de cela il prit le couteau et finit de couper le bagel qu'il mit dans le grille-pain. Ce n'est pas qu'il ne l'aimait pas, dit-elle. Elle avait toujours su qu'il l'aimait dans la mesure de ses moyens. Simplement, il était préoccupé, absorbé en lui-même, il ne savait pas d'instinct comment prendre soin de quelqu'un d'autre – ce qui suppose d'abord d'être attentif, d'écouter. Mais au moment où son ami comprit qu'elle avait froid et s'interrompit dans ce qu'il disait pour lui proposer son manteau, elle pensa avec tristesse à tout ce dont elle avait été privée.

Le vent jouait sans cesse dans les cheveux de Sophie tandis qu'elle parlait, révélant les endroits dégarnis.

Ce n'était pas le genre de chose qu'elle aurait pu expliquer à qui que ce soit, dit-elle. À bien des égards, elle savait qu'Ezra et elle avaient eu beaucoup de chance de se rencontrer. De s'entendre aussi bien. Beaucoup de chance d'avoir trouvé certains rythmes de vie et d'intimité paisibles, qui les avaient maintenus à flot. Tout ce qu'elle aurait pu confier à quelqu'un d'autre aurait paru ingrat, pensait-elle. Elle aurait eu l'air de récriminer auprès d'amis qui avaient vécu des séparations brutales ou avaient été maltraités, qui avaient eu le cœur brisé ou étaient seuls parce qu'ils ne trouvaient personne.

Et puis un jour, ils étaient allés voir un film. Il était en français, précisa-t-elle et, d'une certaine façon, on pouvait dire que l'histoire était très simple. C'était celle d'un vieux couple, des professeurs de musique à la retraite heureux ensemble depuis très longtemps. Un soir, ils vont à un concert et, le lendemain matin, pendant qu'ils prennent leur petit déjeuner en robe de chambre dans la cuisine, la femme fait un premier AVC. À partir de ce moment-là, tout le film se passe dans les pièces de leur vie commune, à essayer de comprendre ce qui se passe quand deux personnes sont restées unies une vie entière et que l'une d'elles, soudain, tombe malade. Quand il revient à l'autre d'imaginer comment s'occuper d'elle, de l'aider à vivre avec un minimum de souffrance et d'indignité.

Assise dans la salle obscure, Sophie avait observé le visage du vieux mari, me dit-elle. Observé son expression tandis qu'il s'occupait de sa femme avec une telle patience, une telle tendresse, une telle loyauté. Sa femme lui avait fait promettre de ne plus jamais la renvoyer à l'hôpital, et il ne voulait pour rien au monde trahir cette promesse, quel que fût l'effort que cela lui demandait. Mais ce n'est pas un saint. Il se met parfois en colère et, un jour, en proie au découragement, il va jusqu'à la gifler parce qu'elle refuse de manger ou de boire, parce qu'il est seul à lutter pour la maintenir en vie. Pas une fois, cependant, il ne renonce à lutter, pas une fois il ne renonce à veiller sur elle. Ce n'est que le prolongement de ce qu'il a été pour elle, de ce qu'elle a été pour lui pendant plus de cinquante ans. Même si cela est intuitif, même si c'est l'expression de sa nature, il n'en est pas moins éprouvé et contraint à d'immenses efforts.

Vers la fin du film, Sophie s'était mise à penser à ses parents. À la façon dont, malgré une vie très dure, ils avaient toujours veillé l'un sur l'autre. Qu'ils agiraient ainsi jusqu'à la fin ne faisait aucun doute et, dans une certaine mesure, ajouta Sophie, elle avait toujours vécu protégée par cette supposition, de ce que cela disait non seulement de ses parents mais de l'amour et des gens en général. Seulement elle comprenait à présent qu'elle-même avait fait un choix différent. Plus jeune, elle avait attribué de l'importance à d'autres choses, en conséquence de quoi elle avait jeté son dévolu sur un homme qui, bien qu'il comptât beaucoup pour elle, ne serait jamais capable de s'occuper d'elle s'il lui devenait impossible de s'occuper d'elle-même.

Une fois le film terminé, alors que, dehors, ils retrouvaient le soleil, elle sut que quelque chose de beaucoup plus grand avait pris fin. Et peu de temps après, elle annonça à Ezra que c'était fini, qu'elle ne pouvait pas l'épouser.

Sophie esquissa un petit sourire tordu et regarda par-delà les barbelés en direction de la mer grise et sale. Puis elle haussa ses épaules décharnées et leva ses mains vides vers le ciel, comme pour souligner cette absurdité – mais à quel aspect de ladite absurdité elle faisait référence, je n'aurais su le dire. Celle de croire que les décisions concernant qui aimer et à qui nous lier se prennent de manière rationnelle ? Ou celle de supposer que nous aurons droit à une mort juste ou naturelle ? Ou bien pensait-elle à l'absurdité d'avoir cru à la possibilité de consacrer sa vie à quelque chose au-delà du lendemain, au-delà de la simple survie ? Ou alors juste à l'éternelle et banale absurdité d'avoir vécu un début si différent de la fin ?

Je n'assistai pas à sa fin à elle. J'étais en train de faire la queue quelque part, ou de tenter d'établir une connexion, ou de chercher de l'eau, ou bien d'attendre.

Au jardin

Pendant vingt et un ans je fus le secrétaire particulier du plus grand architecte paysagiste d'Amérique latine, un homme dont vous avez certainement entendu parler. Sinon, vous vous êtes sans doute assis dans l'un des parcs conçus par lui, à moins que vous ne teniez absolument à éviter les endroits publics, auquel cas vous avez peut-être eu la chance de vous asseoir dans l'un des nombreux jardins privatifs qu'il a créés dans notre magnifique cité ou en dehors, dans les collines ou les vallées, à l'intérieur des terres ou en bordure de mer. Et si vous étiez parmi les plus vernis, vous avez même peut-être visité le jardin qu'il a imaginé pour lui-même sur le domaine de Three Winds, l'un des plus fascinants au monde selon les commentateurs et les experts, comparable à El Novillero et à Compton Acres. Si oui, nous nous sommes même probablement rencontrés, puisque c'est moi qui recevais les visiteurs en tant que secrétaire particulier pendant mes années à Three Winds, conduisant le nouvel arrivant dans le salon toujours frais, aussi étouffante que fût la chaleur extérieure, ou, s'il restait pour la nuit, dans la chambre d'amis. Là, je le laissais se remettre tranquillement de son voyage, se changer ou se reposer dans le fauteuil en rotin. Vingt minutes plus tard, je frappais, avec un verre de limonade sur un plateau de cuivre martelé et une invitation à se rendre dans le patio à la demie, heure à laquelle le plus grand architecte paysagiste d'Amérique latine commencerait sa visite guidée des hectares débordant d'espèces rares, si rares qu'il faudrait marcher au cœur de la forêt pendant des jours entiers pour les trouver, sans même peut-être jamais y parvenir.

Certains des arbres furent plantés par ses soins il y a plus d'un demi-siècle. Quand je mourrai, disait-il, veillez à ne rien déplacer. Même pas les comprimés sur la table de nuit ? demandais-je. Bon, d'accord, répondait-il, mais seulement les comprimés. Je suis un réaliste et un homme de la terre ! criait-il quand il n'aimait pas mon regard. J'ai bâti ma maison de mes mains, donc je ne pense pas qu'il soit trop demander, quand je mourrai, que mes lunettes restent là où je les ai laissées ! Parce qu'il avait l'espoir (aujourd'hui bafoué par l'Histoire dont il avait croisé le chemin malgré lui) que Three Winds deviendrait un musée où le public tomberait, comme lui, amoureux de la flore de notre magnifique pays. Il portait son fardeau de regrets, comme tout le monde – tant de ses rêves ne se réalisèrent jamais, et d'autres uniquement au terme de nombreux compromis –, mais au moins sur ces hectares tout existait, dans la limite du possible, selon sa conception ; le reste dépendait de la nature.

Et la nature, avait-il coutume de dire, n'est en rien paisible.

Ce n'est pas une légère brise ni le soleil levant au sommet des montagnes, comme on aimerait le faire croire dans les livres pour enfants. Ce ne sont ni des petites fleurs roses en bouton ni une rhapsodie de verts. (Avez-vous déjà remarqué que ce qu'on qualifie de vert dans ce pays est en réalité noir ? Une infinité de feuilles noires ?) La nature est une chose cruelle et manipulatrice, me disait-il quand nous étions seuls, ce qui arrivait souvent. Elle est agressive et étonnamment meurtrière. Les faibles sont tués, d'abord torturés puis tués, et les forts se nourrissent de la décomposition et de la pourriture. N'écoutez donc pas ceux qui vous disent combien sont paisibles le bruit du vent dans les arbres et le chant des grillons. Les grillons sont seuls, ils traînent leurs ailes sur une veine hérissée de dents en espérant que l'un des leurs les trouvera, soit pour s'accoupler, soit pour se battre. N'écoutez pas ceux qui vous parlent du chant du grillon ou vous récitent des poèmes sur les roses. Je ne dis pas qu'on ne devrait pas cueillir de fleurs ni apprécier leur beauté, simplement que le fait que vous les cueilliez et les appréciiez fait partie intégrante de leur stratégie, et non l'inverse.

Mais il ne parlait pas toujours ainsi. Au terme d'un bon repas entre amis, il était capable de soliloquer pendant des heures à propos du ginkgo préhistorique qui renferme la connaissance des dinosaures, des broméliacées qui survivent sur des grains de poussière et des gouttelettes d'humidité, ou encore du temple des mousses de Saiho-ji dont l'étang est recouvert d'un lit d'algues à travers lequel la pluie s'achemine tranquillement vers la mort. Il pouvait philosopher sur le jardin d'Épicure, captiver son auditoire avec l'histoire de ses aventures dans la forêt tropicale ou de ses voyages en Asie quand il était jeune, où il avait marché dans les pas de Bashō jusqu'au mont Haguro. Tout dépendait de son humeur, qui pouvait basculer comme une bouteille d'encre et répandre le noir autour d'elle. Dans les dernières années, les amis se firent rares. Mais au début, ils venaient du monde entier – écrivains et artistes connus, dignitaires de tous bords – afin de se voir offrir une visite privée de Three Winds et de signer le livre d'or à glands dorés.

Pendant vingt et un ans je fus le secrétaire particulier du plus grand architecte paysagiste d'Amérique latine. Ce furent des années noires dans l'histoire de notre pays, mais dehors le soleil brillait comme il a toujours brillé ici et brillera toujours. Derrière des portes closes, dans des sous-sols, des entrepôts et de grands complexes secrets, le soleil ne brillait pas, mais dehors il brillait toujours. Un jardin a besoin du soleil. Un jardin est un agencement de lumière, avait-il coutume de dire, il faut prévoir comment le soleil se couchera dessus, comment il se lèvera, d'où il brillera, comment il le traversera, comment chaque feuille révélera ou dissimulera.

Le jour où je sortis diplômé de l'École d'horticulture, le soleil brillait comme d'habitude et je me rendis à bicyclette au nouveau parc, dans le nord de la ville, celui que la presse avait déjà rendu célèbre bien que le chantier eût à peine commencé. Je me présentai au bureau du parc. À l'époque, il avait été installé provisoirement dans un bâtiment qui devint ensuite une buvette où les visiteurs pouvaient commander un café et le déguster à l'ombre d'un platane géant. (L'arbre n'était pas encore arrivé sur un camion à plateforme et, inconscient du sort qui lui était réservé, penchait encore sous le vent de quelque province.) Il était là, assis à un bureau couvert de piles de papiers et de dessins, le célèbre botaniste et architecte paysagiste, nouvellement nommé directeur des jardins publics, hâlé et les cheveux blanchis par le soleil et l'âge. Il leva à peine les yeux sur moi. J'aimerais postuler à un emploi, annonçai-je. Nous avons tous les jardiniers qu'il nous faut, répondit-il en continuant à tourner des pages. J'ignore ce qui me prit – peut-être le courage qui vient quand on se trouve en présence de son destin –, mais je dis : Sûrement pas un comme moi. Cette fois il leva vraiment les yeux et un vague sourire passa sur son visage puis disparut derrière sa tête. Il considéra d'abord mon pantalon, la terre sous mes ongles, et enfin mon visage. Je me raidis sous son regard. C'est-à-dire comment ? demanda-t-il en s'appuyant contre le dossier de son fauteuil qui laissa échapper un cri de terreur. Je pensai au *Phalaenopsis bellina* que j'avais trouvé dans un bac à ordures quelques mois plus tôt, puis emporté chez moi et soigné jusqu'au jour où il s'était remis à donner de jeunes pousses vertes, et, Dieu me pardonne, je dis : Comme quelqu'un capable de faire rejaillir la vie chez un mort.

Le parc était encore en chantier, les allées n'étaient toujours pas tracées, la future serre n'était encore qu'un trou d'eau tiède infesté de larves de moustiques. On commençait à peine à amener la terre destinée aux pentes onduleuses des jardins du haut, et les bustes des généraux étaient encore à la fonderie nationale. Mais il avait dû sentir combien je comprenais la beauté de son projet, une nature sauvage tout juste maîtrisée. Il avait dû sentir aussi mon empressement, l'enthousiasme avec lequel j'étais prêt à m'atteler à la tâche. Je n'avais pas d'autre allégeance : pas de parents, pas d'enfants, pas d'ambition autre que celle d'exister parmi les feuilles et les noms latins. Ce jour-là, donc, assis à côté de lui, je pris des notes sous sa dictée tandis qu'il compulsait ses plans, et je ne ratai rien, je n'eus pas besoin qu'il me dise comment épeler *Trochodendron aralioides* ou *Xanthorrhoea preissii*, et quand il lui arriva de confondre une plante avec sa cousine, je corrigeai l'erreur sans la lui signaler. À seize heures, il me congédia en me recommandant de revenir le lendemain avec des ongles propres. À huit heures tapantes, je repris ma place à ses côtés. J'éprouvais pour lui le plus grand respect. J'avais l'impression d'avoir été... quoi donc ? D'avoir été choisi, surtout. D'instinct, je savais quand le suivre et quand m'éclipser, quand lui souffler le mot qu'il cherchait et quand absorber ses paroles comme une pluie battante.

Que voulez-vous que je vous dise ? hurlait-il souvent. Je suis un réaliste, un homme de la terre, moi, et les deux réclament peu de mots ! Si je n'étais pas devenu ce que je suis, j'aurais pu être poète. Je les respecte énormément, les poètes, disait-il. Chacun doit travailler avec ce qu'il a, moi avec la flore autrefois riche de notre pays, dont une grande partie est maintenant en voie de disparition, et eux avec notre langue, qui est en train de subir le même sort. Quand j'étais enfant, affirmait-il, il y avait beaucoup plus de mots mais, un par un, ils sont tombés en désuétude. Nous en sommes arrivés à un point de l'Histoire où la langue est en pleine régression. Un beau jour, nous serons ramenés à l'état d'êtres sans langage ; et alors, comme pour prouver ce qu'il avançait, il allait s'asseoir sur la terrasse et puisait dans le jardin un silence sinistre. Mais il n'arrivait jamais à se taire très longtemps. Tôt ou tard, les mots restants jaillissaient hors de lui.

Aucun de nous deux n'était originaire de ce pays. Né dans la capitale, il l'était un peu plus que moi, mais sa mère venait des Carpates et son père de Leipzig. Il avait grandi dans les zones délaissées entre les grandes langues internationales, raison pour laquelle, peut-être, il avait été attiré par l'une d'elles qui, bien que morte, donnait à chaque chose son nom. Et, étant morte, jamais elle ne change. Un lac est un lac et c'est un lac pour toujours. Un lac ne peut pas, un jour, devenir un œil aveugle ou une tombe.

Un après-midi où nous étions en train d'inspecter une nouvelle cargaison de fougères et d'orchidées dans les jardins du haut, un cortège de berlines noires aux vitres teintées remonta l'allée des palmiers impériaux, soulevant un nuage de poussière, et s'arrêta devant le bureau provisoire. Les voir, telles des fouines brunes au milieu de la verdure, me fit froid dans le dos. Les quatre portières de la première voiture s'ouvrirent brusquement et quatre hommes en uniforme militaire et lunettes de soleil cerclées d'or descendirent. L'un d'eux tapa à la porte du bureau, entra et ressortit au bout de quelques instants. Les quatre portières de la deuxième voiture s'ouvrirent alors et quatre hommes en uniforme surgirent à leur tour, dont l'un fit un geste nonchalant dans notre direction. Les portières de la troisième berline noire restèrent fermées. Ne devriez-vous pas aller les accueillir ? lui demandai-je. Si, répondit-il tout en restant cloué sur place, une petite *Aphelandra squarrosa* tremblant au creux de sa main. Si, bien sûr, répéta-t-il, plus à la plante qu'à quiconque. Finalement ils vinrent le chercher et l'emmenèrent dans la troisième berline. Une seule portière s'ouvrit de l'intérieur et je me rappelle que, tandis qu'il scrutait l'habitacle sombre garni de cuir, son visage était celui d'un homme au bord du gouffre, redoutant à la fois de tomber et de se jeter dedans.

Un plan après l'autre, un croquis après l'autre, un massif onduleux après l'autre, il faisait plier la nature. La nature, disait-il, n'est pas un collier de pâquerettes, ce n'est pas un lit de roses. La nature n'est qu'ingratitude. Mais il n'essaya jamais de la dompter, il ne lui ôta jamais ses griffes ni son venin. C'était là son secret, ce qui le distinguait de tous les autres : il la faisait seulement plier, il ne la brisait jamais. C'était là son génie, ce fut aussi la cause de sa chute. Il laissait à la nature sa violence et, un jour, la nature se retourna contre lui et l'anéantit. Pas un jour, en fait – très lentement, discrètement –, mais le résultat fut le même.

Je regardai le cortège de voitures disparaître de la même façon qu'elles étaient arrivées puis, malgré mon émotion, me remis au travail – travail qui, après tout, se résumait à entretenir consciencieusement les plantes fragiles et exténuées venues, au terme d'un long voyage, prendre place dans le célèbre parc conçu par le grand botaniste et architecte paysagiste qui avait appris aux gens à voir l'exquise beauté des espèces indigènes de son pays. Ce soir-là, un beau soir de printemps d'un bleu lumineux, je rentrai chez moi à bicyclette, pris un bain et regardai la crasse s'écouler en tourbillonnant dans la canalisation où elle rejoindrait tous les autres sédiments dans leur lent retour vers la mer, flottant, une lieue après l'autre, en silence. J'aurais aimé appeler quelqu'un pour lui raconter ce qui s'était passé, mais qui pouvais-je appeler ? Je me dis que je ne le reverrais peut-être jamais, ce qui, avec le recul, montre combien j'étais naïf concernant la façon de travailler des généraux.

Je passai une nuit blanche. Le lendemain matin, quand j'arrivai de bonne heure au parc, il était déjà assis à son bureau. Il n'était pas beau à voir : ou bien il avait dormi tout habillé ou bien il n'avait pas dormi du tout. Mais je fus tout de même soulagé. Je préparai le thé. Quand j'apportai le plateau, il insista pour verser lui-même le liquide fumant dans nos deux tasses. Sa main était agitée d'un très léger tremblement et des gouttes de thé giclèrent dans la soucoupe. Il y a des choses que vous devriez savoir, me dit-il d'une voix calme. Ah, oui ? fis-je en ajoutant une grosse cuillerée de sucre dans sa tasse. Je le remuai et nous le regardâmes fondre. Nous ne vivons pas des temps normaux, murmura-t-il. Pour édifier un parc comme celui-ci, il faut frayer avec le diable. Je croisai mes mains sur mes genoux, les mains d'un simple jardinier, et me mis à observer mes ongles. Un jardin est un agencement de lumière. Il faut imaginer d'où brillera le soleil, comment il se couchera et comment il se lèvera, quelle feuille révélera, laquelle dissimulera. Je déroulai les plans du parc et, sans un mot – oui, en promenant mon doigt –, j'attirai son attention sur un détail ou un autre jusqu'à ce que sa vision lui revînt. Puis je me levai et rangeai le plateau du thé. Dieu réside en vos jardins, lui dis-je avant de sortir de la pièce pour entamer le travail de la matinée.

Il m'invita à Three Winds. L'invitation pouvait avoir de multiples significations et ce n'est qu'en sentant mon estomac se contracter que je compris que je l'attendais. Le domaine était situé à plus d'une heure de voiture, sur la plaine côtière. J'étais assis devant, à côté de son chauffeur, et lui occupait la banquette arrière. De temps en temps, je sentais son regard se poser légèrement sur ma nuque, comme une mouche. Three Winds était un jardin tourné vers l'intérieur. C'est là que l'architecte paysagiste donnait le meilleur de lui-même, qu'il expérimentait avec la plus grande audace, selon sa fantaisie. Lorsqu'il me fit visiter le parc, je me rappelle mon émotion en approchant des murs de béton sans toit – telle une ruine venue du futur –, ou de l'allée luisante et humide qui serpentait à travers les broussailles jusqu'à une cathédrale d'arbres. Après cela, il m'emmena voir la pépinière, la collection de plantes tropicales, l'herbier, puis la petite chapelle bénédictine dédiée à saint François et finalement son atelier de peinture couvert de plantes grimpantes. Comme je me tenais devant l'une de ses grandes toiles, une débauche de couleurs entremêlées, je sentis une main glisser pesamment jusqu'à mon épaule. Son souffle était lourd et tiède, et il exhalait une odeur de santal et de vin. Que voyez-vous ? demanda-t-il tout près de mon oreille. C'est un beau tableau, monsieur, répondis-je. J'entendis un gargouillis au fond de sa gorge. Vous n'êtes peut-être pas l'homme que je croyais, chuchota-t-il. Je vois un précipice au premier plan et des loups derrière, dis-je. Ses doigts agrippèrent plus fort mon épaule. Vous les voyez, n'est-ce pas ? fit-il. C'est bien ça ?

Peu de temps après, on envoya chercher mes affaires et la petite pièce attenante à la cuisine orientée à l'est me fut attribuée. Le lit était étroit mais confortable et, depuis la chaise, je voyais un cerisier aux fruits chaque jour plus mûrs. Sur l'appui de la fenêtre je posai la petite boîte en étain venant de l'endroit où je suis né, avec des vues de Henkersteg, de l'Opéra et du Bratwurstglöcklein, et sur l'étagère je disposai mes livres de botanique. Je pris rapidement mes nouvelles fonctions, répondant au courrier, surveillant les commandes, organisant le planning, encadrant le personnel et veillant aux besoins, urgents ou non, du plus grand architecte paysagiste d'Amérique latine. Il n'avait jamais fini de travailler cependant nous partagions parfois un moment de tranquillité et je ne pense pas exagérer en disant qu'il me paraissait alors plus heureux qu'il ne l'avait jamais été.

Mais cela ne dura pas. Lorsque nous recevons un avertissement, ce qui arrive ensuite ne nous apparaît-il pas toujours comme inévitable ? Le jour où les généraux arrivèrent de la ville à Three Winds dans leurs voitures noires, je les accueillis en haut de l'allée et les conduisis jusqu'à la maison où je leur servis de la limonade sur le plateau de cuivre martelé. Tout cela dans une atmosphère mondaine. Ils firent ensuite le tour du parc. Dans la petite chapelle de saint François, l'un d'eux s'agenouilla et se signa. Au moment de leur départ, ce même général fut incapable de retrouver ses lunettes de soleil. Aussitôt, l'architecte paysagiste se jeta par terre et se mit à ramper frénétiquement parmi les chaises de la longue table de salle à manger. Je ne l'avais jamais vu ainsi, on eût dit un chien ou un cafard, et j'avais envie de lui crier de se relever, mais en même temps je savais que je n'avais d'autre choix que de l'imiter. C'est alors que je me souvins de la chapelle. J'y partis en courant. Les lunettes étaient bien là, luisant sous le banc vide. Le général les examina pour s'assurer qu'elles étaient intactes, puis il me sourit et essuya lentement mes traces de doigts à l'aide d'un mouchoir.

Peu, très peu de temps après, les jardins du bas, au cœur du parc municipal, furent remplacés sur les plans par un lac scintillant dont personne ne pouvait atteindre le fond qui, de toute façon, était en béton. Les bulldozers arrivèrent, qui éventrèrent le sol, pelletant furieusement les arbustes, puis le terreau brun fut emporté dans des camions qui montaient et descendaient avec fracas l'allée des palmiers impériaux. Quatre jours passèrent, pendant lesquels le trou resta béant sous le ciel vide. Enfin ils arrivèrent une nuit, les gens qui s'occupent de tout ce qui est enfoui. Ils enterrèrent ce que les généraux voulaient enterrer, puis coulèrent le béton. S'il y eut des coups de feu, des cris, ou uniquement le silence des morts, je n'en sais rien. Nous étions très loin, confinés dans Three Winds, où l'horloge comtoise de Leipzig marquait sereinement les heures. Le travail avait dû réquisitionner toute une petite armée d'exécutants avec leurs camions et leurs projecteurs car, au matin, le béton avait déjà séché sous le soleil qui ne cesse jamais de briller. Quelques semaines plus tard, le lac était en eau, le soleil s'affairait sur sa surface bleue et un message officiel nous parvint du chef suprême de la Nation lui-même : bateaux à aubes. C'est tout. Les oiseaux arrivèrent de leur côté dès qu'on eut placé les lentilles d'eau et les nénuphars.

De ma chambre, je l'entendais appeler, quel que fût l'endroit de la maison où il se trouvait, encore qu'à la longue j'appris à reconnaître les sons qui précédaient une question, et, avant même qu'il pût demander quoi que ce fût, j'étais sur le pas de la porte. Si le téléphone sonnait, c'est moi qui répondais, moi qui savais s'il était en mesure de parler ou s'il fallait prendre un message, moi qui disais au cuisinier ce qu'il devait préparer pour le dîner, qui l'aidais à se coucher quand il avait trop bu, qui lui apportais son premier thé fumant le matin – dans le bol du seizième siècle envoyé par un admirateur japonais –, moi qui lui tendais son crayon, son chapeau, sa canne, sa truelle, son couteau, moi qui arrivais avec la trousse de premier secours quand il se coupait car il était, lui, notre plus grand architecte paysagiste et botaniste, dégoûté à la vue de son propre sang.

Tout pousse dans ce pays, avec un tel soleil. Sous le vigilant regard de bronze des généraux, les palmiers impériaux poussèrent. Les feuilles des nénuphars géants devinrent aussi grandes que des tables. Les bambous géants atteignirent quatre ou cinq étages de hauteur. Lorsque la brise les traversait, leurs tiges claquaient et, penchés sous le vent, ils crissaient comme des freins de tramway et, chose étrange, il y avait aussi, dans ces bambous, comme un bruit de sabot de cheval, un braiment d'âne et jusqu'à la rumeur de toute une basse-cour. Il y avait des chuchotements et le bruit d'enfants jouant, ou pleurant, ou simplement chantant à mi-voix. Mais le plus grand architecte paysagiste d'Amérique latine ne les entendit jamais car, après la fin des travaux et la cérémonie d'ouverture, il n'eut plus le temps de revenir dans les parcs et les jardins qu'il avait conçus pendant son mandat de directeur des jardins publics – des parcs, après tout, fréquentés et appréciés par les nombreux visiteurs qui venaient arpenter leurs allées ou se reposer sur leurs bancs. Ces années-là furent pour lui une période de grande activité et, sans mentir, de bonnes années dans l'ensemble. Il avait son travail. Le grotesque incident du lac ne se répéta jamais. Et lorsque, presque quinze ans plus tard, certains des généraux s'enfuirent du pays, que certains autres passèrent en jugement et que la plupart se retranchèrent derrière les hauts murs en stuc de leurs belles demeures pour finir leur vie dans la paix de leurs propres jardins, personne ne se soucia de notre architecte paysagiste. Lui aussi, on le laissa en paix.

Que voulez-vous que je dise ? hurlait-il souvent. Mon

travail était simple : je récoltais des plantes et concevais des parcs et des jardins. Ni plus ni moins. J'habite une maison construite de mes propres mains, entourée de mes hectares de plantes et d'arbres, certains communs, d'autres très rares, si rares qu'il faudrait vous enfoncer dans la forêt pendant des jours, comme je l'ai fait, pour les découvrir. Certains de ces arbres, je les ai plantés voilà bien longtemps, lorsque j'étais jeune, hurlait-il, et maintenant ils sont vieux, comme moi, à cette différence près que leurs plants à eux n'ont pas été saccagés, profanés et saccagés, étouffés dans les ténèbres. Une fois – une fois seulement –, je le regardai droit dans les yeux et déclarai, tranquillement et clairement : Ce n'est pas vous qui avez été étouffé dans les ténèbres. Je n'oublierai jamais l'expression sur son visage, celle d'un enfant qui n'a encore jamais été giflé. Il eut un mouvement de recul, de fuite, ou l'ébaucha, mais au bout du compte on ne peut se fuir soi-même.

Les dernières années, nous fîmes de nombreux voyages. C'était la seule chose qui allégeait momentanément sa mauvaise humeur. Nous visitâmes l'Alhambra. Au lac de Côme, nous séjournâmes à la Villa d'Este et nous promenâmes dans les jardins de la Villa Carlotta et de la Villa Cipressi. Nous nous rendîmes à Arezzo pour voir les Piero della Francesca, et à Florence pour admirer les Fra Angelico. C'était ma première visite en Italie et il insista pour que je monte jusqu'au sommet du Duomo et que je fasse le tour de sa double coque pendant qu'il boirait un café, en bas. À un moment convenu d'avance, je devais sortir sur la minuscule terrasse d'observation, tout en haut, et lui faire signe de la main, alors lui me répondrait de la même façon. L'ascension fut pénible, l'escalier était raide et les couloirs très étroits. Plusieurs fois je dus surmonter une vague suffocante de claustrophobie. Il me fallut gravir en courant les derniers étages afin d'atteindre la terrasse à l'heure fixée, et j'y arrivai hors d'haleine. Finalement la claustrophobie s'avéra n'être rien à côté du vertige. Agrippé au mur, les jambes flageolantes, je regardai par-dessus le parapet. Très loin sous moi, parmi les petits points blancs des tables de café disposées sur la place, je vis quelqu'un qui faisait un signe de la main. Je répondis. Il recommença et je répondis une nouvelle fois. Il continua à agiter la main, comme pour tromper l'ennui. Combien de temps cela va-t-il durer ? me demandai-je. Et soudain je compris que je projetais de le quitter, de le laisser seul avec tous ces fantômes et ces démons pour commencer une autre vie, quelque part ailleurs. Tout m'était encore possible, les portes m'étaient ouvertes. En bas, il agitait toujours la main. J'avais à présent l'impression qu'il voulait me dire quelque chose. Ne me demandez pas comment je le savais, car de si haut je ne distinguais évidemment pas son visage. D'une certaine manière, je savais qu'il articulait quelque chose à mon intention, ou le criait peut-être, ce qui, dans un cas comme dans l'autre, était parfaitement vain. Je me dis qu'il y avait un problème et revins précipitamment sur mes pas dans l'escalier étroit, un tournant après l'autre, sans jamais en atteindre la base, sans même jamais m'en approcher, alors que, allez savoir, il pouvait avoir fait une crise cardiaque sur la place. Mais quand j'émergeai enfin au grand jour et courus vers le café, trempé de sueur, je le trouvai absorbé dans la lecture d'un journal. Qu'essayiez-vous de me dire ? demandai-je. De vous dire ? fit-il. Comment cela ? J'étais aveuglé par l'éclat du soleil. Je ne savais même pas si vous étiez là-haut.

Bien que n'étant pas chrétien, je me suis souvent senti attiré dans la chapelle de Three Winds pour regarder à nouveau le petit tableau de saint François tenant la colombe. Il y a ceux qui ont commis d'horribles crimes. Et ceux qui ont approuvé. Ce que je n'ai jamais su, c'est ce qu'ont à approuver ceux qui approuvent. Je restais parfois longtemps là, si longtemps que les rayons de soleil colorés qui tombaient par les vitraux migraient sur un autre mur.

Notre dernier voyage nous emmena aux États-Unis. Comme là-bas c'était l'hiver, je sortis le manteau de fourrure de son père de la remise, la zibeline russe qu'il avait apportée avec lui de Leipzig. Elle sentait la malle en bois de cèdre mais elle était encore superbe. Enveloppé dans cette fourrure qui tombait presque jusqu'au sol, il était étrangement impressionnant et les gens se retournaient sur son passage. Le manteau le faisait parler plus fort, comme s'il l'empêchait de s'entendre lui-même, ce qui attirait encore davantage l'attention. Il refusait de le quitter, même à l'intérieur, et parfois, quand il mangeait dans la majestueuse salle du petit déjeuner de l'hôtel, il arrivait qu'un morceau de nourriture tombât dans la fourrure et s'y logeât ; nourriture que j'essayais ensuite d'enlever à la brosse lorsqu'il avait le dos tourné ou lorsqu'il s'était endormi à l'arrière d'un taxi, au terme d'une longue journée de marche. C'était dans ces moments-là que je voyais combien il vieillissait, et j'étais pris de panique. Comment réussir à garder chaque chose à sa place ? Les chaussures sous le lit. Le verre sur la table. La colombe dans la main. La chaise près de la porte. La truelle prête à l'emploi. Le cuisinier à la cuisine. Le soleil dans le ciel. La feuille sur le sol. La lumière sur le lac. C'était trop, comme l'un de ces rêves où, chaque fois que vous vous retournez, quelque chose s'est déplacé dans votre dos. Mais il finissait toujours par se réveiller et, enfoncé dans l'énorme fourrure, il recommençait à parler (à lui-même ou à moi, je ne savais jamais très bien) et je me remettais à écouter comme d'habitude, acquiesçant de temps à autre d'un signe de tête mais sans jamais en dire beaucoup – presque rien, en fait –, et les choses étaient exactement comme elles l'avaient toujours été entre nous, comme elles le seraient toujours.

Le mari

1

Par un jour gris et glacial de mars – un vrai temps de ghetto hivernal –, sa mère l'appelle pour lui dire que le Mari disparu est arrivé. Elle n'entame pas la conversation de cette façon, bien sûr, mais sur un mode décontracté, comme débutent si souvent les histoires, celles de la vie quotidienne dans lesquelles fait soudain irruption une phrase du genre : *L'autre jour on a sonné à la porte alors que je n'attendais personne.*

Tamar est en train de déjeuner dans le cabinet de la 78e Rue Ouest où elle reçoit ses patients, mais à Tel-Aviv c'est déjà le soir. Sa mère vit toujours là-bas, dans l'appartement où Tamar et son frère ont grandi, rue Tchernichovsky, derrière le parc Gan Meir, dont on aperçoit les arbres à travers les grandes fenêtres aux vitres sales.

Qui est-ce ? cria sa mère dans le récepteur. Mais quand elle pressa le bouton pour écouter, il n'y avait personne.

Tamar pique un morceau d'ananas avec sa fourchette et s'installe pour écouter l'histoire, comme elle a toujours écouté les innombrables histoires de sa mère – souvent longues, généralement drôles ou absurdes, parfois des récits sans queue ni tête dont le seul but est de maintenir le lien entre Tamar et la vie lointaine de sa famille. Les yeux fixés sur un petit bout de ciel qui déverse de la neige fondue sur la ville depuis le début de la matinée, elle revoit la vieille porte de l'appartement familial en stratifié marron, pelé et écaillé en bas, ainsi que l'interphone en plastique couvert de marques de doigts noircis par l'encre du journal, et une douce chaleur l'envahit.

J'ai cru que quelqu'un s'était trompé d'interphone, lui raconte sa mère, ça arrive tout le temps. Quand le bébé de l'étage au-dessus est né, on a pressé mon bouton aussi souvent qu'on aurait pressé la chasse de l'unique WC d'une gare routière bondée. Mais finalement tout le monde est parti, et depuis tout est calme à l'exception des hurlements du bébé. Les parents font de leur mieux, dit sa mère, mais quelquefois il leur arrive de se disputer. Ils étaient pourtant si heureux, si amoureux, avant, mais depuis la naissance du bébé ils ne sont plus d'accord sur rien.

Ça me rappelle quelque chose, dit Tamar car le père de ses enfants et elle-même avaient cessé de s'entendre peu après la naissance de leur aîné, qui leur menait la vie dure, et avaient malgré tout tenu neuf ou dix ans avant de se séparer. Par la suite, Tamar et sa mère avaient vécu seules, son père étant mort l'année précédente d'une crise cardiaque. Ils avaient été quatre dans la famille : sa mère, son père, son jeune frère et elle, et pendant longtemps trois d'entre eux avaient été mariés, seul son frère était resté célibataire. Puis le père était mort, Tamar avait divorcé et Shlomi avait épousé son petit ami, ce qui faisait maintenant de lui la seule personne pourvue d'un mari.

Sa mère actionna l'interphone pour demander qui était là, mais quand elle lâcha le bouton pour écouter, il n'y eut que le bruit d'une voiture qui passait et celui de la ville, la nuit, une nuit humide de bord de mer. Elle retourna remplir la bouilloire et la posa sur la cuisinière, mais une minute plus tard l'interphone retentissait de nouveau. Cette fois elle n'en fit aucun cas, mais l'appel se répéta de façon plus impatiente : plusieurs petits coups rapides suivis d'une longue sonnerie furieuse. Voilà, voilà, cria sa mère. Qui est-ce ? Et elle pressa de nouveau le bouton.

Services spéciaux, dit un homme.

Ah, pensa sa mère, voilà comment ils s'introduisent maintenant pour violer les vieilles femmes.

Non, merci, dit-elle à l'interphone. Je n'ai pas besoin de services spéciaux.

Services *sociaux*, cria l'homme.

Merci, mais non, fit-elle, quelle est la différence, de toute façon ?

Madame Paz ? Ilana Paz ? Ici Ron Azrak, des Services sociaux. Pouvez-vous nous ouvrir, s'il vous plaît ?

Que voulez-vous ? demanda sa mère, mais ayant oublié de presser le bouton pour parler, elle continuait apparemment à écouter, si bien qu'elle entendit l'homme dire à voix basse : Vous préférez peut-être lui parler vous-même ?

Elle enfonça de nouveau le bouton : Qui est avec vous ?

C'est justement ce dont je veux vous parler, dit l'homme.

Il avait une voix affable, explique sa mère à Tamar, pas celle d'un assassin ni d'un violeur.

C'est à quel sujet ? demanda-t-elle.

Madame Paz, il vaudrait vraiment mieux pour tout le monde que nous montions vous parler en personne...

Faites-moi un résumé, le coupa-t-elle.

Services spéciaux répondit que le sujet était délicat et que si elle voulait bien leur ouvrir sa porte, il lui donnerait volontiers sa carte. La mère de Tamar eut envie de lui dire de s'en aller, mais la curiosité l'emporta et elle capitula. Toutefois, avant de lui ouvrir elle éteignit la cuisinière (Tamar sait qu'elle ne quitterait jamais l'appartement avec le gaz allumé fût-ce une minute, car une femme qu'elle connaissait depuis l'enfance était morte carbonisée dans ces conditions), grimpa l'escalier et frappa chez le couple au bébé. Le mari vint ouvrir avec un bavoir taché sur l'épaule. Il a une mine épouvantable, précise la mère de Tamar. Depuis la naissance de l'enfant, son eczéma a repris.

Excusez-moi de vous déranger, dit-elle au jeune homme, mais il y a quelqu'un en bas qui se prétend des Services spéciaux. Au cas où je ferais entrer un gangster ou un voyou, ça ne vous ennuierait pas de garder votre porte ouverte et de tendre l'oreille ? Si notre gangster de bailleur, lui, acceptait d'installer une caméra de surveillance, rien de tout ça ne serait nécessaire, mais ce n'est pas demain la veille. Excusez-moi encore de vous déranger, surtout avec le bébé, il est si mignon, c'est merveilleux de voir votre famille s'épanouir, bon, alors, merci, si ça ne vous ennuie pas je vais le faire entrer, non, non, pas besoin de descendre avec moi, restez simplement où vous êtes mais avec la porte ouverte juste comme ça, pour pouvoir m'entendre si je hurle.

De retour chez elle, elle parla à nouveau dans l'interphone.

D'accord, je vous ouvre. Passez la première porte et attendez dans le hall jusqu'à ce qu'elle se ferme complètement derrière vous, puis j'appuierai une seconde fois pour ouvrir la porte intérieure.

C'est comme entrer dans la salle des coffres de la banque Leumi, dit l'homme.

Sauf qu'il n'y a pas d'argent ici, répondit sa mère pour tuer l'idée dans l'œuf.

Elle attendit, l'œil collé au judas, jusqu'à ce qu'apparaissent deux vagues silhouettes : un homme de grande taille muni d'un porte-documents, et un petit vieux coiffé d'un chapeau. Le grand sortit un mouchoir.

Tamar les imagine : le petit avec son chapeau de feutre marron, et le grand, le front luisant de sueur, un front haut et dégarni – l'année prochaine il sera chauve – mais avec une jolie barbe noire frisée et de fines lunettes. Elle voit sa mère entrouvrant la porte sans défaire la chaîne qu'elle-même lui a installée il y a quatre ou cinq ans, juste avant de repartir pour New York et de faire poser à son tour une alarme dans sa maison puisqu'elle aussi, depuis peu, vit seule.

Services sociaux glissa sa carte de visite professionnelle par l'entrebâillement de la porte.

Merci. Excusez le dérangement. Ron Azrak. Pouvons-nous entrer ?

Azrak, quel genre de nom est-ce ?

Il sourit. Il avait un visage agréable, lui dit sa mère, et un regard très chaleureux.

Turc. Mon grand-père est né à Istanbul.

Ah, oui ? J'ai toujours eu envie d'aller en Turquie.

Vous en avez encore le temps, répondit Services sociaux avec une étincelle dans les yeux, sachant exactement quels mots choisir pour rasséréner une vieille femme. Quelque part, dit-elle, une maman est fière d'avoir élevé un fils comme lui, si poli et prévenant, alors quelle importance s'il n'a aucune mention de doctorat après son nom. Par bonté d'âme et par sens du devoir envers ses concitoyens, il a choisi de travailler aux Services spéciaux, travail ingrat entre tous.

Services sociaux, plutôt, corrige Tamar tout en lançant le reste de son déjeuner dans la poubelle et en jetant un regard à la pendule – encore vingt minutes avant son prochain patient.

Oui, c'est ça, dit sa mère.

Le Bosphore ! avait-elle sans doute dit à Services sociaux, faisant étalage de connaissances acquises au cours d'innombrables émissions de télévision de fin de soirée. S'il existe un plus joli nom de fleuve au monde, je ne le connais pas. Quand on pense qu'il divise deux continents ! avait-elle dû ajouter, car sa mère, elle aussi, savait ouvrir le robinet du charme quand elle le voulait.

J'aimerais vous expliquer pourquoi je suis ici, Ilana, reprit Services sociaux. Je pense que vous devriez vous asseoir, vous allez peut-être recevoir un choc.

Il la conduisit jusqu'au canapé. Elle ne l'avait pas vraiment invité à entrer, dit sa mère à Tamar. Donnez-leur un doigt, ils vous prennent le bras.

Je ne m'attendais pas à ce que vous le reconnaissiez tout de suite, ça fait si longtemps. Services sociaux jeta un coup d'œil vers la porte et sa mère aperçut de nouveau le petit vieux au chapeau et au costume sombre, debout, silencieux, dans l'entrée. Nous l'avons retrouvé il y a seulement quelques jours, dit Services sociaux, il n'est pas encore tout à fait dans son assiette. Vous le reconnaissez ?

J'ai cru qu'il était votre acolyte, répondit sa mère en se tortillant avec gêne sur le canapé et en essayant de se rappeler si elle devait de l'argent à quelqu'un. Services sociaux se mit à rire, découvrant ses grandes dents turques.

Bon, fit-il, soudain sérieux. Puisque vous m'avez posé des questions sur ma famille, me permettez-vous de vous raconter une petite histoire ?

Regardant la pendule, sa mère fut consternée de voir qu'il n'était pas encore vingt heures trente. Cela faisait des années qu'elle ne s'était pas endormie avant minuit. Mais j'ai pensé, la télévision peut attendre, dit-elle à Tamar. Qui suis-je pour jeter dehors une si courtoise Shéhérazade ?

Allons, d'accord, fit-elle, essayant d'oublier le petit vieux que quelqu'un avait répandu devant sa porte comme une flaque d'eau.

Services sociaux sortit son mouchoir de sa poche et recommença à s'éponger le front.

Voulez-vous que j'ouvre la fenêtre pour avoir un peu d'air ? demanda la mère de Tamar.

Pourquoi pas ?

Parce que quelqu'un armé d'un couteau pourrait bien pénétrer par là.

Quoi ?

Un peu d'air me ferait beaucoup de bien à moi aussi, mais je vis seule, monsieur Azrak, ma fille vit à New York et mon fils est une longue histoire.

Appelez-moi Ron.

Je vis seule, Ron, et je ne suis plus très jeune, comme vous pouvez le voir, alors je dois me méfier.

Tamar imagine la brise tiède entrant dans la pièce et apportant le bruit d'un vélomoteur et d'un couple qui passe sous les fenêtres en se disputant tandis que Services sociaux fait signe au petit vieux toujours debout à la porte, lequel, sans ôter son chapeau, entre à pas lents, s'arrête à quelques centimètres de sa mère et, avec une expression calme, impénétrable, examine ses cheveux teints cuivrés, son visage large aux joues parsemées de taches de rousseur, encore étonnamment lisses, ses yeux bruns au regard vif et son T-shirt qui dit « Ayez confiance, je suis médecin ». Tamar imagine sa mère regrettant aussitôt de ne pas porter quelque chose qui aurait peut-être fait meilleure impression, parce qu'il y a bien longtemps que quelqu'un ne l'a pas regardée avec une telle attention, puis désignant un fauteuil du doigt en tentant de faire abstraction des picotements qu'elle sent dans sa nuque. Le vieux ôte son chapeau, le tient contre sa poitrine et va s'asseoir près de la fenêtre ouverte, le dos bien droit comme s'il attendait le décollage de l'avion pour s'adosser à son siège. Sa mère remet la bouilloire sur le feu, et lorsqu'elle revient, Services sociaux est en train, lui aussi, de la regarder avec curiosité à travers ses lunettes cerclées d'argent. Depuis quand est-elle devenue aussi intéressante aux yeux de tous ?

Puis, continue sa mère, Services sociaux se lance dans une histoire sur ses grands-parents. Pas les Turcs, ceux de l'autre côté, les parents de sa mère, originaires de Salonique.

Une famille internationale, dit Tamar.

Mais tous du même coin. Lorsque son père avait rencontré sa mère, dit-il, il avait été ravi d'apprendre qu'elle savait préparer tous ses plats préférés.

Tamar s'attend à ce que sa mère, libérée des corvées de cuisine depuis la mort de son mari, lâche à ce propos une remarque caustique, mais non. Elle rapporte plutôt l'histoire que lui a racontée Services sociaux sur la façon dont ses grands-parents se rencontrèrent, adolescents, à Salonique, même s'il fallut du temps à son grand-père pour se faire aimer de sa grand-mère. Ils se marièrent enfin en 1939 et emménagèrent dans un petit appartement à l'extérieur des vieux murs de la cité, et son grand-père commença à travailler à la mercerie qui était dans la famille de sa grand-mère depuis deux cents ans. En l'entendant parler, la mère de Tamar humait presque l'odeur de la mer Égée clapotant dans le vieux port et celle du carburant des navires, elle entendait les tourterelles roucouler dans la rue tranquille où habitait le jeune couple. Derrière elle, la flaque brune écoutait aussi. Il n'y avait aucun bruit dans la pièce, même la rue Tchernichovsky était silencieuse tandis que les bombes de Mussolini tombaient sur Salonique. Mais elle n'arrivait pas à se détendre avec ces yeux posés sur sa nuque.

Mes grands-parents ont été séparés pendant la guerre, dit Services sociaux. Chacun est parvenu à gagner Israël, chacun s'est entendu dire que l'autre était mort et aucun des deux n'a supporté l'idée de rentrer à Salonique où cinquante mille personnes avaient été déportées, dont pratiquement aucune n'avait survécu. Or, voilà qu'un jour, deux semaines avant le remariage prévu de ma grand-mère avec un homme plus âgé, lui aussi veuf de guerre, mon grand-père aperçoit celle-ci à travers la vitre d'un bus qui passait devant lui dans Allenby Street.

Il y eut un instant de silence dans la pièce. Ça alors, fit enfin la mère de Tamar, quelle histoire extraordinaire ! Mais maintenant j'aimerais vraiment savoir pourquoi vous êtes ici. Les Services sociaux ont sûrement mieux à faire que d'envoyer des conteurs rendre visite à des vieilles dames.

Oui, bien sûr, dit-il avec un petit rire. Je vous ai seulement raconté cette histoire parce que ça arrive plus souvent que l'on ne pense. Les disparus réapparaissent, les couples, les frères et sœurs sont réunis et, bon, comme vous le verrez... mais vous n'avez pas encore deviné ? Bien sûr, votre réaction est naturelle et nous pouvons procéder aussi lentement que vous le désirerez.

Procéder à quoi ? demanda sa mère qui commençait réellement à s'énerver, dit-elle à Tamar. Je n'ai aucune idée de ce dont vous parlez. Voulez-vous, s'il vous plaît, m'expliquer exactement pourquoi vous êtes ici ?

Alors Ron Azrak se leva, lissa le pli de son pantalon kaki, s'éclaircit la voix, s'approcha d'elle, et avec un sourire doux, posa sa main sur son bras.

Vous voyez, dit-il en désignant le vieillard rabougri assis près de la fenêtre, nous avons fini par le retrouver.

Qui ? demanda sa mère, en dégageant son bras et en se tapotant le crâne à la recherche de ses lunettes de lecture.

Vous avez dû perdre espoir.

Espoir ? De quoi ? demanda-t-elle sans tenter de cacher son irritation grandissante.

Votre mari, chuchota-t-il, clignant légèrement les yeux comme pour se protéger d'un possible accès de violence.

Mon mari ? hurla-t-elle presque. Quoi, mon mari ? Question à laquelle Services sociaux, probablement habitué à la frustration suscitée par les méthodes de son agence, répondit :

Le voici.

Un grand rire jaillit de la bouche de Tamar quand sa mère prononce cette phrase. Sa mère avait ri, elle aussi, lui dit-elle. Si fort qu'on eût pu croire à un cri, car soudain le mari – pas celui assis près de la fenêtre ni celui qui était mort depuis cinq ans, mais celui de l'étage du dessus – entra en trombe, tenant dans ses bras le bébé au visage rouge et grimaçant.

Qu'est-ce qui se passe ici ? tonna-t-il, regardant tour à

tour le Turc aux cheveux bouclés, le vieillard et la mère de Tamar. Celle-ci tenta d'expliquer la situation, mais chaque fois qu'elle ouvrait la bouche pour parler, elle s'écroulait à nouveau de rire. Le bébé fendit l'air du poing et poussa un cri perçant. Le mari de l'étage du dessus secoua légèrement la petite et, comme cela ne marchait pas, il commença à sauter d'un pied sur l'autre, attendant toujours de savoir si l'on avait besoin de lui.

Ça va, parvint enfin à dire sa mère en se tamponnant les yeux avec un kleenex froissé sorti de sa poche. Il y a eu un malentendu, c'est tout. Cet homme m'a confondue avec quelqu'un d'autre.

En entendant cela, Services sociaux ne broncha pas, se contentant d'esquisser son affable sourire officiel.

Je vous assure que nous ne vous avons confondue avec personne.

Mais que si, monsieur Azrak, rétorqua sa mère.

Ron, insista-t-il.

Je suis désolée que vous ayez perdu votre temps avec moi, dit sa mère, mais mon mari n'a pas du tout disparu. Je sais exactement où il est : il est enterré au cimetière Yarkon, à côté de sa mère.

Le mari de l'étage du dessus regarda avec de grands yeux la mère de Tamar puis Services sociaux, qui s'essuya les mains sur son pantalon, fit sauter les serrures de cuivre de son porte-documents et en sortit un épais dossier. Pendant toute la scène, le vieillard était resté assis sans rien dire, frottant son pouce contre son index, comme pour mimer le geste universel synonyme d'argent. Dans le peu de temps qu'il avait été là, observa la mère de Tamar, il semblait s'être imperceptiblement ratatiné.

À ce moment-là, dans la cuisine, la bouilloire émit un sifflement strident. Services sociaux se tourna avec espoir vers le mari de l'étage du dessus qui leva les sourcils comme pour dire : Moi ? et chercha désespérément un endroit où poser le malheureux bébé. Alors le vieillard assis près de la fenêtre ouvrit grand les bras comme pour accueillir l'enfant, si bien que le mari, totalement surpris par ce geste et, à vrai dire, par toute la scène, le lui tendit et se précipita pour s'occuper de la bouilloire hurlante. Dès que le vieillard se mit à faire sauter la petite sur ses genoux, celle-ci se calma et ses yeux s'agrandirent, émerveillés. Les lèvres de l'homme s'ouvrirent et, un instant plus tard, quand la bouilloire se tut elle aussi, le seul bruit dans l'appartement fut le premier son qui sortait de la bouche du Mari – un chant doux, sans paroles : *Lyla ly, lyla ly la la la ly*.

Et là, sa mère s'arrête dans son histoire parce que l'interphone, celui de Tamar, cette fois, retentit et elle demande à sa mère de ne pas quitter pendant qu'elle soulève le récepteur pour demander qui est là et presse le bouton permettant à son patient d'entrer dans le hall. Alors qu'elle jongle avec les écouteurs de son mobile et le vieux récepteur relié à l'interphone du cabinet, elle est presque sûre d'entendre sa mère annoncer discrètement : Le poulet sera prêt dans vingt minutes.

Quoi ? demande Tamar.

Rien, répond sa mère.
Elle dit à sa mère qu'elle la rappellera.

2

Mais elle parle à sa mère seulement le lendemain parce que celle-ci ne répond pas quand Tamar essaie de l'appeler depuis le train en rentrant à Riverdale. C'est surprenant, car sa mère décroche toujours. Il est déjà minuit à Tel-Aviv, mais elle ne se couche jamais plus tôt, ce qui fait que le décalage horaire ne les empêche pas du tout de garder le contact. Depuis dix-neuf ans que Tamar vit à New York, elle s'est habituée à ces conversations de fin d'après-midi/fin de soirée trois, voire quatre fois par semaine, pendant lesquelles elle retenait généralement au moins quatre-vingt-cinq pour cent de l'attention maternelle, le reste demeurant disponible pour les merveilles et les drames diffusés à la télé. Il arrivait à sa mère d'interrompre la conversation pour partager avec Tamar un détail incroyable sur les tigres du Bengale ou sur l'Alhambra, pour l'informer de la lutte quotidienne des enfants des bidonvilles de Beyrouth ou lui apprendre l'existence d'une île grecque où les gens vivent plus longtemps que partout ailleurs dans le monde. Si ces conversations faisaient du bien à Tamar, c'était parce qu'elles la ramenaient à son enfance, aux heures bénies passées en présence de sa mère pendant que son frère sommeillait, se délectant de son attention, à peine entamée, semblait-il, par la pile de devoirs de cours élémentaire que celle-ci corrigeait au crayon rouge sur ses genoux.

Comme sa mère ne décroche pas, Tamar appelle Shlomi. Elle n'est pas inquiète, pas vraiment, mais comme l'inquiétude a toujours été l'expression de l'amour dans la famille, il est rare que quelqu'un laisse passer une occasion de la manifester. D'eux quatre, quand ils étaient encore quatre, seul Shlomi n'était pas totalement prisonnier de cette habitude, sans doute parce que leurs parents avaient passé tant d'années à s'inquiéter à son sujet qu'il y était devenu allergique.

Shlomi est un noctambule comme leur mère, mais depuis sa rencontre avec Dan, on le trouve chez lui à minuit. Ces vingt et quelques dernières années, il a toujours été dehors de vingt et une heures à deux ou trois heures du matin, encore qu'il fût impossible de savoir à quoi correspondaient ces heures pour lui, car son métier de DJ l'emmenait aux quatre coins du monde. Maintenant qu'il s'est assagi et marié, il voyage beaucoup moins et, bientôt, une fois que la mère porteuse de leur bébé aura accouché au Népal, il ne se déplacera plus du tout. Seulement, les rythmes circadiens de Shlomi, fixés depuis l'adolescence ou peut-être même bien avant, lui viennent du lait maternel et sont immuables, ce qui fait qu'il ne décroche qu'après deux sonneries et appelle sa sœur par le diminutif qui date de leur petite enfance. Quoi de neuf, Tash ?

Elle se lance illico dans l'histoire de leur mère, mais il l'interrompt en disant qu'il est au courant et que ce type, le Mari, a l'air tout à fait bien, très distingué, sans parler du fait qu'il est merveilleux avec les enfants.

C'est alors qu'elle est pour la première fois frappée de stupéfaction, une stupéfaction mêlée d'irritation. Qu'est-ce que tu veux dire, tu es au courant ? demande-t-elle. Il est resté ? Le Mari ? C'est comme ça que tu appelles un inconnu que les Services sociaux ont ramassé Dieu sait où, au fond d'une poubelle si ça se trouve ?

À Netanya, en réalité, dit Shlomi, mais elle ne l'écoute pas et poursuit.

Le *Mari* ? Et maman ! Elle m'a tenue au téléphone une demi-heure sans même parler du fait qu'elle a laissé entrer dans sa vie un homme qu'un individu qu'elle ne connaît ni d'Ève ni d'Adam a fait monter chez elle en lui disant qu'il lui appartenait ? La façon dont elle m'a raconté la scène m'a donné l'impression qu'elle trouvait toute cette histoire complètement folle.

À quoi son frère répond : Peut-être qu'elle était gênée de te dire la vérité.

Tamar reçoit cela comme une gifle. La phrase est dénuée de méchanceté, ce n'est pas le genre de Shlomi, mais parce qu'il ignore tout de l'inquiétude, il a le génie du franc-parler.

Pourquoi serait-elle gênée ? demande-t-elle, toujours piquée au vif.

Elle croit entendre son frère hausser les épaules à l'autre bout du fil.

Parce qu'elle savait que tu réagirais comme ça.

Comment ?

Que tu prendrais la mouche. Que tu serais soupçonneuse. Un peu sur la défensive même.

Sur la défensive ! Pourquoi est-ce que je serais sur la défensive ? Ma réaction en apprenant qu'on lui a présenté un inconnu comme son mari disparu, alors qu'on sait tous qu'elle n'a jamais eu d'autre mari que papa, me semble la seule réaction raisonnable ici. Qu'est-ce qui lui a pris de le recueillir comme ça, ce parfait inconnu ?

C'est peut-être justement pour ça.

Pour quoi ?

Parce qu'il a l'air parfait.

Mais on ne sait rien de lui, Shlomi ! Ça pourrait être un psychopathe. Ou, au minimum, un arnaqueur.

Elle en sait peut-être suffisamment.

Est-ce qu'il parle l'hébreu, au moins ?

Tamar avait l'impression qu'on l'avait trouvé très loin de tout, peut-être même en mer. Une image lui vient du vieillard au chapeau marron accroché à un morceau de planche ballotté par les vagues. L'espace d'un instant, elle a presque pitié de lui. Mais juste un instant parce que, franchement, il se prend pour qui ? Il est là, approuvant l'idée folle des Services sociaux ou l'inventant peut-être lui-même de toutes pièces, assis dans son joli costume sur le fauteuil de sa mère, image même de l'innocence, ouvrant des bras accueillants aux bébés.

Il le parle en poète, répond Shlomi. Comme s'il sortait tout droit d'un poème d'Alterman, comme ceux que maman nous lisait quand on était petits.

Le voilà maintenant qui sort des poèmes d'Alterman !

Et c'est aussi une espèce de génie des maths, ajoute Shlomi.

Il a travaillé avec Erdős en personne. Le type a un nombre d'Erdős égal à un.

Mais qui est Erdős, bon sang ? demande Tamar.

Seulement, Shlomi est obligé de raccrocher parce que, incroyable mais vrai, Dan a enfin réussi à joindre le Népal.

3

Cette nuit-là, Tamar dort mal. C'est vendredi, sa fille Iris est de sortie avec des copains et, ces nuits-là, Remy, qui n'a que dix ans, aime dormir dans le lit de sa mère. Elle ne s'endort jamais avant le retour d'Iris à la maison, et même si elle apprécie la douce présence de Remy, il respire par la bouche et ses jambes maigres et chaudes n'arrêtent pas de bouger sous les draps. Pourtant, même une fois Iris – qui ne sent ni l'alcool, ni la cigarette, ni l'herbe – allongée dans son lit sous son plafond aux étoiles autocollantes phosphorescentes, et Remy enfin calme, plongé dans l'abîme du sommeil, Tamar reste éveillée et pense au Mari. Ce qui la tourmente finalement, c'est la crainte que sa mère ne se fasse exploiter. Aussi énergique et assurée qu'elle soit, elle n'en est pas moins une vieille femme de soixante-treize ans vivant seule, qui a besoin de son fils chaque fois qu'elle a un problème d'entretien dans son appartement, et de sa fille pour mettre de l'ordre dans ses relevés de comptes bancaires. Elle est en bonne santé, Dieu merci, mais même si son esprit est toujours vif, elle a de plus en plus tendance à oublier.

Elle continue d'enseigner l'hébreu deux fois par semaine à des immigrants soudanais mais, par deux fois le mois dernier, elle a égaré son téléphone et a dû demander à Shlomi de revenir avec elle sur sa journée pour, heureusement, arriver à le localiser les deux fois, la première au comptoir de la pharmacie Super-Pharm et la seconde à la piscine Gordon où elle va nager deux fois par semaine et où les maîtres-nageurs la connaissent. Après cela, Tamar a commencé à remarquer d'autres trous de mémoire. Elle a appelé son amie Katie, une neuroscientifique, laquelle lui a dit de ne pas s'inquiéter, qu'il n'y avait aucune raison de croire à un début d'Alzheimer – c'était simplement que le messager du cortex préfrontal envoyé à l'hippocampe devenait un peu plus lent, qu'il se fatiguait. Ce n'était pas sa mémoire qui s'érodait, elle était encore bel et bien là, mais avec le vieillissement du cerveau, le messager envoyé pour récupérer un souvenir devient faible et paresseux, et se perd parfois en chemin.

En d'autres termes, sa mère vieillit. Cela, Tamar s'en est déjà parfaitement rendu compte. Le jour où son père, brusquement terrassé au supermarché par une terrible douleur dans la poitrine, est mort en moins d'une heure à l'hôpital avant même l'arrivée de Tamar ou de Shlomi, elle a d'un seul coup perçu la fragilité de ses parents, elle a compris qu'ils avaient atteint le point où la mort se tiendrait désormais en embuscade. Sa mère n'est pas idiote, elle n'est pas fragile non plus, mais elle vieillit et chacun sait combien il est aisé d'agresser les vieilles personnes. N'incombe-t-il pas à Shlomi et à elle de s'assurer que leur mère n'est pas en train de se faire exploiter ? Un, à vrai dire deux inconnus débarquent à sa porte sans prévenir et prétendent avoir retrouvé un Mari que leur mère n'a jamais perdu ! Ils prétendent que quelqu'un qui ne lui a jamais appartenu lui appartient – au niveau le plus intime – avec toutes les responsabilités non seulement affectives mais financières, que cela implique. Israël est-il devenu si détraqué, si corrompu, se demande Tamar, si furieusement chutzpaïque[1] que, n'ayant jamais mis de côté les ressources nécessaires pour aider ceux dans l'intérêt desquels il a été fondé afin de leur offrir un asile – les disparus et les dépossédés –, et que, ayant, au lieu de cela, englouti l'ensemble de ses recettes dans la défense et dans le goût du Premier ministre pour les cigares, le champagne rosé et les bijoux, un cinglé du gouvernement, le Clown en chef chargé de la santé publique, a concocté un plan extravagant consistant à livrer chez des gens innocents ces pauvres vieux laissés à l'abandon en affirmant qu'ils leur appartenaient et étaient donc sous leur responsabilité ?

Ne verra-t-on donc jamais la fin, se dit-elle, roulant lourdement pour la énième fois du dos sur le ventre tandis que Remy respire bruyamment à côté d'elle, n'en finira-t-on donc *jamais* d'user et d'abuser de l'Holocauste ? Ils sont là, à improviser sur une corde émotionnelle profonde de l'histoire du pays, à jouer sur les émouvants récits avec lesquels a grandi la génération de sa mère, trop rarement réels mais maintes fois entendus, de pères et d'époux, d'épouses

1. De *chutzpah*, mot yiddish signifiant « manque de respect, insolence ».

et de sœurs disparus pendant la guerre et présumés morts, mais miraculeusement repêchés par la Croix-Rouge et réunis avec leurs êtres chers. Seuls rescapés parmi les disparus et les morts de quelque épouvantable camp de personnes déplacées, entassés sur un bateau à destination de Haïfa et, dans une poignante cérémonie célébrant l'impossible devenu possible, l'irréel devenu réel – ce qui, après tout, serait inéluctablement la marque, la spécialité, de ce pays sur-le-point-de-naître –, livrés dans les bras de ceux qui les ont perdus et qui ne se les réapproprièrent sans doute jamais. Et voilà que les Services sociaux, ou spéciaux, quel que soit le nom qu'ils se donnent, se vantent aujourd'hui, soixante-dix ans après, de rendre, sous forme de petits vieillards au chapeau disgracieux, tout l'amour perdu ? Et, comble de l'hypocrisie, au moment même où ils envoient leurs agents avec la mission d'imposer à d'autres gens ces vieux Juifs que personne n'est jamais venu réclamer, ils envoient la police ramasser les Soudanais dans le quartier de Florentine en vue de les déporter, et arracher à leurs familles des petits Philippins nés en Israël, dont la langue maternelle est l'hébreu et qui ont grandi en chantant « Hatikva[1] », pour les jeter en prison avant de les expulser définitivement du pays où ils ont grandi. À quels imbéciles pensent-ils avoir affaire ?

Elle saute du lit et enfile sa robe de chambre, celle en chenille ouatinée que les enfants lui ont offerte quelques années plus tôt pour son anniversaire – aussi confortable que

1. « L'espérance » : titre de l'hymne national d'Israël.

peu seyante –, débranche d'un coup sec son téléphone et entre d'un pas décidé dans la cuisine. Si Shlomi n'a aucune intention d'agir, s'il se contente de rester les bras croisés pendant que leur mère se fait arnaquer par ce personnage dont l'agence soutient l'impudence, c'est elle qui prendra les choses en main.

Elle appelle sa mère. Il est déjà huit heures et demie en Israël et soit elle s'apprête à partir à la piscine, soit elle se prépare pour son cours. Pourtant, quand celle-ci répond au bout de quatre ou cinq sonneries, elle entend une clameur, des enfants qui braillent et, l'instant d'après, une voix tonitruante qui met quelqu'un en garde contre le courant de retour de l'autre côté des cordes de sécurité.

Attends, crie sa mère, je ne t'entends pas !

Où es-tu ? demande Tamar, parce qu'elle discerne des bruits de plage, or sa mère déteste la plage ; elle se plaint toujours que la mer est sale et estime que les cafés bondés du bord de mer sont des repaires de voleurs. À l'une des rares occasions, se rappelle Tamar, où sa mère a accepté de les emmener à la plage, Shlomi et elle, quand ils étaient petits, Shlomi s'est fait piquer par une méduse, ce qui n'a fait que renforcer la mauvaise opinion qu'elle avait de l'endroit en question. Elle préfère contempler la mer tranquillement depuis la promenade qu'elle longe pendant ses allers-retours à la piscine deux ou trois fois par semaine, et elle est l'une des rares personnes habitant la ville qui lui ont plus ou moins tourné le dos.

Je ne t'entends pas, répète sa mère, je suis à la plage.

Qu'est-ce que tu fais là-bas ?

On prend le café.

Tu veux dire, lui et toi ?

Lui, qui ?

Le Mari.

Sa mère ne répond rien.

J'ai parlé à Shlomi, maman. Je riais au téléphone quand tu me racontais ton histoire, mais tu as bien pris ton temps pour arriver à la chute de la blague.

Quelle blague ?

Qu'il est resté ! Que tu as reçu un petit vieux dont quelqu'un a dit qu'il était ton mari dans ton appartement, dans… Là, Tamar s'interrompt car, pour la première fois, l'idée lui vient que sa mère a peut-être fait plus que l'inviter à s'asseoir sur le fauteuil près de la fenêtre, qu'elle l'a peut-être accueilli dans son lit.

Celle-ci se met à rire.

Qu'est-ce qu'il y a de si drôle ? demande Tamar.

Il n'est pas si petit que ça, répond sa mère ; puis Tamar l'entend dire au Mari : C'est seulement Tamar, ma fille Tamar.

Il faut qu'on parle, maman. Je ne comprends pas pourquoi tu marches dans cette histoire, je suis inquiète.

À propos de quoi ? Je prends un café sur la plage, c'est tout. Écoute, je te rappelle plus tard. Et toi, que fais-tu debout au milieu de la nuit ? Iris est encore rentrée tard ? Tu paies finalement pour tous les soirs où tu as traîné dehors quand tu avais son âge. Mais c'est bien pour elle, laisse-la s'amuser. Regarde comme tu es devenue sérieuse, finalement.

Et sur cette note différente, plus légère, sa mère raccroche. La rumeur des vagues se tait et Tamar retrouve le silence de sa cuisine, dans la rue de banlieue où elle a vécu ces douze dernières années, depuis qu'Iris a trois ans.

Pas si petit que ça ! répète-t-elle. Mais tout ce qui lui répond, c'est le bourdonnement du Sub-Zero[1], un bruit qu'on n'entend que lorsqu'on est seul.

Les jours suivants, Tamar apprend de Shlomi que le Mari n'a pas encore emménagé chez leur mère mais qu'il passe beaucoup de temps avec elle. Il est originaire de Hongrie, son hébreu n'est finalement pas aussi riche que celui d'Alterman – il ne connaît qu'un ou deux de ses poèmes par cœur, qu'il récite quand son hébreu le trahit. Cependant, leur mère est habituée à l'hébreu hésitant des immigrants et c'est une excellente enseignante ; le Mari met déjà ses corrections à profit. Pourquoi il a disparu aussi longtemps, pourquoi il a été retrouvé si tardivement, tout cela reste flou. Ni Shlomi ni sa mère ne sont capables de lui fournir une véritable explication. On l'avait fait sortir de Hongrie il y a quelques années – deux, trois, cinq peut-être – ou bien il en était sorti lui-même, et il vivait depuis à Netanya où il passait son temps à jouer aux cartes au club hongrois, jusqu'au jour où quelqu'un l'avait identifié, ou qu'il s'était présenté comme le Mari disparu.

Ni Shlomi ni la mère de Tamar ne semblent se soucier

1. Grande marque de réfrigérateurs réputés pour leur silence.

que la chronologie ne colle pas : il n'était qu'un enfant pendant la guerre, il ne pouvait donc pas être marié, sans parler du fait que leur mère n'a aucun lien avec la Hongrie, qu'elle n'y a même jamais mis les pieds. Pendant que le Mari était coincé derrière le rideau de fer, la mère de Tamar devenait une femme à Jérusalem, étudiait à l'Université hébraïque, rencontrait son père, se mariait, déménageait à Tel-Aviv, tombait enceinte d'elle et, quatre ans plus tard, de Shlomi. Pourquoi, se demande Tamar, lorsque le rideau s'est finalement ouvert et a laissé filtrer une brève lueur de démocratie, le Mari n'a-t-il pas fait en sorte qu'on puisse le retrouver ? Pourquoi n'est-ce que récemment – quand le gouvernement hongrois a viré à l'extrême droite, affirmant de plus en plus franchement sa xénophobie et son apologie étatique des collaborateurs nazis, que la brève lueur de démocratie s'éteignait au profit de l'autocratie, que le Mari, sans famille, dont les voisins, dans la petite ville où il vivait devenaient eux aussi plus arrogants dans leur antisémitisme – qu'il a commencé à entrevoir la possibilité de lever la main, de hisser le drapeau blanc des disparus désireux d'être retrouvés ? N'y a-t-il pas une prescription sur le droit de déclarer que quelqu'un a disparu ? Et que diable sa mère a-t-elle à voir là-dedans ?

Pendant un court moment, Tamar conçoit même l'idée que sa mère détient un secret qu'elle a gardé caché au reste de la famille. Elle a toujours été là pour eux, a toujours accordé à Tamar, à Shlomi et à leur père assez d'elle-même pour qu'ils se sentent les seuls dépositaires de son attention. Quand Iris est née, débordant d'exigences, Tamar s'est demandé comment sa mère réalisait l'exploit de leur donner le sentiment d'être vus et entendus, observés et aimés, tout en sauvegardant quelque chose, une petite partie d'elle-même, pour un ailleurs. Tamar, elle, ne sait pas faire. Elle donne ou trop ou pas assez, elle se sent soit dépassée soit égoïste. Elle a attendu d'avoir terminé sa recherche universitaire et constitué sa clientèle avant de donner naissance à Iris. David, lui, voulait des enfants dès le départ, mais elle a insisté pour prendre son temps. Lorsqu'elle a finalement accepté d'être enceinte et qu'Iris est arrivée, celle-ci était affligée de coliques et pleurait continuellement. Tamar dépensait jusqu'à la dernière once d'énergie pour la calmer, si bien que dès le premier instant, son seul choix en tant que mère, lui a-t-il semblé, a été de se dévouer sans réserve, de courir autour de l'îlot de cuisine pour que la petite rebondisse joyeusement dans son porte-bébé, de chantonner et d'apaiser, de balancer, brinquebaler, secouer et laisser Iris lui aspirer tout le sang de son petit doigt, de sa vie, ç'a été de renoncer à voir ses amis parce que, si Iris n'avait pas toute l'attention de sa mère, elle était inconsolable. Mais même après une année quasi complète de coliques, l'enfant est restée sensible à une foule de choses. Pour elle, le monde, aussi merveilleux fût-il, était un endroit fondamentalement menaçant et elle avait besoin de Tamar en permanence pour atténuer le danger. Tamar y a-t-elle une part de responsabilité ? Lui a-t-elle, d'une manière ou d'une autre, communiqué cette disposition défaitiste et anxieuse ? C'est plus que probable. Et pourtant elle-même n'a pas été ce genre d'enfant. Sa mère a toujours affirmé qu'elle était facile, encore que, maintenant, Tamar pense que cela en dit sans doute plus long sur sa mère que sur elle-même. Élever Iris a été une entreprise qui, pendant longtemps, l'a épuisée et vidée de ses forces vitales, raison pour laquelle elle a hésité presque cinq ans avant d'avoir Remy. Et même alors, elle pensait le faire uniquement pour qu'Iris ne fût pas seule. Pendant ces temps difficiles, apercevant son image dans le miroir et tentant de comprendre ce qu'elle était devenue, si elle retrouverait un jour ne serait-ce qu'un seul fragment d'elle-même, si ce qui faisait d'elle ce qu'elle était avait disparu à jamais, en échange d'un bébé, elle se surprenait à se demander quel était le secret de sa mère. Ce que sa mère connaissait ou possédait qui lui permettait de donner juste assez d'elle-même sans jamais se donner tout entière. Aujourd'hui, pour la première fois, Tamar se dit que sa mère détenait peut-être quelque chose bien à elle, quelque chose ou quelqu'un dont elle avait eu besoin, qu'elle s'était approprié et qui rendait possible ce don incessant d'elle-même. Et pourtant, même si elle avait eu cette vie secrète, même si elle avait découvert une façon bien à elle de recevoir – par des voies inconnues – une partie de l'amour qu'elle donnait, ça ne pouvait être avec lui, le Mari disparu, pas plus qu'avec un homme de Nairobi ou de Shanghai. Les faits s'y opposaient, un point c'est tout.

Et quand bien même ce serait absurde ? admet finalement Shlomi au téléphone, deux soirs après le pique-nique de leur mère et du Mari sur la plage près de Herzliya. Quelle importance, si ça ne fait de mal à personne ? Il n'y a aucune raison de s'inquiéter, déclare-t-il, s'en tenant à sa position d'unique-exemple-familial. Le Mari est inoffensif, il n'a de visées ni sur l'argent de leur mère ni sur son appartement. C'est un homme charmant et leur mère est contente. Elle vivait seule depuis la mort de leur père. Pourquoi la priver d'une compagnie et d'un peu de distraction en jouant les rigoristes ?

Tamar est sur le point de répondre qu'elle aussi vit seule depuis son divorce ; et il ne la voit tout de même pas amenant chez elle des hommes croisés par hasard ? Si elle pouvait réduire tous les mots que ses patients déversent dans son cabinet à une seule triste vérité, ce serait que, au bout du compte, chacun est seul et que plus tôt on accepte, on célèbre, même, cette vérité, plus tôt on sort de la grande ombre de l'angoisse et de l'anxiété. Une femme seule n'est pas une maladie exigeant l'aéroportage d'urgence d'un homme, a-t-elle envie d'argumenter, au contraire...

Mais au moment où ces mots vont sortir de sa bouche, elle réalise que son frère a peut-être raison. Peut-être est-elle vraiment sur la défensive. Sa mère, qui a toujours été là pour répondre à ses appels, a maintenant d'autres préoccupations et peut-être que ça l'a un peu blessée. Elles se sont retrouvées dans la même situation, non ? Deux femmes indépendantes sans mari, qui s'en tirent très bien, merci. En un sens, cela n'a fait que resserrer le lien qui les unit. Ni l'une ni l'autre n'ont trop souffert de l'absence d'un mari. Leurs situations étaient différentes, bien sûr : ses parents à elle ont vécu ensemble quarante-sept ans avant que la mort les sépare, alors que David et elle ont choisi de mettre un terme à leur mariage au bout de dix seulement. Tamar peut affirmer que l'idée d'un autre mari ne l'intéresse pas, qu'elle est « post-conjungo » comme elle le dit parfois à ses amies, tandis que pour sa mère la question d'un autre mari est – a toujours été – discutable. Mais même si sa mère a choisi de garder son mari, contrairement à elle, Tamar a toujours pensé qu'elles étaient quelque part implicitement d'accord concernant la paix et la tranquillité qu'entraîne le fait de ne pas en avoir, l'absence d'exigences, après avoir longtemps cherché à satisfaire un haut degré d'exigence. Elle est reconnaissante à sa mère de ne pas répéter sans cesse, comme le font les mères d'autres femmes divorcées de sa connaissance, qu'elle devrait se trouver quelqu'un tant qu'elle est encore en beauté. Et si Tamar tombe un jour sur un homme auquel elle souhaite se lier – c'est-à-dire pas le musicien électronique de trente-deux ans avec lequel elle a couché jusqu'au jour où elle en a eu assez de laver son linge ou qu'il est parti au Pérou, ni l'avocat à la personnalité charismatique mais, finalement, au cœur ratatiné –, sa mère sera sans aucun doute heureuse pour elle. Et elle, est-elle heureuse pour sa mère ?

Elle appelle Katie.

Peut-être que je me sens abandonnée, suggère-t-elle au moment où le train de banlieue repart de University Heights en direction de la ville.

Ou juste un peu jalouse, dit Katie.

Jalouse ? D'un petit vieux hongrois ? Il fait de la confiture de mûres. Et ils jouent aux échecs ensemble.

Du fait que ta mère ait retrouvé l'amour, dit Katie.

Tamar, le téléphone collé à l'oreille, regarde défiler les clôtures métalliques et les poteaux télégraphiques, tandis que le train fonce vers Harlem. L'amour. Il ne lui est pas encore venu à l'esprit qu'il s'agit peut-être de cela. Quelle est la probabilité, après tout ? Que quelque part dans les annales des Services spéciaux, cette agence gouvernementale peu connue, un Cupidon israélien s'occupe de réunir des veuves et des veufs avec davantage de succès que Tinder ?

Mais non, fit-elle, impossible. Elle vient de le rencontrer ! Ça sera sans doute fini dans une semaine. Fais-moi confiance, ajoute-t-elle, même si Katie n'en a rien à faire.

Mais le samedi suivant, en entrant dans la cuisine après sa douche, elle découvre Remy – qui appelle toujours sa grand-mère par FaceTime le samedi matin – en train d'apprendre un tour de cartes avec le Mari dont elle entend d'abord la voix, une voix de ténor grave à l'accent raffiné, perspicace et désabusé, macéré dans un bouillon de langues d'Europe centrale, un accent du vieux continent disparu de la circulation après 1945. Elle se rapproche en veillant à rester hors du champ de la caméra. Elle voit son visage sur l'écran et, dans le coin supérieur gauche, le regard de Remy, radieux derrière les cartes qu'il tient en main. Jusqu'à présent, le Mari n'avait pas vraiment de réalité, ce n'était qu'un vieillard en chapeau, totalement absurde dans son genre. Mais le voici, en train de parler à son fils, le séduisant comme il a séduit sa mère et Shlomi. Elle se montre, projetant son ombre sur le visage tout joyeux de Remy.

Je suis Tamar, fait-elle froidement. La fille.

Le Mari ne dit rien mais ses yeux aux paupières lourdes, pleins d'intelligence, l'évaluent. Il ne correspond pas du tout à ce qu'elle imaginait, il paraît en même temps plus sage et un peu plus jeune, plus vivant, aussi. Il a des yeux bleus et une barbe blanche bien taillée, à laquelle elle ne s'attendait pas, qui laisse voir ses lèvres charnues, des lèvres qui ne dépareraient pas un visage d'enfant. Ils se considèrent l'un l'autre, sur le qui-vive, et pourtant, pense Tamar avec satisfaction, seul l'un des deux est un charognard.

Alors, quels sont vos projets ? l'interroge-t-elle, tandis que Remy observe leurs visages sur l'écran.

Mes projets à quel sujet ? demande le Mari, surpris. Derrière lui, elle voit les fenêtres du séjour de sa mère et, sur le mur juste à droite de sa tête, une photo encadrée de Shlomi et elle aux âges d'Iris et de Remy, elle avec les cheveux attachés en palmier avec un chouchou et Shlomi jouant à Karaté Kid.

Votre mission à Netanya, c'est fini ou quoi ? Vous pouvez rester là-bas ou bien vous avez l'intention de vous installer à Tel-Aviv ?

Elle voulait dire « d'emménager chez notre mère » mais quelque chose dans les yeux du Mari, comme un regard de faon, l'en dissuade au dernier moment.

Netanya c'est fini, dit-il simplement sans autre explication.

Remy, incapable de suivre le dialogue, lève les yeux vers sa mère.

On était au milieu d'un tour, implore-t-il.

Tout à fait, dit Tamar en levant un sourcil en direction

du Mari afin qu'il saisisse bien le sens de son propos. Tout à fait. Et, tournant les talons, elle quitte la cuisine d'un pas lourd pour aller faire le café.

4

Mars, qui a commencé comme un lion et fini comme un mouton, a déposé en chemin le Mari disparu et, à la mi-mai, le bébé de Shlomi voit le jour au Népal, puisque la GPA demeure illégale en Israël pour les homosexuels. Deux semaines plus tard, Dan et lui rentrent en avion à Tel-Aviv avec le nourrisson et, la troisième semaine de juin, le lendemain de la fin des cours pour Iris et Remy, Tamar fait les valises comme d'habitude et revoit le planning d'arrosage des plantes avec la personne qui gardera la maison, un étudiant en troisième cycle à Columbia – qui était une femme l'an dernier mais qui aujourd'hui est un homme. Depuis son divorce d'avec David, Tamar passe chaque année le mois de juillet à Tel-Aviv avec les enfants et y reste souvent en août tandis que eux prennent l'avion pour retrouver leur père là où il a décidé de passer ses vacances. L'étudiant de Columbia, Jessica les trois derniers étés, est maintenant Kevin, et comme Tamar n'était pas présente lors de la transformation, elle a l'impression, aussi aberrante et absurde soit-elle, que celle-ci s'est faite simplement, sans histoires, comme tout ce qu'a toujours fait Jessica. Les trois derniers étés, il/elle a tout laissé dans un ordre parfait, plus que parfait, même, et quand Tamar rentrait, fin août, elle retrouvait toujours une maison plus organisée et mieux tenue que celle qu'elle avait quittée, les petites réparations en attente qui s'étaient accumulées pendant l'année, effectuées, toutes les ampoules électriques grillées dûment remplacées, et si cela l'enchanta au début, le plaisir laissa bientôt place au sentiment qu'elle était un peu superflue, qu'elle n'était pas réellement utile à sa vie de New York, tout comme elle n'était pas réellement utile à sa vie de Tel-Aviv, ou ce qu'il en restait. Argument peut-être discutable – elle a ses patients, ses enfants, sa mère, ses amis, bref, beaucoup de gens qui ont besoin d'elle –, mais quel que soit son fondement, c'est le sentiment de quelqu'un dont les racines plongent dans deux lieux différents et qui, par conséquent, ne peut s'implanter profondément nulle part. Dans l'avion qui l'emmène en Israël, Tamar est toujours exaltée à l'idée de rentrer enfin chez elle mais, une fois à terre, elle se rappelle pourquoi elle en est partie.

Pour Iris et Remy, les choses sont moins compliquées. Ils adorent rendre visite à leur grand-mère, ils adorent la plage où Tamar les emmène le soir, ils adorent la nourriture, les heures de coucher tardives, l'accès à un climat de liberté détendu et chaleureux, si différent de celui de New York. Et ils sont fous de joie à l'idée de rencontrer le bébé. Ils ont déjà vu leur cousin nouveau-né sur FaceTime et Remy a tenu à emporter sa petite valise à roulettes avec des livres et des jouets dont il ne se sert plus afin de les transmettre au nourrisson de cinq semaines qui n'a pas encore de prénom parce que Shlomi et Dan en sont encore « à faire connaissance avec lui ». Les enfants trépignent à l'idée de le prendre dans leurs bras, ce qu'ils expliquent pendant qu'on les fouille à la porte réservée au vol United de Newark à destination d'Israël. Iris, du haut de ses quinze ans – ce qui, dans les communautés du monde entier et de tout temps, fait d'elle quelqu'un en âge de procréer –, se promet de « manger le bébé tout cru » et Remy va voir s'il sera le premier à le faire sourire. Dans la poche de la valise de Remy, il y a aussi le paquet de cartes qui ne l'a pas quitté ces dernières semaines, prêt pour une séance d'entraînement ou un tour d'adresse. Mais ni Iris ni Remy, ayant vaguement perçu à travers un regard, un ton de voix ou une phrase laconique l'opinion de leur mère, ne soufflent mot de leur prochaine rencontre avec le Mari. Quelques jours plus tôt, Tamar a entendu Remy dire, dans la chambre d'Iris, que le Mari avait collaboré avec Erdős et que, de ce fait, il avait un nombre d'Erdős égal à un. S'il avait collaboré avec quelqu'un qui avait collaboré avec Erdős, il aurait un nombre d'Erdős égal à deux et s'il avait collaboré avec quelqu'un qui avait collaboré avec quelqu'un qui avait collaboré avec Erdős, ce serait égal à trois. Quelqu'un qui n'avait jamais collaboré avec Erdős aurait un nombre d'Erdős égal à l'infini. Mais le Mari avait un nombre égal à un ! Et il allait l'emmener voir les Maccabiades[1].

Qui est Erdős ? a demandé Iris.

Un génie qui a écrit plus d'articles sur les mathématiques que n'importe qui. Il a résolu certains des problèmes les plus difficiles du monde et a vécu juste avec les affaires qu'il

1. Variante juive des jeux Olympiques.

gardait dans une valise, l'a informée Remy avec une touche d'orgueil dans la voix.

Mais le Mari ne vit plus du simple contenu d'une valise. Il a dépassé Erdős sur ce point, se dit Tamar qui s'est renseignée sur Wikipedia. Il a réfuté la théorie d'Erdős selon laquelle les femmes capturent les hommes et en font des esclaves par le biais du mariage, il s'est offert sous les traits d'un mari disparu et a ainsi trouvé une place pour sa valise dans le meuble de rangement du sous-sol, après en avoir vidé le contenu et l'avoir rangé dans les tiroirs qui appartenaient autrefois à son père.

Toute la semaine précédant leur départ, Tamar a attendu que sa mère évoque les conditions de leur cohabitation dans l'appartement. Ils ont toujours logé chez elle lors de leurs séjours là-bas, Tamar dormant dans son ancienne chambre, Iris et Remy partageant celle de Shlomi, et chacun passant à tour de rôle à la douche qui n'a presque pas de pression. Comment sa mère a-t-elle pu s'imaginer que tout irait bien avec le Mari en plus ? L'appartement, qui n'a jamais pu loger que quatre personnes, serait surpeuplé avec cinq, surtout si l'un d'eux n'était pas de la famille. Peut-être sa mère espérait-elle que Tamar proposerait d'aller séjourner chez Shlomi et Dan, à Jaffa, dans un logement assez vaste pour la famille arabe étendue à l'intention de laquelle il a été construit. Mais Tamar n'a rien suggéré et sa mère n'a rien demandé. Si bien qu'un taxi les emmène à présent rue Tchernichovsky.

Ilana attend dehors et, pendant que les enfants se jettent dans ses bras, Tamar a le temps d'enregistrer les discrets changements survenus chez sa mère : ses cheveux, plus clairs de quelques tons – le cuivre désormais saupoudré d'or –, ses collants en imprimé léopard, d'un goût encore plus risqué que d'habitude, et, sur la hanche, un sac banane en cuir matelassé décoré d'un faux logo Chanel. Fouillant dedans à la recherche de ses clefs, sa mère les informe gaiement qu'elle n'a rien perdu depuis qu'elle s'en sert. Elle le garde sur elle du lever au coucher, et c'en est maintenant fini du problème des affaires égarées : tout ce qui en sort y rentre immédiatement. Quand elle dit cela en tapotant affectueusement la petite sacoche rebondie comme elle le ferait des fesses d'un bébé, Tamar devine, à la joie qu'elle perçoit dans la voix de sa mère, que l'idée vient du Mari, que son ingéniosité et le fait qu'il a consacré sa grande intelligence à son petit problème à elle y sont pour autant dans le plaisir qu'elle éprouve. Grimpant l'escalier derrière la banane dansante ornée du double C doré tandis que Remy monte par le minuscule ascenseur avec les bagages, Tamar s'arme de courage en vue de la rencontre imminente. Mais lorsque sa mère ouvre la porte et que les enfants s'engouffrent à l'intérieur avec les valises, il n'y a personne. Tamar respire l'odeur familière de la maison et de l'enfance, et c'est seulement lorsque les premières notes épicées de la cuisine de sa mère, du vieil immeuble et de la poudre à laver israélienne se sont évaporées qu'elle découvre, sous-jacent, l'arôme musqué d'une eau de Cologne masculine.

Où est-il ? demande-t-elle en reniflant.

Qui ? demande à son tour sa mère, avec une crispation de la paupière très révélatrice, comme si le Mari ratatiné qui a autrefois collaboré avec Erdős avait saisi son chapeau et s'était enfui par la fenêtre au moment où ils passaient la porte. Erdős qui avait choisi comme épitaphe : « J'ai fini de devenir encore plus stupide. »

Grand-mère ! crie Remy en accourant dans la cuisine, le jeu de cartes à la main, juste à temps pour tirer sa mère d'embarras. Tu veux que je te montre un tour ?

Mais le fait que le Mari ait surgi du néant n'autorise pas sa mère à le renvoyer dans le néant chaque fois que ça l'arrange. Dans la salle de bains, Tamar découvre une brosse à dents aux poils aplatis dans le verre à côté de celui de sa mère.

Ce soir-là, tous prennent un taxi pour Jaffa afin de rendre visite au nouveau-né. Il a des cheveux noirs, mais hormis cela il ressemble trait pour trait au père de Shlomi et de Tamar. Des profondeurs de l'écharpe turquoise que Dan noue déjà d'une main experte, le nourrisson regarde paisiblement autour de lui comme s'il avait déjà vu le monde de l'au-delà et revenait observer, avec une compassion infinie, la merde terrestre dans laquelle ils se sont tous mis. Lorsque enfin on le déballe de son écharpe, qu'on se le passe de bras en bras et que Tamar le pose sur ses cuisses, il la gratifie de son regard nébuleux et béat. Chacun répète à l'envi combien il ressemble à Eli – jusqu'à la petite fossette au menton ! Mais un Eli qui n'aboie pas, un Eli sans griffes ! Et Tamar ne peut s'empêcher de penser que ce que veulent vraiment lui dire sa mère et son frère, leur message implicite pas vraiment subtil, c'est que son père observe tout cela de là où il est – le mariage de

Shlomi, son divorce à elle, l'arrivée du Mari qui projette de le remplacer – avec une profonde et généreuse acceptation, avec le genre de tolérance qu'il ne possédait pas dans sa vie terrestre. Ce n'est pas un hasard si Shlomi a attendu la mort de son père pour épouser Dan. Ni si Tamar s'est accrochée aussi longtemps à son mariage, jusqu'au jour où, moins d'un an après la disparition de son père, elle a enfin lâché prise. Les opinions tranchées d'Eli, leur ampleur et l'intensité avec laquelle il les exprimait étaient telles qu'il était plus aisé de les prendre de biais que de s'opposer de front à sa véhémence. Ils l'avaient appris tous les deux très tôt de leur mère qui laissait habituellement leur père fulminer et éclater puis, une fois qu'il était endormi ou au travail, ou qu'il avait le dos tourné, leur donnait ce qu'ils avaient demandé ou trouvait le moyen discret de leur apprendre comment se le procurer eux-mêmes.

Le bébé s'agite brusquement et saisit le doigt de Tamar. C'est vraiment incroyable, se dit-elle, de voir combien cet enfant sans nom, engendré grâce à la combinaison du sperme de Shlomi, de l'ovule de la sœur de Dan, de l'utérus et de la sueur d'une Népalaise et d'une pincée de poussière magique, est le portrait craché de leur père. Quel a été le processus ?

Mais malgré tout, elle n'y croit pas. Son forcené de père n'avait sûrement pas repris forme au Népal afin de leur envoyer un message charitable. Eli aurait eu beaucoup à dire sur tout cela et ça n'aurait pas été très joli. Eli, le doyen du shlumpadik[1] israélien, qui portait des pantalons cargo

1. Mot yiddish signifiant « négligé, mal fagoté ».

trop larges et la même chemise jusqu'à ce qu'elle perdît ses boutons, qui ignorait tout de l'élégance des mathématiques, aurait écrasé le chapeau marron du Mari d'une main en lui disant où il pouvait se mettre sa confiture et son Erdős.

Dégageant son doigt, elle passe le bébé à Iris qui le prend contre sa poitrine comme si elle savait exactement que faire avec les bébés, en ayant elle-même été un. Tamar va jusqu'à la baie vitrée et regarde la mer. Si elle était restée en Israël, elle aurait pu se réveiller chaque matin devant une vue semblable, s'étendant jusqu'à l'horizon. Mais elle est partie à New York faire sa thèse, a épousé David et, à un certain moment, perdu son sens de l'ouverture à l'autre. Ce n'était pas plus la faute de David que la sienne. Elle s'est simplement jointe trop tard à la conversation qui aurait pu l'éclairer sur de nombreuses possibilités non envisagées. À écouter ses patients d'une vingtaine et d'une trentaine d'années, la monogamie est une grosse baleine échouée à la carcasse pourrie, gonflée et puante, et plus vite on s'en éloigne, mieux ça vaut. La vague de pluriamour sur laquelle ils essaient tous de naviguer les portera-t-elle jamais vraiment ? Ou bien la jalousie et l'horreur de l'instabilité les feront-elles sombrer ? Tamar ne saurait le dire. Prenons Shlomi : il a surfé sur la crête de l'amour libre, il a aimé et été aimé par tout Mykonos et Ibiza, mais pour finir il a recherché ce que chacun recherche depuis que les humains ont conscience d'eux-mêmes – quel est ce vers ? *Non l'amour universel mais être l'unique aimé.*

Elle se détourne de la fenêtre juste à temps pour découvrir Iris qui tient son cousin à bout de bras et lui renifle les fesses. Elle a toujours essayé d'inculquer à sa fille le sentiment qu'elle n'a pas besoin de se marier, pas besoin de la stabilité de la vie conjugale pour ancrer son existence. Mais à la voir aujourd'hui, le nez dans le derrière du bébé, il paraît plus probable, *davka*[1], qu'Iris sera mariée à vingt-cinq ans et le restera jusqu'au jour où, entourée de ses petits-enfants, elle réchauffera dans ses mains les pieds froids de son mari mourant. Tamar pivote vers la fenêtre et contemple les vagues bleues qui déferlent de loin. À quoi sert de s'ouvrir aux autres si l'on n'est pas soi-même ouvert ? À quoi sert une telle possibilité si on la ressent seulement comme une dilatation des bronches en descendant une route de campagne en voiture à la tombée de la nuit, ou quand, immobile dans les pièces de la maison pendant que les enfants sont en garde partagée chez leur père, on prend soudain conscience d'un silence si pur qu'on en a la chair de poule ?

J'ai trouvé ! s'écrie Iris. Tous se tournent vers elle. Qu'est-ce que vous dites de Rafael ? C'est un parfait Rafael ! s'exclame-t-elle en tenant le bébé à bout de bras afin que chacun puisse le voir sous ce nouveau jour. Les oncles se regardent, perplexes. Shlomi penche toujours pour Micah, mais Dan préfère éviter la Bible et ses implications. Il regarde le bébé, les mains sur les hanches, l'écharpe vide en bandoulière là où, vingt ans plus tôt, pendait une mitrailleuse.

Et Tom ? propose-t-il. Sandor l'a suggéré l'autre jour et je dois dire qu'il m'est resté en mémoire.

1. Mot yiddish signifiant « C'est bien ma chance ! ».

C'est la première fois que Tamar entend prononcer le nom du Mari. La première fois, en fait, que quelqu'un parle de lui depuis qu'elle est en Israël. Elle commençait à se demander, malgré la brosse à dents et l'odeur d'eau de Cologne, s'ils ne l'avaient pas inventé de toutes pièces dans le cadre d'une machination sophistiquée.

Est-ce qu'il n'a pas tout d'un Tom ? demande Dan.

Il a plutôt tout d'un Eli, insiste la mère de Tamar.

J'aime bien Tom, dit Remy.

Iris retourne le bébé face à elle pour étudier ses traits une nouvelle fois.

Finalement, moi aussi, convient-elle.

L'expression sur le visage de Shlomi suggère qu'il est plutôt d'accord, et tous les yeux se tournent vers Tamar, pleins d'attente. Mais ce qu'on lui demande en réalité, ce qu'elle est censée approuver, elle n'en sait rien. Alors elle se tourne de nouveau vers la mer en soupirant comme s'il y avait là-bas quelque chose, quelque chose venu de loin, qui exige qu'elle soit là pour le recevoir.

5

Le lendemain, le bébé ne va pas bien. Ils ont pourtant tous utilisé le gel antibactérien dont Dan leur a aspergé les mains, mais malgré cela le bébé s'est réveillé avec le nez bouché et il a bientôt de la fièvre. Shlomi, qui refuse toujours de s'inquiéter, affirme que ce n'est qu'un rhume. Mais la fièvre monte et quand le bébé, jusque-là très calme, se met à crier et peine à respirer au moment du biberon, Dan appelle un médecin. Il est maintenant trois heures du matin mais sa vieille amie pédiatre, Yuli, arrive au volant de sa voiture. Lorsqu'elle voit la respiration difficile du bébé et écoute le sifflement congestif de ses poumons, elle leur dit qu'il fait une infection des voies respiratoires et insiste pour les conduire à l'hôpital. Là, le bébé passe une radio des poumons, après quoi il est admis dans l'unité de soins intensifs pédiatriques, installé dans un berceau métallique sous une tente à oxygène, relié à une perfusion intraveineuse et à un moniteur cardiaque, et équipé d'une minuscule pince au doigt qui émet des signaux lumineux permettant aux médecins de contrôler la saturation de son sang en oxygène. Il a un virus respiratoire assez courant chez les adultes mais potentiellement mortel chez un nourrisson de cinq semaines. Lorsque Tamar, Ilana et les enfants arrivent au Children's Center d'Ichilov, Shlomi est affolé. Il garde les yeux fixés sur les signes vitaux du bébé qui montent et descendent sur le moniteur. Affalé près du berceau, il caresse son enfant d'une main glissée sous la tente en plastique. Une infirmière vient enfoncer dans la gorge du bébé un long tube destiné à aspirer les mucosités, et Shlomi regarde la scène, horrifié, croisant et recroisant les bras sur sa poitrine. Cette procédure devra se répéter toutes les deux ou trois heures dans les jours qui viennent. Le bébé n'a plus assez d'énergie pour crier mais des larmes coulent au coin de ses yeux gris. Remy éclate en sanglots et Tamar l'emmène au rez-de-chaussée sous prétexte d'acheter des cafés à Shlomi et à Dan.

Est-ce que Tom va guérir ? demande Remy en appuyant sa tête contre le ventre de sa mère.

Oui, répond-elle, alors que rien ne l'autorise à l'affirmer. Tom va se remettre.

Désormais le bébé a un nom. Un nom qui le rattache à la vie, qui s'oppose absolument au rien et nulle part qui rôdent comme une ombre devant la porte de la chambre. Un nom que ses deux pères peuvent crier le deuxième jour, lorsque le code rouge résonne et que l'équipe d'urgence se précipite dans la chambre, prête à intuber le bébé, procédure qui ne le laissera plus respirer par lui-même. Un nom auquel l'équipe du code rouge, assemblée autour du berceau, peut se référer dans son dossier médical, une fois que les chiffres du moniteur commencent à remonter peu à peu. Pour le moment l'urgence est passée et sa fragile petite vie se maintient.

C'est seulement le troisième jour que le Mari fait son apparition à l'hôpital. Il porte un sac Castro en plastique d'où il sort des sandwiches maison emballés dans du papier alu pour tout le monde, plus une grande thermos de thé sucré. Le chapeau de feutre marron a fait place à un chapeau d'été en paille qu'il suspend à un crochet derrière la porte. Il n'était pas en ville et il est venu aussi vite qu'il a pu, explique-t-il. Il ne dit pas où il est allé. Peut-être les autres le savent-ils ou peut-être n'y attachent-ils aucune importance : ce qui compte, c'est qu'il soit là maintenant, avec eux. Remy et Iris l'accueillent tout sourire en jetant un coup d'œil à leur mère avec l'espoir, apparemment, qu'elle ne dira ni ne fera rien de malencontreux. Tamar le regarde prendre la main de sa mère. Il ne revendique pas sa place dans la dynamique de la famille mais en même temps semble y être accepté avec bienveillance et gratitude. En l'observant, Tamar pense à quelque chose que Katie disait parfois, à savoir qu'il n'est pas homme si difficile qu'il n'existe, quelque part, une femme mourant d'envie de prendre soin de lui. Si, fatiguée d'être une femme, elle décide un jour de jeter l'éponge – à supposer la chose possible sans épreuves extrêmes ni souffrances de toutes sortes –, Tamar pourrait-elle, elle aussi, s'abandonner à ceux qui lui feraient monter un escalier jusqu'à une porte inconnue où l'attendrait une femme, peut-être une famille entière, prête à l'accueillir à bras ouverts sans poser de questions ?

Ilana insiste pour que tout le monde fasse une petite pause et aille s'asseoir sous les arbres du terrain de jeux. Shlomi et Dan n'ont pas quitté l'hôpital depuis leur arrivée et un peu d'air et de soleil leur fera du bien. Tamar descend avec tout le monde mais, une fois dehors, se rend compte qu'elle a oublié son sac à main avec ses lunettes de soleil dedans. Remontée à l'étage, elle s'arrête à la porte de la chambre de Tom et, jetant un regard à l'intérieur, découvre le Mari assis près du berceau dans un rayon de lumière tombé de la fenêtre, qui parle tranquillement au bébé dans sa langue étrange. L'instant n'est pas logique, il existe en dehors de la raison, mais il n'a rien non plus d'inauthentique. Personne, rien, n'y a davantage droit que le nouveau-né, étranger comme tous les bébés arrivés de l'inconnu, et que le vieil étranger qui se met maintenant à lui chanter un air très doux.

Le cinquième jour, Tom passe enfin le cap, il est hors de danger et ce soir-là on lui enlève la tente à oxygène. Quand Remy abandonne le tour de cartes auquel il s'entraîne depuis un moment et se lève pour aller voir dans le berceau ouvert, Tom le regarde et lui fait un grand sourire. Le matin du sixième jour, les médecins promettent qu'après une dernière radio des poumons Tom pourra rentrer chez lui, mais ils le gardent encore une nuit, si bien que c'est seulement le matin du septième jour qu'il sort enfin, qu'on le rend à sa famille de la même façon qu'il y est entré, mais on sait maintenant que les gens qui nous arrivent de nulle part et de rien ne sont jamais que ceci : un cadeau, que nous recevons sans avoir eu l'idée de le demander, simplement émerveillés devant l'infinie prodigalité de la vie.

Être un homme

Mon père

Mes garçons se tiennent au bord de la jetée et soit ils sauteront, soit ils ne sauteront pas. Nous sommes au début de l'été, en juin, sous le grand dôme du ciel, sur l'île où j'ai grandi. Les vagues arrivent de si loin que nul ne saurait dire quand ni où est née leur turbulence, seulement qu'elles transmettent une énergie qui se brise ici et se dissout dans le rivage. De la plage, je les observe, mes deux garçons. Mon père, exceptionnellement silencieux aujourd'hui, coiffé d'un chapeau pour se protéger du soleil, les observe, lui aussi. Il n'est pas encore vieux, mais en cet instant je ne me rappelle pas exactement son âge. Si sa vie me paraît longue, c'est qu'il a changé plus que toute autre personne de ma connaissance. Un jour, je ne saurais dire quand – comment le pourrais-je ? –, il a emporté toute sa grande colère avec lui en pleine mer, chassé le vent de ses voiles puis est rentré chez lui sans elle. Il est rentré, calme et patient, là où autrefois tout n'était que folie furieuse.

Il m'arrive parfois d'oublier aussi mon âge. Quand on me demande celui de mes garçons, je l'arrondis au chiffre supérieur pour pouvoir m'habituer à leur âge à venir. Mais si mon père n'a plus tellement de temps devant lui et moi encore un peu, mes fils, eux, ont tout le temps du monde. Le cadet entame un petit pas de danse au bord de la jetée. L'aîné, lui, renverse la tête en arrière, ouvre grand les bras et crie quelque chose en direction du ciel.

J'observe mes garçons tout en parlant, et mon père m'écoute. La vie, dis-je – ou essayé-je de dire –, qui vous arrive toujours à tant de différents niveaux, tous en même temps.

Côtes cassées

1

Cet été-là, pendant que ses fils sont en vacances avec leur père, elle rend visite à son amant, à Berlin.

« Vois-tu, dit-il en se penchant vers elle et en baissant la voix pour ne pas être entendu des passants, une chose de moi que tu ne sais pas, c'est que j'aime servir. »

Chose surprenante à entendre de la part d'un homme de deux mètres, bâti comme un boxeur poids lourd. En fait, il pratique la boxe en amateur, ou l'a longtemps pratiquée jusqu'au jour où, il y a un mois, une crise de *Schwindel* – de vertiges – l'a envoyé faire un court séjour à l'hôpital, a révélé une lésion au cerveau et mis un terme à cette activité. Pourtant, bien qu'il affirme qu'il ne remontera plus jamais sur un ring et travaille comme rédacteur en chef dans un journal très respecté, pour elle et pour ses amies quand elle leur parle de lui, il est resté le Boxeur allemand. C'est plus facile que d'utiliser son nom qui signifie « petit cadeau des dieux ». Et aussi parce que l'appeler le Boxeur allemand souligne leurs différences et préserve une impression de distance ironique qui l'ancre dans la nouvelle terre qu'elle a découverte il y a peu, tel un Christophe Colomb de l'âme : la terre de l'indépendance et de la liberté.

Ils se promènent autour du Schlachtensee, un lac étroit, tout en longueur, à l'orée de la forêt de Grunewald, et discutent pour savoir si, quatre-vingts ans plus tôt, il aurait été un nazi. Le Boxeur allemand pense que c'est faire preuve d'ostentation morale que de prétendre, comme le font presque tous ceux de sa génération, qu'il ne l'aurait pas été, mais aujourd'hui, afin de dévoiler la singulière vulnérabilité de sa nature, il dépasse l'argument habituel selon lequel il aurait été modelé par des forces historiques rendant sa participation pratiquement inévitable.

« Je suis *exactement* le type d'individu qu'ils auraient recruté pour une de leurs Napolas », dit-il, évoquant les prestigieuses écoles préparatoires où l'on formait les jeunes Allemands robustes, obéissants et plutôt intelligents à devenir des dirigeants de la SS. « J'ai toujours idolâtré mes maîtres, m'efforçant de satisfaire la moindre de leurs exigences parce que j'étais terrifié à l'idée de décevoir leurs attentes. Cela, ajouté à ma taille et à ma corpulence, fait de moi précisément le genre d'individu qu'ils recherchaient. Et, du coup, je me serais senti honoré. C'est mon penchant pour les honneurs et les éloges, vois-tu, qui m'aurait catapulté dans les rangs de la SS.

– Et puis, tu aurais adoré l'uniforme », ajoute-t-elle en pensant aux chemises blanches façonnées à Londres, suspendues à une barre dans sa chambre ensoleillée, à ses costumes confectionnés à Naples non seulement sur mesure mais selon ses goûts précis (pas de soie, aucune doublure, uniquement des matières rêches), à son manteau d'hiver en lainage cousu si délicatement qu'il évite de mettre les mains dans ses poches de peur de l'abîmer. À ses gants de boxe en cuir blanc, faits à la main par Winning, au Japon, adaptés à la finesse de ses doigts et de ses poignets. Ce n'est pas de gaieté de cœur qu'elle avance ces preuves. Elle préférerait croire que l'homme avec lequel elle couche n'aurait en aucun cas pu être un nazi. Mais elle le connaît maintenant assez bien pour être un tant soit peu d'accord.

Sur les rives du lac, des amoureux flirtent au soleil ou dans l'ombre des aulnes, à demi-nus, s'embrassant ou se caressant paresseusement, et chaque fois qu'ils passent devant un couple séduisant, le Boxeur allemand le lui désigne d'un air approbateur, ou peut-être même d'envie. Il a été heureux en ménage pendant près d'une décennie, superbement heureux, selon ses dires, jusqu'au jour où sa femme, une actrice, l'a quitté pour un homme qui jouait Lancelot quand elle était Guenièvre à la Volksbühne. Depuis, il a perdu le sentiment qu'il avait eu toute sa vie, celui d'être né coiffé et invulnérable. Ses proches y voient une évolution positive, reconnaît-il lui-même, car avant le coup porté par son divorce il se montrait souvent insupportable. Mais il en a été brisé et aurait préféré rester heureux et insupportable, plutôt que ce qu'il est à présent.

Arrivés au bar à bière, à l'extrémité est du lac, ils s'arrêtent pour boire un verre. C'est dimanche et les tables couvertes de nappes à carreaux rouges et blancs sont occupées par une foule d'Allemands savourant la nature autour d'eux. Des cris joyeux d'enfants montent du rivage. Le Boxeur allemand lui dit que la silhouette longiligne de son fils aîné, qu'il a vu sur une photo, ferait de lui un excellent boxeur, et elle ne juge pas utile de lui répéter que son fils ne boxera jamais, qu'il est aussi loin d'être boxeur que d'être allemand. La conversation s'essoufflant, ils passent à l'Oktoberfest et il entreprend de lui expliquer ce qu'est un dirndl.

« Mais tu aurais *tué* ? » lui demande-t-elle, avec peut-être moins d'incrédulité qu'elle ne l'aurait fait envers quelqu'un qui n'avait pas, de temps à autre, mis un inconnu K.-O. d'un seul coup de poing, ou failli briser les barres de bois de sa tête de lit parce que, en plein orgasme, il avait éprouvé le désir incontrôlable de détruire quelque chose.

« Bien sûr que j'aurais tué, répond-il. J'aurais tué en croyant – en ayant été formé à croire – que j'agissais honorablement.

– Moi, je ne pourrais jamais tuer personne », s'obstine-t-elle.

Par-dessus son verre, le Boxeur allemand la considère avec un scepticisme poli. Et il est vrai qu'elle n'a pas plus tôt affirmé cela que son esprit se met involontairement à lui présenter des exceptions.

Quand, quelques jours plus tard, dans un texto, elle le décrit se pointant à sa porte en 1941 en bottes de cuir, il lui dit qu'une chose qu'il n'aurait *jamais* pu faire, c'est tuer des innocents. Cela paraît en totale contradiction avec ce qu'il a exposé si clairement pendant leur paisible promenade autour du lac ensoleillé, mais lorsqu'elle lui demande en retour quel genre de personne il aurait été aussi sûr de pouvoir tuer, son texto reste sans réponse et flotte dans les limbes de WhatsApp, marqué d'une seule coche grise parce que le Boxeur allemand aime éteindre son téléphone quand il pense en avoir fini avec lui. Un soir où ils dînent ensemble dans un restaurant végétarien de Berlin-Mitte, il déclare qu'évidemment il n'aurait jamais pu frapper à la porte des gens et les déporter ou les exécuter. Pour qui le prend-elle ? Quand il a dit qu'il pouvait tuer, il pensait *au combat*, car il était convaincu qu'il aurait été affecté à la Waffen SS et envoyé au front. À ce moment-là, elle n'est pas en mesure de lui demander ce qui lui permet d'attester qu'il n'aurait pas été affecté à la Gestapo ou à l'Allgemeine SS chargée d'appliquer la politique raciale nazie, ou même à la division Tête de mort qui supervisait les camps de concentration et d'extermination.

Ils restent silencieux en attendant leurs dumplings. Puis le Boxeur allemand laisse entendre qu'il se trompe peut-être. Après tout, son grand-père avait eu constamment maille à partir avec les nazis parce qu'il avait permis à des Tziganes de s'installer sur sa propriété, son arrière-grand-père avait été assassiné dans le cadre du programme Aktion T4 et son père était le genre d'individu qui refusait de suivre qui que ce fût. Non, peut-être qu'il ne serait pas devenu nazi, après tout – enfin, espérons-le, ajoute-t-il. Elle acquiesce d'un signe de tête. En vérité, dit-elle, leur conversation est impossible, étant donné que ce qu'il est à présent n'est pas ce qu'il aurait été à l'époque, formé par des forces différentes, et ce qu'il aurait pu être autrefois n'existe pas.

Mais naturellement elle continue d'y penser.

2

Un ami commun les mit en relation à New York et par, e-mail, ils décidèrent de dîner ensemble le lendemain soir.

Le Boxeur allemand demanda s'ils pouvaient se retrouver un peu tard, car il boxait l'après-midi. Où boxait-il ? demanda-t-elle, curieuse d'assister au spectacle. En fait, elle n'avait jamais vu personne boxer, même à la télévision, car la brutalité et le sang la mettaient mal à l'aise. Il lui assura qu'elle n'aurait aucune envie de le rencontrer après son entraînement, que c'était le genre d'endroit où personne ne passait sous la douche, mais que si elle lui plaisait encore après le lendemain, il l'emmènerait à la salle d'entraînement et ils se battraient. Jusque-là, celle-ci resterait secrète. « Personne ne me connaît là-bas, personne ne sait ce que je fais, ce que je pense ni ce que je désire », écrivit-il. Elle lut son e-mail trois fois, puis lui répondit qu'il devrait se méfier, qu'elle était dangereuse. Elle ne savait pas vraiment pourquoi elle avait écrit cela. Peut-être à cause de l'arrogance des termes qu'il avait employés, du défi indirect qu'ils contenaient : *Si vous me plaisez encore.* À cause de la bouffée d'amour-propre qu'ils avaient déclenchée en elle, même si elle savait qu'il écrivait dans une langue qui n'était pas la sienne, sans les nuances qu'il maîtrisait en allemand, et parce qu'elle voulait qu'il sache qu'elle était quelqu'un qui avait – qui avait toujours eu – un certain pouvoir sur les hommes. Ou bien parce qu'elle souhaitait laisser entendre que ce qui était explosif en lui l'était aussi en elle, qu'il y avait peut-être bien là une parité, et même plus qu'une parité : que la balance de l'impétuosité, d'une certaine forme de puissance physique, pouvait même pencher en sa faveur à elle. Ce qui était, ou pas, pure fanfaronnade.

« Mes côtes ont tendance à se casser, lui répondit-il. S'il vous plaît, soyez prudente quand vous me démolirez. » En d'autres termes, il savait parfaitement comment s'y prendre avec elle – il l'attrapait, la retournait et l'attirait contre lui ; il savait la manœuvrer, connaissait exactement l'effet qu'un mélange de force et de vulnérabilité chez un homme peut avoir sur certaines femmes, dont elle faisait apparemment partie. En réalité, après ce bref échange, elle sut qu'elle l'inviterait chez elle et dans son lit.

Lorsqu'elle arriva au restaurant, il était déjà là, comme les trains allemands qui sont toujours là, en attente dans la gare. Sa taille, une fois de plus, faisait sensation. Impossible de ne pas le remarquer car il dépassait d'une tête, ou même de deux, les gens autour de lui. Si quelqu'un, à ce moment-là – le serveur, par exemple, qui passait, tenant son plateau à bout de bras –, lui avait demandé si elle aimait être contrainte de se sentir physiquement petite à côté d'un homme, elle n'aurait pu répondre que oui. Oui, mais avec un astérisque ! Physiquement* petite mais spirituellement forte. Autrement dit, elle aimait voir en lui un loup déguisé en agneau jusqu'au moment où elle lui donnait l'autorisation d'être un loup, sur quoi il devait agir comme un vrai loup, effaçant toute trace de l'agneau le temps qu'ils passaient à baiser chez elle. Aussitôt après, il devait redevenir quelqu'un qui ne songerait absolument jamais à la saisir à la gorge afin d'obtenir quelque chose. Était-ce là un problème ? Et une dernière chose : de temps à autre, il devrait se montrer très lent et très doux au moment de lui démolir sa maison.

Il lui tendit une tige aux minuscules fleurs mauve pâle. Elle pensa qu'il l'avait cueillie en chemin, mais il s'avéra qu'il en avait acheté tout un bouquet dont il avait donné le reste à une femme enceinte, dans le métro, qui les avait admirées et lui avait demandé à qui elles étaient destinées, car à ce moment-là, il avait pris conscience qu'il avait acheté des fleurs pour une inconnue, geste peut-être excessif. On les conduisit à leur table. Il faisait tiède et sombre dans le restaurant dont les murs étaient tapissés des anciennes vitrines de la pharmacie qu'il était autrefois, jusqu'au jour où, après être resté condamné pendant plusieurs décennies, le lieu avait rouvert en tant que restaurant italien. Chaque fois qu'un serveur ou une serveuse se présentait pour déposer quelque chose sur leur table, le Boxeur allemand s'arrêtait de parler pour lui sourire et le ou la remercier.

La conversation avançait sur un mode léger et rapide. Son nez n'était pas fragile, lui dit-il, seulement ses côtes, et ses lèvres – qui avaient tendance à éclater et à saigner quand il boxait parce qu'elles étaient épaisses. Il lui demanda si elle avait de longs bras et avant qu'elle pût répondre, lui prit la main par-dessus la table et la guida jusqu'à l'endroit où la dernière côte à gauche, cassée net, faisait saillie et flottait sous sa chair.

Le serveur vint remplir leurs verres. Après son départ, elle saisit à son tour la main du Boxeur allemand et la guida vers la même côte sur son corps à elle, qui saillait selon le même angle, et cela d'aussi loin qu'elle s'en souvienne. « Comment est-ce possible ? demanda-t-il, étonné. Vous avez dû vous la casser, vous aussi. » Mais, pour autant qu'elle sût, elle ne s'était jamais cassé une côte. Les côtes, lui semblait-il, remontaient aux origines et essayaient de dire quelque chose, au milieu de leur confusion générationnelle, sur ce que signifiait être un homme et ce que signifiait être une femme, de dire si ces deux concepts pouvaient être considérés comme égaux, ou différents mais égaux, ou ni l'un ni l'autre.

3

Le lit dans lequel elle dormait, un lit double queen size, était trop petit pour le Boxeur allemand qui dut s'y pelotonner comme un enfant. Une lampe en sel de l'Himalaya baignait son torse d'une lueur chaude et rosée, et ils parlaient : de sa jeunesse à lui dans une ferme près de la mer du Nord, de ses parents qui, lorsqu'ils étaient invités chez des gens, apportaient toujours des fleurs qu'ils cueillaient dans les champs, de la façon dont cette habitude avait fait naître en lui le sentiment que toutes les fleurs devraient donner l'impression d'avoir été volées ; des livres qu'ils aimaient ; de la question de savoir s'il était étrange pour un Allemand de se retrouver au lit avec une Juive dont les grands-parents étaient des survivants de l'Holocauste ; de sa sœur à elle ; de son frère à lui ; du fait qu'elle n'avait jamais voulu se remarier ; du fait que de nos jours on voyait souvent des femmes mûres avec des hommes beaucoup plus jeunes qu'elles, des hommes qui voulaient des enfants quand les femmes, comme elle, en avaient déjà ; du problème de la monogamie ; des problèmes sans la monogamie ; de sa conviction à lui que la boxe n'était pas une affaire de violence mais de discipline, de discipline physique et de la discipline consistant à faire face à ses peurs.

Puis, à quatre heures du matin, il lui annonça qu'il devait rentrer. Elle lui dit qu'il pouvait rester pour la nuit. Non, c'était impossible, répondit-il en s'asseyant pour enfiler son jean. Il était incapable de s'endormir avec quelqu'un dans le lit. Quand elle se montra surprise, son visage s'assombrit. « Personne n'aime ça », fit-il, comme si un référendum avait été organisé, dont le résultat était sans appel. Quand sa femme l'avait quitté pour un autre, elle lui avait déclaré que c'était parce que l'autre homme la tenait dans ses bras en s'endormant. Bien sûr, ce n'était pas la seule raison de son mécontentement. Lorsqu'elle avait fini par admettre qu'elle était tombée amoureuse d'un autre homme et allait quitter le Boxeur allemand, elle l'avait fait par téléphone, et pendant la conversation il avait pris des notes afin de ne rien oublier. Il les avait prises sur les pages de garde de *Ghosts by Daylight*[1], un mémoire écrit par une journaliste sur ses vingt ans de reportages dans les zones de guerre. Et en haut de cette liste, souligné deux fois, le fait qu'il avait été incapable de tenir sa femme dans ses bras toute la nuit.

Non qu'il ne souhaitât pas s'endormir à côté de quelqu'un, lui dit-il, mais il ne pouvait tout simplement pas trouver la paix de cette façon. Il restait éveillé, à cran, et il lui fallait souvent plusieurs heures pour sombrer, problème encore aggravé du fait qu'il savait que s'il ne dormait pas suffisamment il risquait fort d'avoir une migraine. Il en avait depuis l'âge de treize ans. Elles se signalaient par un halo qui oblitérait en partie sa vision, et lorsqu'elles survenaient, la seule chose qu'il puisse faire était de se coucher en position fœtale et d'attendre qu'elles passent. S'il lui était impossible de déterminer leur cause exacte, il savait avec certitude que le manque de sommeil n'y était pas étranger, si bien que dormir était devenu capital pour lui. Ce n'est que tout seul qu'il se sentait tranquille, il s'endormait alors à peine la tête posée sur l'oreiller. Il en avait toujours été ainsi, lui dit-il. Son dernier souvenir d'avoir bien dormi avec quelqu'un à côté

1. Peut se traduire par « Fantômes au grand jour ».

de lui, c'était lorsqu'il avait cinq ans et qu'il avait demandé à sa mère de rester assise près du lit en lui tenant la main. Il se rappelait encore la sérénité de ce moment, le réconfort qu'il lui avait apporté. Et pourtant, chaque fois que le Boxeur allemand évoquait le chagrin que son handicap avait causé à son épouse et à d'autres femmes après elle, on sentait dans sa voix la frustration et le ressentiment : pourquoi ne comprenaient-elles pas que c'était pénible pour lui de partager un lit ? Que cela le faisait souffrir ?

La seule nuit où ils dormirent ensemble dans un lit – ils se trouvaient au cœur d'une forêt, il n'avait pas le choix –, il lui demanda si cela la gênait qu'il récitât le Notre Père. Il venait de la retourner, de lui tenir fermement le bras dans le dos et de faire peser ses cent kilos sur elle. Ils reposaient à présent paisiblement, son dos à elle contre son ventre à lui, et il l'entourait de ses longs bras. « *Vater unser im Himmel, geheiligt werde dein Name,* chuchota-t-il. *Dein Reich komme ; dein Wille geschehe, wie im Himmel so auf Erden.* »

Liberté

1

Cet été-là – celui où ses garçons eurent treize et dix ans, et où elle couchait mais ne dormait pas avec le Boxeur allemand – elle revenait en voiture avec son ami Rafi du moshav où il avait grandi, en périphérie de Tel-Aviv. Le moshav s'appelait Liberté, mais le nom sonnait mieux en hébreu, il attirait moins l'attention ; quoi qu'il en soit, c'était l'endroit où il était né et avait grandi, et tandis qu'ils roulaient sur une route poussiéreuse qui serpentait parmi les orangers, leurs enfants criant à l'arrière, il lui avait dit qu'ayant enfin commencé à voir un thérapeute à l'âge de quarante-deux ans, il avait demandé à voix haute, presque à lui-même, comme on peut poser tout haut des questions sans réponse à ces gens-là : « Qu'est-ce que je veux ? Qu'est-ce que je veux vraiment ? » À quoi le thérapeute avait répondu : « Ce que vous avez toujours voulu : la liberté. »

C'était un samedi et ils avaient quitté Tel-Aviv de bonne heure ce matin-là. Rafi lui avait envoyé un texto à son réveil pour lui demander ce qu'elle comptait faire avec les enfants, suggérant qu'ils aillent tous ensemble quelque part. Où ? avait-elle écrit à son tour. Dans les champs de mon enfance, avait-il répondu. Leurs enfants, tous des garçons, s'entendaient suffisamment bien pour s'en aller taper dans un ballon ou grimper ici ou là, laissant Rafi et elle bavarder tranquillement. Rafi était danseur, il l'était depuis l'âge de trois ans, ayant commencé dans le studio de danse de sa mère. Pour lui, le corps était le commencement et la fin de toute chose, alors qu'elle avait, pendant de longues années, uniquement habité son esprit (du moins était-ce son sentiment) et n'avait vraiment émergé dans son corps qu'après avoir accouché d'un enfant, puis d'un autre. Ayant obéi aux impératifs de sa biologie et en ayant fini avec elle, elle avait véritablement investi son corps et commencé la danse à l'âge de trente-cinq ans. Ils parlaient tantôt de cela, tantôt de leurs relations ou de ce qu'ils attendaient encore de la vie. Les garçons galopaient dans le terrain de jeux où Rafi avait perdu sa virginité. Il avait baisé un peu partout, lui raconta-t-il – dans ce bâtiment autrefois abandonné, derrière cet appentis, au sommet de cette pente d'herbe sèche.

Ensuite ils se rendirent tous dans la maison de son enfance où les garçons se remplirent les poches de litchis rouges cueillis sur l'arbre et se firent piquer par de méchantes fourmis qui couraient dans l'herbe. Puis ils partirent déjeuner au village arabe voisin où ils se firent chapitrer par le propriétaire du restaurant de houmous parce que, pour faire boire leur chien, ils s'étaient servis d'un bol destiné aux clients. On leur donna une boîte en plastique avec de l'eau, dont le chien, de toute façon, ne voulut pas.

Ils rentraient à présent par la grande route et elle disait à Rafi que, toute la semaine, les gens lui avaient raconté des histoires invraisemblables. Elle n'avait pas l'impression d'avoir réclamé ces récits intimes et stupéfiants, ou peut-être que si, à sa manière. Peut-être avait-elle l'air de quelqu'un qui cherche à résoudre quelque chose, quelque chose d'à la fois énorme et fugace, qu'il était impossible d'aborder de front, seulement par le biais de l'anecdote.

Par la vitre côté passager, on voyait la mer défiler, turquoise. Les enfants, eux, riaient ou ronchonnaient.

« Je t'ai raconté l'histoire de la poule sous la voiture, au Liban, non ? » lui demanda Rafi. Non, répondit-elle, sinon elle s'en souviendrait.

Rafi était peut-être danseur, mais de dix-huit à vingt-trois ans il avait été dans la brigade Golani, une unité de forces spéciales connue pour les épreuves physiques extrêmes qu'elle imposait à ses soldats. Devenir un homme, dans son pays, c'était devenir soldat. Être soldat constituait pour un jeune, que cela lui plût ou non, le passage obligé vers l'état d'homme, encore que personne ne sût dire à quel moment précis de ce passage on cessait d'être un enfant. La première fois que l'on tirait sur une cible mouvante ? La première fois que l'on voyait l'ennemi comme un animal ? Ou bien la première fois qu'on le traitait comme tel ?

De même que tous les autres jeunes de dix-huit ans, Rafi n'avait d'autre choix que de s'engager. Mais il n'avait pas eu à subir l'éreintant processus de sélection nécessaire pour intégrer les forces spéciales, ni l'année d'entraînement masochiste qui suivait. On n'avait pas non plus exigé de lui, après ses trois ans de service militaire obligatoire, qu'il rempilât pour deux années supplémentaires avec le grade d'officier. Cependant il avait toujours été clair pour Rafi qu'il servirait dans les forces spéciales, au sein d'une unité qui le pousserait jusqu'aux ultimes limites de ses capacités mentales et physiques. Qu'il deviendrait un animal, mais un vrai animal qui agit uniquement d'instinct, à l'image du tigre bondissant, symbole de la brigade Golani, que ses commandos recevaient pendant la cérémonie d'incorporation sous forme d'un petit insigne métallique.

« Il y avait, par exemple, un champ de ronces, lui dit Rafi, et on devait le traverser. Pour y arriver, l'esprit doit tout bonnement refuser de considérer la souffrance. Ne penser qu'à l'action de traverser, nier l'existence de la souffrance. » Il y avait aussi la Semaine de la faim, pendant laquelle les recrues n'étaient autorisées ni à manger ni à dormir pendant sept jours. Chaque soir, les officiers faisaient un barbecue à proximité des recrues affamées. Ils grillaient des steaks, préparaient un banquet, puis disaient aux soldats : « Allez, venez dîner avec nous. » Et si l'un d'eux, cédant à sa faim, se mettait à manger, c'était tout bonnement fini. Ayant failli, il était renvoyé sur-le-champ dans l'infanterie régulière. Un jour, les officiers distribuèrent des billes de chocolat. « Juste une friandise, dirent-ils, on va tous les croquer en même temps. » À trois, les soldats les mirent dans leur bouche et mordirent dans ce qui se révéla être des crottes de chèvre.

Naturellement, il avait été prêt à mourir pour son pays, poursuivit Rafi. Croire que l'on était disposé à mourir pour son pays était le strict minimum exigé, ne fût-ce que pour accéder au processus de sélection. Toutefois, à un moment ou un autre, bien des garçons ou des hommes découvraient qu'ils avaient peur de souffrir ou de mourir, qu'ils étaient incapables de dissiper cette peur, si bien que celle-ci suintait de leurs pores comme une puanteur, et dès l'instant où on la détectait, ils étaient déclarés inaptes. Ce n'est que bien plus tard, après qu'il eut été rendu à la vie civile et fut tombé amoureux, que Rafi prit conscience du ridicule et de l'absurdité de mourir pour son pays, de mourir et aussi d'être prêt à tuer.

Sur la banquette arrière, les garçons s'étaient calmés. Le plus âgé, le seul à posséder un téléphone, l'avait sorti de sa poche et les autres se penchaient pour regarder.

2

C'était arrivé quand il était officier, dans les années où Israël occupait le Sud-Liban. Son unité avait pour mission de tuer le chef du Hezbollah de la région. Les services de renseignements savaient que chaque matin, à six heures trente précises, le chef du Hezbollah sortait de chez lui et montait dans sa voiture, et la consigne était de fixer une bombe sur le moteur. Ils étaient quinze dans l'unité de Rafi, et après avoir été transportés en hélicoptère de l'autre côté de la frontière, on les déposa dans une planque de montagne. À dix heures du soir, ils descendirent la montagne en rampant puis continuèrent à travers champs. Pendant quatre heures ils se traînèrent sur le ventre, au bout de quoi ils finirent par arriver au village. Il y avait là un convoi de l'ONU et les artisans de la paix étaient occupés à rire et à boire, parce que les gens de l'ONU sont toujours joyeux, dit Rafi, pour eux tout ça n'est rien qu'une longue fête. Les soldats de l'unité dépassèrent la tente de l'ONU sur le ventre et encerclèrent la maison du chef du Hezbollah. En tant qu'officier, Rafi était positionné près de la porte d'entrée, et c'est là, toujours allongé sur le ventre, le fusil braqué sur elle tandis que l'expert en explosifs disparaissait sous la voiture, qu'il remarqua les chaussures d'enfants. Trois ou quatre paires alignées sur le seuil, des petites sandales en caoutchouc identiques à celles que ses frères et lui portaient au moshav, quand ils n'allaient pas pieds nus. Personne n'avait mentionné des enfants. Mais pourquoi l'aurait-on fait ? Les enfants ne comptaient pas dans la planification des opérations militaires ou des guerres. Durant ses presque cinq ans dans l'armée, on ne lui avait jamais rien dit au-delà de ce qu'il avait besoin de savoir, et lui n'avait rien demandé. Concernant les civils, la seule question avait toujours été : Si vous en rencontrez un au cours de votre mission, que faites-vous ? Les trois seules options étaient tuer, kidnapper ou laisser fuir, et aucune n'était juste ni bonne. Cependant, le fait que Rafi n'avait rien su de ces enfants et qu'il était maintenant allongé à dix mètres de leurs sandales le troublait. À cet instant, il sentit qu'on lui tapait sur l'épaule et, levant les yeux du viseur de son fusil, il vit le visage de l'expert en explosifs, peint en vert foncé comme le sien. L'expert leva le pouce : la bombe était en place, installée de façon à exploser à l'instant où le chef du Hezbollah appuierait sur la pédale d'accélérateur. Rafi fit alors signe à ses hommes de reculer et ils passèrent les quatre heures suivantes à ramper sur le ventre pour regagner la planque dans la montagne, où ils s'écroulèrent de fatigue.

On approchait à présent de l'heure à laquelle le chef du Hezbollah quittait chaque jour sa maison et montait en voiture. Au-dessus de leur tête, un avion sans pilote leur envoyait des images vidéo granuleuses de ce qui se passait au sol. À six heures vingt, l'unité se rassembla autour du moniteur et attendit. Sur l'écran apparut la maison qu'ils avaient quittée quatre heures plus tôt, silencieuse et plongée dans l'obscurité. D'abord il fut six heures vingt-huit, puis six heures trente, six heures trente-cinq – rien. Six heures quarante-cinq, sept heures, sept heures quinze, toujours rien, à part ce calme inquiétant. « Qu'est-ce que c'est que ce bordel ? » dit quelqu'un à plusieurs reprises, de nombreuses, peut-être. Les services de renseignements avaient établi que chaque jour, sans exception, à six heures trente précises, le chef du Hezbollah sortait de chez lui et montait en voiture. Alors, que se passait-il ? Sept heures trente, toujours rien. Rafi appela le général du Commandement du Nord par radio. « *Boxer à Kodkod Nord, à vous. Que se passe-t-il ? Kodkod Nord à Boxer* – Boxer était le nom radio de la position de Rafi, l'officier de l'unité antiterroriste –, *Kodkod Nord à Boxer, tenez-vous prêts, à vous.* » Puis, juste après huit heures, la porte de la maison s'ouvrit et la famille sortit au grand complet.

Rafi, qui tenait le moniteur, sentit un grand froid l'envahir. Sur l'image granuleuse, le père, la mère et trois enfants s'approchèrent de la voiture, ouvrirent les portières et disparurent à l'intérieur. La bombe était placée de telle façon que le seul fait de tourner la clef de contact et de mettre le moteur en marche la déclenchait, mais la détonation ne se produisait qu'au premier millimètre de pression sur la pédale d'accélérateur. Au premier millimètre de pression, la voiture et tous ses passagers voleraient en éclats. Les portières se fermèrent et il y eut un instant d'immobilité totale avant que la clef fût tournée et que le moteur s'animât. « *Démarrage* », confirma la radio.

« Les secondes qui ont suivi, telles que je m'en souviens aujourd'hui, dit Rafi, ont été les plus longues de ma vie. Je fixais l'écran et attendais dans un état de profonde horreur. Une seconde, deux secondes, cinq. Au bout de dix, la portière du conducteur s'est ouverte, le chef du Hezbollah est descendu, s'est penché pour regarder sous la voiture et en a tiré une poule. »

Ce devait être un animal de compagnie, suffisamment chéri pour que quelqu'un s'inquiétât d'elle avant de démarrer. *Où est chose ? Regarde, elle n'est pas avec les autres !* Ou bien, *Je viens de voir chose se précipiter sous la voiture, elle déteste qu'on parte, elle fait toujours ça.* Ou une remarque de ce genre, prononcée par l'un des enfants entassés sur la banquette arrière, avant que le père appuyât sur l'accélérateur, ce qui les aurait instantanément réduits en miettes.

« La poule sort de sous la voiture, dit Rafi, et voilà que le type se baisse une seconde fois pour regarder, se redresse et ordonne à tout le monde de descendre. Les portières s'ouvrent à la volée, les gosses et la femme dégringolent à l'extérieur et tous rentrent à la maison. Autour de moi, beaucoup de mes soldats étaient furieux. Tout ça pour rien, la mission avait échoué, nos supérieurs étaient complètement furax. »

Et lui ? demanda-t-elle. Comment avait-il réagi ?

« En fait, répondit-il, je ne m'en souviens pas. Et plus le temps passe, plus je ressens le besoin de savoir ce qu'apparemment je ne saurai jamais : si j'étais soulagé, si j'avais compris que cette poule m'avait sauvé la vie, à moi aussi, ou si je n'étais même plus un animal mais une machine. »

3

L'après-midi touchait à sa fin et ils s'éloignaient de Liberté, ce qui n'échappa à aucun des deux. Avant son mariage, elle avait eu une série de petits copains puis, au bout de dix ans de vie conjugale, elle avait divorcé, et après cela elle avait vécu un long moment avec un homme plus jeune qu'elle, jusqu'à aujourd'hui où, enfin, pour la première fois en vingt ans, elle ne se sentait plus attachée à aucun homme. Ce manque, au début, l'avait remplie d'une terreur qui remontait si loin qu'elle était incapable d'en identifier la source. Au début de ce qui était devenu une période cauchemardesque, elle avait déjeuné avec une amie qui lui avait dit : « Toute femme, aussi aimée soit-elle, a une peur folle d'être abandonnée », et pendant très longtemps elle avait tenté de comprendre le sens de cette phrase. Était-ce seulement parce que cette amie, beaucoup plus âgée qu'elle, était conditionnée par une époque où les femmes avaient peu ou pas accès aux moyens d'atteindre l'autosuffisance et l'indépendance qu'elle croyait cela ? Lorsqu'elle-même y pensait, il y avait très peu de choses qu'un homme pouvait lui donner dont elle eût réellement besoin, mis à part les rapports sexuels, assez faciles à obtenir. Au bout de six mois de crises de panique, d'insomnie persistante et de dépression, la peur de se retrouver seule, sans le soutien vital d'un homme, s'était enfin estompée, remplacée par une sensation de paisible euphorie.

Quant à Rafi, un an plus tôt, sa femme et lui avaient décidé d'ouvrir leur relation de vingt-trois ans. Ils vivaient en bonne entente et heureux, la flamme ne s'était pas éteinte mais ils avaient tout de même pris cette décision d'un commun accord, avides qu'ils étaient de développement personnel et de nouvelles découvertes. Au départ, Rafi n'était pas certain de vouloir une autre femme. Il avait le sentiment de ressembler à son père, pour lequel sa mère était restée la grande force de sa vie et à laquelle il avait toujours été totalement fidèle. Mais voilà qu'au cours d'une résidence à l'étranger, Rafi avait couché avec une danseuse coréenne beaucoup plus jeune que lui dont il pensait être amoureux, jusqu'au jour où il en rencontra une autre, thaïlandaise celle-là, qui l'époustoufla. Quand il rentra chez lui, la Thaïlandaise rompit depuis Bangkok et, après plusieurs semaines de tristesse, il y eut une très jeune Française, puis deux ou trois Israéliennes. Pendant ce temps, sa femme allait à la plage avec les enfants jusqu'au jour où, tandis qu'ils jouaient dans les vagues avec le chien, elle rencontra un homme de quinze ans son cadet et tomba amoureuse de lui.

Rafi et sa femme n'avaient établi aucune règle au préalable. Gérer la liberté à coups de règles leur avait semblé antithétique. Ou bien alors, ils n'avaient pas eu la patience d'entamer l'ennuyeuse et diplomatique délibération qui eût été nécessaire pour établir de telles règles. Mais très vite, ils s'étaient rendu compte que l'absence de règles entraînait d'énormes souffrances, et si l'amour peut être mutuel et partagé, la souffrance ne se vit jamais que dans la plus totale solitude.

Pendant la période tumultueuse qui s'ensuivit, Rafi et sa femme, Dana, l'avaient souvent appelée pour lui parler.

Elle avait entendu les deux points de vue de l'histoire, ou plutôt deux histoires différentes qui, au fil des semaines, se ressemblaient de moins en moins. Elle avait dû veiller à ne pas parler à Rafi de ce que Dana lui confiait, et de ne pas parler à Dana de ce que Rafi lui confiait, chose de plus en plus difficile et épuisante à mesure que divergeaient leurs récits, que la souffrance et la rancœur augmentaient de chaque côté.

Dana resta cinq mois avec l'homme plus jeune qu'elle. Les jours et les nuits où elle rentrait à l'appartement, après avoir fait l'amour avec lui ou durant lesquels elle consultait continuellement les SMS sur son téléphone, étaient quasiment insupportables à Rafi. Assis sur la terrasse, il fumait un joint, entouré des plantes vertes roussies et flétries qui n'avaient pas survécu à l'éclat du soleil israélien, tantôt écoutant la mer, tantôt se rendant compte qu'il se parlait à haute voix. Que lui donnait donc le jeune amant de plus que lui ? Lui, danseur depuis toujours, n'avait jamais cessé de considérer le corps comme le commencement et la fin de toute chose, tandis que Dana, actrice et auteur dramatique, se mouvait aussi facilement et rapidement dans le langage que dans l'espace, et il n'arrivait pas toujours à la rejoindre dans le royaume des mots. Le petit ami le pouvait-il ? Rafi avait puisé suffisamment de plaisir dans de nouveaux corps pour savoir combien c'était excitant – ça, au moins, il n'avait pas besoin de l'imaginer. Et malgré tout, il ne pouvait bien sûr s'empêcher de tout imaginer. Il devenait fou à force d'imaginer, et quand enfin la souffrance lui devint intolérable, il craqua et demanda à Dana de rompre avec son petit ami pour, deux jours plus tard, changer encore d'avis, ayant compris que si elle rompait parce qu'il le lui avait demandé, cela pouvait signer la fin de l'expérience, or il n'était plus celui qu'il était avant qu'elle commençât. Autrement dit, il avait cessé de se demander s'il était un homme pour qui la grande force de sa vie était la femme à laquelle il était marié. Il découvrait des choses sur lui-même, sa perception de lui-même s'élargissait et il ne voulait pas perdre sa nouvelle liberté, aussi douloureux fût-il de vivre aux côtés de son épouse pendant qu'elle savourait la sienne.

Mais c'était trop tard. Entre-temps, Dana, qui avait pris sa souffrance à cœur et refusait de briser leur mariage ou leur famille, avait dit au petit ami qu'il valait mieux en rester là. Et il avait approuvé : lui aussi était dépassé. Il voulait des enfants et, bien qu'amoureux de Dana, il rêvait d'une femme avec laquelle faire sa vie, une femme de son âge qui ne fût pas déjà mariée à un autre. Dana en eut le cœur brisé et eut encore plus mal en découvrant, peu de temps après, qu'il commençait à sortir avec une enseignante de yoga. Elle se mit à surveiller de si près son activité sur WhatsApp qu'elle était capable de deviner quand il faisait une entorse à sa routine. Si elle lui envoyait un message, elle attendait de voir combien de temps mettraient les deux coches bleues pour apparaître ; si les coches restaient grises, elle était malheureuse et si les coches devenaient bleues, même sans réponse, elle savait qu'il pensait toujours à elle. Il lui manquait sur tous les plans, mais elle se mit par-dessus tout à regretter de façon obsessionnelle leurs ébats amoureux.

Pendant cette période, Dana évoquait si souvent la taille de l'anatomie de son petit ami qu'un jour, après des semaines et des mois, elle se sentit obligée de lui dire qu'elle ne voulait plus en entendre parler. Même si elle avait compris que c'était devenu une sorte de substitut de beaucoup d'autres choses que Dana désirait ou dont elle avait besoin, il lui était difficile d'adhérer à cette obsession car, selon sa propre expérience, un énorme pénis n'était pas toujours des plus confortables, surtout quand on en avait déjà un tout à fait satisfaisant chez soi, qui nous contentait depuis vingt-trois ans, celui d'un homme avec lequel on avait vécu beaucoup de choses et que l'on aimait encore. Dana lui répondit que ce qu'elle avait pris pour du bonheur s'était avéré, à la lumière de sa récente expérience, ne pas être du bonheur mais quelque chose qu'elle avait appelé ainsi parce qu'elle n'avait pas connu mieux. Mais il est rare que nous puissions connaître mieux, fit-elle alors remarquer à Dana, nous connaissons simplement quelque chose de différent car nos souvenirs du passé doivent toujours s'adapter afin de faire garder leur cohérence à nos histoires. Argument avec lequel Dana était d'accord mais qu'elle était incapable d'avancer.

C'est à peu près au moment où toute évocation du pénis avait été bannie que, au cours d'une des nombreuses et violentes disputes entre Rafi et Dana, celle-ci avait laissé échapper une remarque sur le sujet. Une fois prononcée, elle n'avait eu aucun moyen de la retirer. Après cela, à en croire Dana, les disputes devinrent encore plus violentes et, pour la première fois de leur longue relation, l'illusion d'égalité commença à se désintégrer. L'argent, que gagnait Rafi et pas Dana, passa du simple moyen de subsistance à une source de pouvoir, car désormais Rafi ne perdait pas une occasion de lui rappeler qu'elle dépendait financièrement de lui, que c'était lui qui travaillait toute la journée alors qu'elle, à la maison, essayait d'écrire sa pièce de théâtre. Avec le temps, Dana eut peu à peu le sentiment que l'expérience consistant à ouvrir leur relation ne leur avait apporté que souffrance et désarroi, et que quel que fût leur développement personnel, celui-ci n'avait engendré que de la détresse.

En revanche, au cours des nombreuses conversations qu'elle eut avec lui à cette époque, Rafi ne parla jamais d'anatomie, de violence ni d'argent. Ce qu'il lui dit, c'est qu'aussi loin qu'allaient ses souvenirs de sa relation avec Dana, c'était toujours lui qui donnait le plus, le plus spontanément et aisément, et qu'il en avait assez. Ce qu'il désirait, en fait, c'était que l'échange entre eux fût plus équitable. Et pourtant, tout en parlant de vouloir l'équité dans ce qu'il donnait et recevait, il n'avait jamais cessé de parler de son désir de liberté, quoique la première concernât la façon dont on était traité et apprécié par l'autre à l'intérieur d'un système relationnel impliquant compromis et contraintes, et la seconde, la destruction ou la transcendance de ce même système, et son dépassement afin d'atteindre ce no man's land où l'on se retrouvait absolument sans défense, sans rien de ce que l'on avait promis et de ce qui nous avait été promis, mais avec un panorama bien dégagé s'étendant à perte de vue, jusqu'à l'horizon.

Enfance

Mes garçons sont assis sur la banquette arrière, assommés par la chaleur et la journée de soleil, la tête renversée sur le dossier, regardant d'un œil vague la mer défiler derrière la vitre, et soit ils s'éloignent de la liberté, soit ils s'en approchent. Après les mois pénibles de ma dépression – période pendant laquelle ils ont veillé sur moi d'un air inquiet, voulant savoir comment j'avais dormi, comment je me sentais, refusant de s'éloigner, voulant savoir si mon combat cesserait un jour –, ils ont retrouvé leur état d'insouciance : le plein été, joyeux, protégés.

Ce que je connais d'eux me donne l'impression de n'avoir jamais été aussi près de posséder quelque chose d'infini, et seule une infime fraction de cette connaissance peut prendre pied dans le langage. Et c'est en partie ce qui nous est demandé, non ? Être témoin, être capable de raconter les histoires de nos enfants à partir du début ? Exactement où et quand ils ont été conçus, comment l'aîné préférait le côté droit de l'utérus, manifestant très peu d'intérêt pour le gauche, et boxait la peau de mon ventre de son genou ou de son poing, comment le cadet est venu au monde avec la mine méditative d'un philosophe, comme un air de léger scepticisme, mais aussi un empressement à se laisser convaincre et un duvet soyeux sur les épaules qui tomba par la suite. Je leur ai bien des fois raconté l'histoire de leur naissance, mais à un certain moment quelque chose a changé et ils se sont mis à insister pour faire de moi, et non d'eux-mêmes, l'héroïne de ces récits. Maintenant, ce qu'ils veulent savoir, c'est combien j'ai dû déployer d'efforts pour les expulser, comment j'ai refusé tout médicament antidouleur parce que je voulais pouvoir me lever, marcher et me tordre pour les aider à franchir le goulet menant à la vie. Ils veulent connaître, encore une fois, l'intensité de la douleur que j'ai réussi à surmonter. Puis-je la leur décrire ? À quoi peut-on la comparer ? Ce qu'ils aiment, je crois, c'est m'entendre évoquer la force extraordinaire dont il m'a fallu faire preuve pour les mettre au monde et le fait que moi, leur mère, j'en ai été capable. Ou peut-être veulent-ils célébrer, une nouvelle fois, l'ancien ordre des choses bientôt dépassé, selon lequel ils ne sont pas censés protéger mais sont eux-mêmes surveillés et protégés.

Énormes à la naissance, ils sont maintenant si minces qu'on voit leurs côtes quand ils ôtent leurs T-shirts. Je sais tout de leur ossature visible sous la peau, et de leur peau elle-même, je connais l'endroit précis de chaque grain de beauté et la date de son apparition, les cicatrices et leur cause. Je connais la direction dans laquelle poussent leurs cheveux, leur odeur la nuit, celle du matin et tous les visages qu'ils ont eus avant ceux d'aujourd'hui. Évidemment que je sais tout cela. Lorsque l'aîné se plaint d'être trop maigre et trop faible, je lui dis que mon frère avait la même corpulence que lui lorsqu'il était jeune, jusqu'au jour où, sans aucun signe avant-coureur – tel un orage survenu si vite que quelqu'un, quelque part, avait dû prier le ciel pour qu'il éclatât –, il avait changé. Que la maigreur est dans leurs gènes, que leurs bras fins comme des bâtons, leur taille étroite et leurs côtes saillantes, tout cela est inscrit dans leur corps comme une très ancienne histoire mais que, tôt ou tard, la masse écrira une autre histoire par-dessus cette petite taille et cette maigreur, qu'elle les subsumera et que les garçons qu'ils sont aujourd'hui disparaîtront, enfouis dans les hommes qu'ils seront devenus.

Ton frère ? demande-t-il, essayant d'imaginer la chose. Mon frère qu'il a vu une fois, une seule, alors qu'il m'envoyait valser à l'autre bout de la pièce dans un accès de fureur non contrôlé, en me menaçant de son poing.

Le petit est trop jeune pour rêver de tomber amoureux. Il est entouré d'amour, et pour le moment ça lui suffit. L'aîné, lui, a déjà commencé à en rêver, mais son corps n'est pas encore au diapason de ses sentiments. Il demeure capable d'en plaisanter avec moi. Pour l'instant le désir et les mécanismes du corps demeurent des sujets de plaisanterie, mais les mois passant, quelque chose commence à se dessiner, qui grandit sans cesse. Il attend les changements qu'il voit surprendre ses copains et craint qu'ils n'arrivent jamais chez lui, de ne jamais, à la différence des autres, connaître le désir.

C'est comme un bouton électrique, me disent les amies qui ont des garçons : un jour le bouton répond, et les choses ne sont plus jamais les mêmes, la porte se ferme d'un côté et s'ouvre de l'autre. C'est tout. Un ami, lui, me dit qu'il était un enfant calme qui lisait beaucoup, puis que, d'un mois à l'autre, il s'était mis à balancer des chaises. Ce qui inquiète aussi l'aîné, c'est qu'il ne sera plus ce qu'il a toujours été, qu'il perdra quelque chose de sa sensibilité, si précieuse à tous ceux qui l'aiment, qu'il deviendra capable de violence. Quand je vais l'embrasser dans son lit, le soir, il se blottit contre moi et, d'une voix soucieuse, me dit qu'il veut rester un enfant, qu'il veut que rien ne change. Mais il n'est déjà plus un enfant. Il se tient sur le sable, entre le rivage et une mer en perpétuel mouvement, et, comme on dit, l'eau monte.

REMERCIEMENTS

L'auteur remercie chaleureusement les publications dans lesquelles ces nouvelles sont apparues pour la première fois.

« Urgences futures » publiée initialement dans *Esquire*, 1er novembre 2002.

« Urgences futures » sélectionnée pour *Best American Short Stories*, édition de Katrina Kenison et Walter Mosley (New York, Houghton Mifflin, 2003).

« Au jardin » publiée initialement sous le titre de « An Arrangement of Light » (« Composition lumineuse ») par Byliner, août 2012.

« Je dors mais mon cœur veille » publiée initialement dans *New Republic*, 30 décembre 2013.

« Zoucha sur le toit » publiée initialement dans le *New Yorker*, 4 février 2013.

« Voir Ershadi » publiée initialement dans le *New Yorker*, 5 mars 2018.

« Voir Ershadi » sélectionnée pour *Best American Short Stories*, édition d'Antony Doerr et Heidi Pitlor (New York : Houghton Mifflin Harcourt, 2019).

« En Suisse » publiée initialement dans le *New Yorker*, septembre 2020.

« Être un homme » publiée initialement dans l'*Atlantic*, 1er octobre 2020.

Table

RÉALISATION : NORD COMPO À VILLENEUVE-D'ASCQ
IMPRESSION : LABALLERY
DÉPOT LÉGAL : MAI 2021. N° 0919-03 (109755)
IMPRIMÉ EN FRANCE